Le Miel des anges

Vanghèlis Hadziyannìdis

Le Miel des anges

ROMAN

Traduit du grec
par Michel Volkovitch

Ouvrage publié avec le concours
du Centre National du Livre

Albin Michel

« Les Grandes Traductions »

Titre original :
ΟΙ ΤΕΣΣΕΡΙΣ ΤΟΙΧΟΙ

22, rue Huyghens, 75014 Paris
www.albin-michel.fr
ISBN 2-226-14976-7
ISSN 0755-1762

L'expérience

P. Rodakis n'était pas un homme nerveux. La preuve : à des moments de sa vie où un autre serait sorti de ses gonds, libérant la juste fureur accumulée en lui, il se contentait de tordre la lèvre supérieure avec un air fâché qui ne durait guère. Comme en ce jour, par exemple, où sa sœur lui avait demandé le livre de Botanique. C'était pour lui un objet précieux, relié, dans un étui de cuir souple avec un pommier gravé dessus – acheté en Italie alors qu'il était sans le sou. Il contenait un répertoire des noms de plantes publié au siècle précédent, rassemblant toutes les espèces d'arbres et de fleurs qui poussent en Méditerranée. Elle l'avait emprunté sous un prétexte futile, disant qu'elle le rendrait dans la semaine. Deux semaines passèrent et ce fut lui qui alla le rechercher. Dès qu'elle l'aperçut elle fondit en larmes, ne laissant échapper entre deux sanglots que ces mots répétés sans fin :

« Bonne à rien, bonne à rien. »

Qu'elle ne fût bonne à rien, elle l'avait prouvé maintes fois dans sa vie et son frère le savait parfaitement, mais ce qu'il ne pouvait pas comprendre, c'était pourquoi elle répétait ces mots à ce moment-là, et presque aussitôt son oreille droite se mit à bourdonner, un bourdonnement qui le prenait chaque fois que la terreur s'emparait de son âme. Et cette fois-là aussi la terreur le prit, en même temps qu'un soupçon : ces trois mots de « bonne à rien » avaient peut-être un lien, fût-il ténu, avec le livre de Botanique. Et c'était le cas. Le livre avait été détruit. D'abord taché, puis mangé.

« Tu sais quel beau soleil on a le matin dans la cuisine. J'étais assise là et je le feuilletais en admirant ses beaux dessins. Les petites fleurs toutes fines, les feuilles, les racines. Et à côté je faisais cuire des fraises pour la confiture. Celle que tu aimes et que je faisais surtout pour toi. Moi, tu le sais, je n'aime pas la confiture de fraises. Et alors, comme j'allais pour la retirer du feu et la poser sur le marbre, je ne sais pas comment, la casserole brûlante vient toucher mon bras, là, et sans m'en rendre compte je la jette, ou plutôt elle tombe sur le marbre, en tombant elle se renverse et toute la confiture chaude a coulé sur le livre que j'avais laissé ouvert là. J'ai eu si peur qu'un vertige m'a prise. Bras et jambes coupés. Je me suis trouvée mal. Au point de m'écrouler ! Je suis restée par terre je ne sais combien de temps, deux minutes, cinq minutes, dix minutes, et quand je reviens à moi, en ouvrant les yeux, je vois le chien, les deux pattes de devant posées sur le marbre, en train de lécher la confiture. J'ai hurlé : "Léo !" Dès qu'il m'a entendue, il a pris le livre entre ses dents et s'est sauvé. Il a tout mangé. Je n'ai retrouvé que quelques bouts de cuir mâchouillés dans son coin. »

À la fin de son récit elle se remit à pleurer. P. Rodakis tordit simplement la lèvre supérieure. Mais il y avait plus insensé encore.

Il découvrit longtemps après, par une série d'incroyables coïncidences, que son livre n'avait jamais été détruit et que toute cette histoire grotesque de confiture et de livre mangé n'était qu'une invention issue d'un cerveau malade à la seule fin de s'approprier le bien d'autrui. Et quand il le découvrit, il tordit la lèvre supérieure, c'est tout. Voilà le plus insensé.

Une chose, pourtant, pouvait lui faire perdre le contrôle de lui-même : que quelqu'un change ses affaires de place. Qu'on les détruise lui semblait moins grave que de les lui déplacer. Cela fut bien compris par les quelques personnes appelées à le côtoyer pendant la durée de sa vie. Si bien que ce risque unique de perdre son sang-froid fut lui-même réduit à presque rien.

L'une de ses rares crises éclata ce soir-là à cause de la cuiller d'argent. La cuiller d'argent était rangée depuis la nuit des temps dans la poche d'une robe de chambre en soie verte. En fait, la robe de chambre avait disparu depuis des années, mais en souvenir de cette riche étoffe on avait gardé l'une des poches, et c'était là que se trouvait enveloppée la cuiller d'argent que P. Rodakis tenait de son père S. Rodakis.

Ainsi donc, ce soir-là, quand arriva enfin le moment tant attendu, qu'il ouvrit le tiroir aux couverts d'une main qui, faute d'un système nerveux si admirable, eût tremblé d'impatience, et qu'il poussa jusqu'au fond, sous la pile de torchons, il sentit que la cuiller enveloppée dans la poche n'était plus là. Ròsa, sa fille, qui allait alors sur ses treize ans, assise à la table de la cuisine, s'efforçait de terminer une assiette de petits pois. D'emblée, elle sut que quelque chose clochait, sans pouvoir préciser quoi. Dans les yeux de son père, cependant, elle vit une lueur étrange et il lui sembla que toutes les pointes métalliques des couteaux rangés dans le tiroir envoyaient sur son visage une lumière grise menaçante.

Une seconde plus tard, le tiroir, tiré violemment hors du meuble, était retourné en l'air tandis qu'une pluie de cuillers à soupe, de cuillers à dessert, de fourchettes grandes et petites inondait les dalles.

« Où est la cuiller en argent du grand-père ?

– Je n'en sais rien, mais elle a pu glisser par erreur dans le tiroir du dessous », dit Ròsa, le souffle coupé.

Le tiroir du dessous fut retourné de la même façon que l'autre, se vidant sur le sol de toutes les cuillers, fourchettes, pinces et pelles à tarte qu'il contenait. Quelque part dans le tas de métal on aperçut quelque chose de vert. Il tira la cuiller d'argent de son étoffe et l'agita, menaçant, devant le visage de Ròsa devenue livide. Puis il sortit de la cuisine.

L'affaire eût pris d'autres proportions s'il n'avait été si pressé de descendre à la cave. À la seule lueur des deux soupiraux, il se faufila entre les masses d'objets qui s'entassaient là depuis des années et s'arrêta devant l'étagère. Sur le rayon du milieu se trouvaient trois pots de terre munis d'un couvercle. Il prit l'un d'eux, l'ouvrit.

Plongeant dedans la cuiller d'argent, il l'en ressortit pleine. Puis, l'ayant fait tourner trois ou quatre fois, il la mit dans sa bouche.

Un petit chérubin voleta là-haut près du plafond d'un angle à l'autre. Au même instant de lointaines sonneries de cuivres bien astiqués retentirent, tandis que l'intense parfum passant par les fissures commençait à inonder le reste de la maison.

S. Rodakis, mort depuis des années, avait été apiculteur. Ses ruches suffisaient à fournir en miel la moitié de l'île au moins. À une époque, pourtant, les commandes furent si nombreuses qu'il ne pouvait plus faire face. Pendant dix années de suite il fut littéralement submergé. Le temps où il vendait sa production de façon anonyme et en gros n'était plus qu'un souvenir. Il instaura un système spécial de mise en pots dans des boîtes métalliques où il collait des étiquettes imprimées portant son nom. Juste sous son nom, une abeille surmontait l'inscription :

PUR MIEL
DE FORÊTS SAUVAGES

« Sauvages », pas tout à fait. Dans ces forêts, des troupeaux allaient paître, les gens venaient en excursion l'été et les amoureux jouaient à cache-cache. Ce qui, bien entendu, ne gênait en rien les abeilles dans leur tâche, et le miel n'aurait pas eu meilleur goût si les forêts eussent été « sauvages » pour de bon. Pourtant, ce « sauvages »-là contribua pour beaucoup au succès de S. Rodakis dans son entreprise. Et l'on pourrait soutenir sans grand risque de se tromper que la maison de pierre, ainsi que les terrains qu'il acheta dans l'île à l'époque, c'est à ce « sauvages » qu'il les devait. Car la qualité du miel, quoique assurément bonne, ne justifiait pas une demande aussi pressante.

À la dixième année de prospérité, cependant, tout changea d'un coup. Ce fut l'année du grand incendie qui ravagea toute la partie nord de l'île, sans épargner les ruches, les abeilles et les forêts sauvages. La maison, bâtie dans une clairière et entourée d'une végétation basse, échappa au feu. S. Rodakis fut d'abord inconsolable. Il voyait son travail réduit à néant ; il n'avait plus qu'à s'exiler pour repartir de zéro. Bientôt, pourtant, il changea d'avis. Abandonner ses aises, courir à la recherche d'autres lieux « sauvages », il n'en était même pas question. Il se sentait trop vieux. Mais les ruches lui avaient beaucoup rapporté jusqu'alors. Les terrains achetés grâce à elles, qu'il louait à des agriculteurs, lui fournissaient chaque année un revenu correct. Il pourrait donc rester bien au calme chez lui, à jouir jusqu'à sa mort des fruits de son labeur. Peut-être, en fin de compte, était-il satisfait de la tournure que prenait sa vie. Quant à ses enfants, il ne voyait pas de raisons particulières pour s'inquiéter. Sa fille, s'étant mariée, avait quitté la maison, ce qui lui procurait un soulagement indicible. Son fils, lui, semblait avoir oublié les sottises et les illusions qui l'avaient tourmenté étant plus jeune, et, bien que le plan initial eût été de le mettre lui aussi à l'apiculture, avec l'incendie et les nouvelles données qui en résultèrent, ce projet fut abandonné. P. Rodakis montra un intérêt soudain pour l'agriculture. Son père encouragea ce penchant qui ne pouvait qu'accroître, selon lui, le rendement de ses terres. Il passait des heures dans les champs à questionner les paysans sur les propriétés de chaque plante, les moyens de les multiplier, leurs maladies, et deux ans plus tard il en savait autant qu'un agronome diplômé.

Un soir de février, dans ce qu'on appelait « la grande pièce » (qui faisait tant bien que mal office de salon), P. Rodakis écrivait sur un papier la liste des tâches du lendemain. Soudain, S. Rodakis entre, un panier à la main, l'air pressé comme s'il avait pris un retard impardonnable. Son fils fut un instant pris de court, croyant son père couché depuis longtemps.

« Je vais cueillir le raisin, dit le père.

– Quel raisin ? demanda l'autre, surpris.

– Si on attend, les tourterelles vont le manger. »

Eh oui. Son cerveau était parti pour toujours vers une destination inconnue. Par moment, il parlait avec une certaine cohérence, mais avec le temps ces périodes lucides se firent plus rares. Souvent il s'éclipsait, on le retrouvait des heures plus tard dans une armoire ou sur un arbre. Puis il acquit des habitudes étranges. Il déclouait les lattes du plancher, faisait des nœuds aux rideaux. Il creusait, infatigable, des trous profonds dans le jardin qu'il remplissait de tous les vêtements qu'il pouvait trouver avant de s'asseoir dessus.

Un jour, examinant le lourd manteau de laine qu'il portait, il découvrit qu'il était vieux et bon à jeter. Il sortit et lui mit le feu ; sans l'ôter.

Sept ans étaient passés depuis le jour où le feu avait brûlé les forêts sauvages.

Après la mort de S. Rodakis (interprétée à tort par tous comme un suicide, si bien que le pope du village maugréa beaucoup avant de se laisser convaincre de célébrer ses funérailles), ses deux héritiers, à savoir P. Rodakis et sa sœur, eurent à décider comment se partager l'héritage constitué par les terres et la maison. La fille déclara qu'après la mort affreuse de leur père dans cette maison il lui semblait inconcevable de jamais pouvoir y vivre à nouveau, et qu'elle ne voulait donc plus en entendre parler. En fait, elle avait pensé, rusée comme elle était, que se trouvant bien installée chez elle, il serait préférable d'avoir un revenu régulier assuré par les terrains plutôt qu'un bâtiment fermé, inutile.

C'est ainsi que P. Rodakis conserva la maison et, avec elle, deux champs qui complétaient sa part, l'un de cinquante ares, l'autre d'un hectare. Il vendit le plus grand des deux presque aussitôt pour réaliser un vieux rêve : un voyage à l'autre bout du monde.

Le voyage dura sept mois et comporta des haltes en Égypte, en Chine, en Inde et, sur le chemin du retour, une tournée des plus importantes villes d'Europe. La dernière halte fut pour Pompéi ; puis il passa par Naples, où il acheta dans une vieille librairie la Botanique dans son étui de cuir, gardant juste de quoi payer le bateau qui le ramènerait chez lui.

Dans chacun des lieux visités, il achetait un objet. À son retour, il déposa tous ces objets ensemble dans un placard et consacra des heures à étudier la façon de les ranger. De temps en temps il ouvrait le « placard aux objets précieux » – comme il l'appelait – pour jeter un coup d'œil furtif à son trésor. Certaines fois, très rares, il partageait le spectacle avec une autre personne.

Au cours de ce voyage se produisit un événement remarquable. Il se trouvait en Égypte et passait la nuit dans un hôtel au nom poétique de La Pyramide sous la Lune. Il avait visité les pyramides quelques heures plus tôt à peine, et l'émotion de cette vision grandiose était si vive encore en lui qu'il ne pouvait dormir. Ses pensées jusqu'alors n'étaient presque jamais revenues sur l'île et sur les épisodes pénibles de ces derniers temps. Mais ce soir-là une image se présenta soudain, dont il ne put déterminer avec précision quand il l'avait vue, sinon qu'elle venait d'une période où son père était déjà entré dans la démence : S. Rodakis debout devant une fenêtre regardait dehors. Apercevant son fils qui entrait, il l'appela près de lui et lui dit que l'heure était venue de partager avec lui un projet secret, auquel il travaillait depuis longtemps dans sa tête. P. Rodakis s'efforça d'abord de s'y soustraire et de le renvoyer au lit, mais devant la fureur du vieux il fut contraint d'écouter. N'accordant alors aucune importance à de tels propos, il attendit simplement la fin de la crise pour retourner à son travail. Il n'y avait rien que d'habituel, à l'époque, dans ce genre d'épisode.

Le fait d'être entré dans le champ d'action des pyramides joua sans doute un rôle dans le retour en mémoire de cette scène ancienne. Ce fut soudain, en effet, comme une révélation, et dans les mots sans suite issus de l'esprit dérangé du père il put discerner une réflexion passionnante.

Sur du papier à en-tête de l'hôtel qu'il trouva dans la table de nuit, il nota en abrégé certaines des phrases du vieux. Il craignait que ce bombardement d'expériences et d'images nouvelles qu'il subissait tous les jours, et qui se poursuivrait encore assez longtemps jusqu'à la fin du voyage, ne lui fasse oublier de nouveau cette histoire ancienne.

Il régnait en cet instant, à La Pyramide sous la Lune, un calme absolu.

Il savait devoir prendre, à son retour sur l'île, de graves décisions. Adulte depuis déjà longtemps, à bientôt vingt-cinq ans, il était encore, à vrai dire, sans emploi. Sa semi-activité sur ses terres avait cessé dès qu'elles étaient passées aux mains de sa sœur. Les choix qui lui restaient quant à son orientation professionnelle étaient limités. Il deviendrait cultivateur, ou maçon, ou pope. Ou cordonnier, la place étant depuis peu vacante. Tout cela, bien sûr, dans la mesure où il avait pris la décision de ne pas quitter l'île. En fin de compte, il préféra se mettre au service d'un maçon qui travaillait surtout dans la partie sud de l'île. Il s'adapta bientôt, car aussitôt, d'instinct, il se persuada que ce métier lui plaisait beaucoup. Pour quelle raison il ne choisit pas l'agriculture, vu son goût pour ces travaux-là, on ne le saura jamais. Sans doute supposait-il que le travail qu'il trouverait aux champs serait sans rapport avec ses goûts véritables.

Un dimanche à midi, sur le chemin qui montait vers sa maison, il vit arriver le pope et le maire. Ils devaient, dirent-ils, discuter avec lui d'un sujet d'une extrême importance. Le pope commença :

« Mon enfant, je n'ai pas besoin de le dire, tu le sais déjà : le bien que nous faisons à quelqu'un, nous le faisons surtout à nous-mêmes. Nous devons reconnaissance à ceux qui nous donnent l'occasion d'être bons pour eux, car c'est notre âme à nous que nous sauvons. C'est une pareille occasion que nous te proposons, tu seras béni si tu en profites.

– Tu as tout le temps pour réfléchir, intervint le maire, personne ne t'oblige, mais sache que c'est urgent. Et puis, les longues attentes ne font jamais de bien.

– De quoi s'agit-il, dites-moi ? dit P. Rodakis, qui crut entendre un instant bourdonner son oreille droite.

– Ne crains rien, mon enfant », dit le pope, qui après d'innombrables confessions pouvait saisir les fluctuations psychologiques les plus fines dans la conscience de la personne en face de lui, « ce que nous avons à te dire, c'est... », il s'arrêta une seconde, puis, ne trouvant pas de meilleur mot : « C'est simple. Vas-y, toi », poussant le maire à parler.

« L'autre soir est arrivée sur l'île une étrangère. Ma

femme l'a trouvée sur le port assise sur deux malles, qui pleurait sans arrêt. Elle allait ailleurs, mais on l'a débarquée ici : elle n'avait pas payé le bateau.

– Elle est dans un triste état, compléta le pope. Comme si on l'avait battue pendant cinquante jours.

– Nous lui avons demandé ce qui lui arrivait, mais elle nous a parlé de façon si confuse, entre ses larmes et son nez qui coulait, qu'on ne pouvait rien comprendre. Et comment savoir si c'était la vérité ?

– En plus elle boite, la malheureuse. Une vraie ruine, de quoi la plaindre d'être en vie.

– Et moi, père, que dois-je faire ? demanda P. Rodakis, qui, après les allusions du pope à la bonté, ne doutait pas qu'on en viendrait à parler de lui.

– Écoute, mon enfant, dans l'état où elle se trouve, aucune famille ne la prendra, à supposer que les gens aient de la place – et je te demande, qui en a, de la place ? Personne. Toi, tu as toute une maison, trois étages en comptant le sous-sol, et tu es tout seul. Case-la dans une chambre quelques jours, qu'elle se remette, et on verra plus tard ce qu'on en fait. Ne la laissons pas exposée en pleine campagne, les chacals la mangeraient.

– Où est-elle maintenant ? demanda P. Rodakis.

– Je l'ai fait dormir deux nuits dans l'église, derrière la table des cierges. J'ai peur de la mettre chez moi avec les orphelins. Comment savoir ce qui peut lui arriver la nuit ? »

« Ah, bravo ! pensa P. Rodakis. Il a peur de l'avoir chez lui, mais ça ne le gêne pas de la coller chez moi. »

« Comment ça, ce qui peut lui arriver ? osa-t-il demander.

– Il n'arrivera rien, dit le maire. Tu verras, dès qu'elle sera un peu remise, elle te donnera un coup de main pour la maison. Pas comme une bonne, ce n'est pas de ça qu'il s'agit, mais elle t'aidera, ça oui. En fin de compte, ce sera provisoire. Le temps qu'elle se remette.

– Et puis elle a quelques années de plus que toi, à en juger par sa tête, ajouta le pope.

– Les gens ne vont pas jaser, c'est ce que veut dire le père.

– Ah ça, que quelqu'un ose ouvrir la bouche, moi je lui refuse les funérailles », menaça le pope, et il poursuivit : « Je ne veux pas faire pression sur toi, mon enfant, mais sache que si tu refuses, tu me causeras un grand chagrin. »

P. Rodakis accepta d'héberger quelque temps la femme et, à dire vrai, il aurait accepté même sans toutes ces palabres. Il suffisait de lui annoncer que quelqu'un avait besoin d'habiter chez lui un certain temps pour qu'il accepte sans réticence. La maison était vraiment assez grande, céder une chambre ne lui coûtait rien. Du moment qu'on ne dérangeait pas ses affaires. Ça, oui. Ce point constituait, c'était clair, une condition essentielle.

Quelques heures plus tard, la femme arriva chez P. Rodakis, guidée par l'un des orphelins du pope, qui l'abandonna devant la clôture et disparut. Elle s'appelait Vàya. Son corps exhalait une odeur d'algues pourries. Elle portait des vêtements noirs tout raides, couverts de taches blanches telles des éclaboussures d'écume séchée. Les premières minutes de sa rencontre avec P. Rodakis s'écoulèrent dans les pleurs. Puis ce fut la phase de silence, surtout dès qu'elle comprit que l'homme en face d'elle ne semblait guère s'émouvoir, mais aussi qu'il n'allait pas, contrairement aux autres, la submerger de questions – d'où les pleurs, qui lui servaient de rempart lors d'une enquête. Lui, vis-à-vis d'elle, se montra presque indifférent. Il lui dit que le pope veillerait sur son sort et qu'en attendant cela ne le dérangeait pas de l'héberger. Il lui donna la pièce où avait dormi son père, la seule chambre à coucher du rez-de-chaussée. Comprenant qu'elle avait enfin trouvé un toit, elle prononça ses premiers mots :

« Je ne dérangerai pas. Tout ce que je veux, c'est ne pas être dehors. »

Lui, de son côté, précisa qu'il était absent dans la journée et que ses lieux de travail, le plus souvent, se trouvant loin, il partait très tôt le matin et rentrait tard. Il lui permit d'utiliser la cuisine et ses ustensiles, ainsi que de ramasser dans le jardin tous les fruits et légumes qu'elle voudrait, ajoutant qu'il ne mangeait chez lui que le soir. Enfin, il aborda le point crucial :

« La seule chose que je te demande, dit-il, c'est de ne pas déranger mes affaires. Quand j'ai besoin d'une chose, je veux la trouver à sa place. »

Vàya le regarda pour la première fois dans les yeux.

« Je ne suis pas une voleuse.

– Je n'ai pas dit ça. Ce que je ne veux pas, c'est que

tu les changes de place. Que tu les mettes n'importe où. »

Elle hocha la tête comme si elle promettait. Alors, au coin d'un de ses sourcils, le point noir d'une bestiole apparut, traversa la tempe et se perdit dans les épaisses ténèbres des cheveux. Elle sentit quelque chose et y porta aussitôt le doigt pour se gratter ; trop tard. La bestiole était hors d'atteinte.

« J'ai aussi deux malles, dit-elle.

– Où sont-elles ? demanda P. Rodakis.

– Le fils du pope me les apportera ce soir.

– Elles sont grosses ?

– Très grosses.

– Elles ne tiendront pas dans la chambre. Nous les mettrons dans la remise derrière qui est presque vide. Moi, ce coin-là, je ne m'en sers pas, c'est là que nous mettrons tes malles. »

L'arrivée de Vàya ne changea rien à l'emploi du temps de P. Rodakis. La vie s'écoulait normalement et la femme était invisible. Quand il rentrait le soir, elle s'enfermait dans sa chambre et ne se montrait jamais. Il passa toute la première semaine sans la voir une seule fois, sans échanger un mot. À tel point qu'il ne savait que penser. Si par instants il n'avait pas entendu des bruits sourds, presque rien, du côté de sa chambre à elle, il aurait pu penser qu'elle n'était plus là. Dans la maison, après les recommandations qu'il s'était hâté de lui faire, rien ne semblait avoir bougé. Dans le jardin, seulement, il vit une nouvelle rangée de choux dans le vague potager quasi abandonné au bout du terrain. Il apprit également que chaque matin, suite à un arrangement avec le pope, un paysan venait lui apporter du lait. À part cela, aucun signe de vie. Il pensa que peut-être sa façon abrupte de lui parler le premier jour l'avait découragée, voire effrayée, au point qu'elle n'osait même plus bouger. D'un autre côté, il se sentait soulagé de ne pas devoir, en rentrant chaque soir épuisé, faire la conversation pour cette malheureuse. Mais en même temps cette disparition totale suscitait en lui une certaine inquiétude. Il lui semblait habiter avec un fantôme qu'il ne voyait jamais, tout en sachant qu'il vivait et s'affairait sous son toit, qu'il respirait à côté de lui.

La chambre qu'il lui avait allouée, celle de son père, avait le défaut d'être sans accès autonome, ne donnant que sur la grande pièce qu'on devait traverser pour entrer ou sortir. La grande pièce où P. Rodakis passait un certain temps chaque soir avant de monter se coucher. Mais depuis que l'étrangère était installée au fond, hésitant lui aussi à rester là longtemps, il jetait à peine un coup d'œil à ses affaires et montait dans sa chambre.

Un soir (dix jours s'étaient écoulés depuis son arrivée), il pensa qu'il devrait peut-être frapper à sa porte et lui demander si elle allait bien, si elle n'avait besoin de rien. Question de politesse élémentaire. Cependant il hésitait, ne sachant pas si une telle démarche la gênerait ou non. Il pensa que peut-être elle dormait et qu'il la réveillerait ou, pire encore, qu'elle aurait peur. Il resta là un certain temps, à regarder la porte et ne savoir que faire.

Il penchait plutôt vers la décision de laisser les choses telles quelles et de se limiter à ce qu'il avait fait jusque-là, à savoir offrir un asile, sans s'impliquer davantage. Cependant son regard rencontra le trou de serrure et la tentation de jeter un coup d'œil illicite s'insinua en lui sournoisement.

Il savait que dès l'instant où l'idée entrait en lui le mal était fait. Tôt ou tard, il succomberait ; c'est pourquoi il décida de ne pas perdre de temps sur ce dilemme, mais de se délivrer de la tentation au plus tôt. Il se leva de sa chaise et, sans y réfléchir à deux fois, colla son œil au petit trou.

Une quantité d'air partie de ses entrailles monta violemment vers ses cordes vocales et, s'il n'avait pas réussi, au tout dernier moment, en l'avalant, à la renvoyer en bas, un cri serait parti qu'on eût entendu jusqu'à l'orée du bois. Son œil se trouvait face à face avec un autre œil, glacé, incolore, qui de l'autre côté du trou menait sa propre exploration.

« Elle m'observe », se dit-il, et cette pensée le remplit de panique. Il réussit pourtant à rassembler tout le sang-froid qui lui restait et à s'éloigner. Cependant, son âme était envahie d'une peur incontrôlable. Il avait chez lui un être mystérieux, inconnu, qui l'observait. Les paroles du pope lui revinrent à l'esprit : « J'ai peur de la mettre avec les orphelins. » Il ferma la porte de sa chambre à clé et accrocha un vêtement à la poignée pour couvrir le trou de serrure. Mais il ne trouva pas le sommeil.

Ce soir-là marqua pour lui un grand tournant. Il passait presque tout son temps enfermé dans sa chambre. Sitôt rentré de son travail, il montait dans sa chambre, et le matin il partait sans tarder. Il n'entra plus dans la grande pièce. Elle, de son côté, restait cachée, invisible derrière sa porte. Mais, pour P. Rodakis, son ombre planait partout. Ce qui devenait pour lui de plus en plus terrifiant. Il voulait s'en délivrer, la chasser, mais n'osait même pas. Il restait sans rien faire dans sa chambre close. Faible et terrorisé.

Le résultat d'une tension pareille fut le retour à la surface de ses anciennes hallucinations. Des sons et des images inexistants venaient le troubler davantage encore et le privaient de sommeil presque toutes les nuits. Tous ces symptômes, alliés à un travail pénible, le menèrent à l'épuisement, et l'épuisement le rendit plus vulnérable encore et impuissant face au cauchemar installé chez lui, de sa propre volonté qui plus est.

Jusqu'au jour où, tandis qu'il réparait avec son patron le toit d'une maison, il perdit conscience et plongea ; par chance, le sol était fraîchement creusé. Il fut transporté dare-dare chez lui, et bientôt le médecin arriva. En plus d'une foule d'entorses, d'écorchures et de contusions, celui-ci diagnostiqua un affaiblissement de l'organisme assez inquiétant.

« Emmenez-moi à l'hôpital, demanda le blessé au médecin avec une angoisse inexplicable.

– Je ne pense pas que tu en aies besoin, répondit le médecin.

– Envoie-moi dans un hôpital, docteur. Je t'en prie.

– Calme-toi, tu n'as rien de vraiment grave. Ce dont tu as besoin, c'est de rester quelques jours au lit bien tranquillement.

– J'aime mieux aller à l'hôpital. »

Le médecin, ne pouvant s'expliquer cette insistance, décida de lui faire une piqûre calmante. Bientôt, P. Rodakis dormait. En partant, le médecin rencontra le pope qu'on avait prévenu de l'accident.

« Comment va-t-il ? demanda le pope.

– Ç'aurait pu être pire, vu la hauteur dont il est tombé.

– Mais comment a-t-il fait son compte, le malheureux ?

– Il s'est évanoui. Son organisme est très affaibli. Mais avec un peu de repos il s'en remettra. Il a dû subir une sorte de commotion, il perd un peu la tête. On dirait même qu'il a peur : il demande sans arrêt qu'on l'emmène à l'hôpital. Je lui ai fait une piqûre et il s'est endormi tout de suite. »

Dès que le médecin fut parti, le pope monta et trouva le malade endormi. Puis il redescendit et frappa à la porte de Vàya.

Quand P. Rodakis était jeune, ses hallucinations l'amusaient. Et s'il n'avait pas pris des baffes chaque fois qu'il en parlait, il n'y aurait vu rien de mal. D'ailleurs, elles n'étaient jamais effrayantes. On eût dit un jeu de son esprit, un jeu qu'il se jouait tout seul et qu'il était seul à comprendre. Il s'était vite rendu compte qu'il ne devait en parler à personne s'il tenait à sa tranquillité. Pourtant, un jour qu'une forte fièvre avait gonflé les voiles de l'imagination, il ne put se retenir et, tandis qu'il mangeait avec son père et sa sœur, il se leva et dit : « Un cheval se roule par terre sur le dos dans le jardin. » S. Rodakis se leva aussi et sans pitié lui en allongea une sur la joue droite. Au passage, le coup accrocha l'oreille qui pendant des heures bourdonna bruyamment. Ce fut la dernière fois qu'il aborda le sujet. L'oreille ne subit aucun dommage sérieux, mais depuis lors, chaque fois qu'une gifle s'annonçait, il entendait ce même bourdonnement annonciateur. Peu à peu le symptôme s'installa, apparaissant chaque fois que la peur se glissait en lui, quelle qu'en fût la raison. Il le savait et le guettait. « J'entends arriver la peur », se disait-il.

À mesure qu'il grandissait, les hallucinations se firent plus rares, puis disparurent. Il crut qu'elles appartenaient uniquement au passé de l'enfance jusqu'au moment où il les vit revenir, à l'époque de l'étrangère invisible. Mais à aucun moment il ne les jugea inquiétantes. « Ce ne sont que des images, pensait-il. Des images innocentes et bonnes. »

Les gens, eux, étaient dangereux. Cette inconnue. Il se pouvait qu'elle soit dangereuse.

L'effet de la piqûre dura quatre heures. Puis il se réveilla. La cheville droite, le genou droit, l'épaule gauche, les côtes à gauche et à droite lui faisaient affreusement mal. Il tenta de se redresser un peu et sentit que la partie la plus durement touchée était les reins. Sa première pensée fut que le médecin pour finir n'avait pas accepté de l'envoyer à l'hôpital, si bien qu'il se trouvait seul, infirme et sans défense, enfermé chez lui avec l'inconnue. Au prix de grands efforts il s'assit sur le bord du lit. Ce passage à la position assise parut lui remettre les idées en place. Qu'avait-il donc à craindre, en effet, d'une malheureuse, d'une femme sans feu ni lieu ? Laquelle éprouvait sûrement pour lui – bien qu'elle ne l'eût pas encore exprimée – une gratitude infinie pour sa générosité, pour ce toit, ce refuge accordé sans la moindre contrepartie.

Dehors, par la fenêtre, il vit passer un papillon qui volait comme s'il était ivre. Le moral remonta encore. La vie était si simple, et lui qui s'encombrait d'obsessions et de phobies irraisonnées. Soudain, sa panique lui parut si ridicule qu'il faillit éclater de rire. L'infortunée n'osait même pas bouger tant qu'il se trouvait là. Le fait même qu'elle l'ait épié par le trou de la serrure n'aurait pas dû susciter en lui une telle panique. Lui-même ne l'avait-il pas imitée ? Ne l'avait-il pas épiée, qui plus est, dans sa chambre à coucher ? Le papillon jaune repassa, titubant. Ses membres commençaient à retrouver des forces. Il se rallongea et laissa son corps sombrer délicieusement dans son lit à la douce étreinte.

Un petit bruit sec. Cela venait de l'étage du dessous. Un bref instant de silence. Puis des pas. Quelques pas qui s'arrêtent. Reprennent. S'arrêtent. Quelqu'un se déplaçait en bas. Non, pas quelqu'un. Cette femme. Mais puisqu'elle ne sortait jamais de sa chambre tant qu'il était là, pourquoi ce jour-là ? Pourquoi maintenant qu'il était blessé, incapable de réagir ?

Son courage à peine retrouvé s'évanouit, suivant lui aussi dans l'inconnu le vol incertain du papillon. La peur s'empara de lui une fois de plus, en commençant par son oreille. Il tenta de se lever. Sa cheville droite, prise dans une espèce de gouttière bricolée par le médecin, était incapable de soutenir son poids. Il découvrit enfin que la meilleure façon d'avancer (malgré sa contusion au genou) était d'aller à quatre pattes. Sortant de sa chambre, il entra le plus vite qu'il put dans ce qui avait été celle de sa sœur, à côté. De là au moins il pouvait être en contact visuel avec l'escalier et repérer à temps le moindre mouvement menaçant. Il resta par terre à plat ventre dans la chambre obscure, à observer par la porte entrouverte. Les bruits continuaient, mais sans que rien de la femme apparaisse. Au début. Car peu après on entendit des pas dans l'escalier qui montaient lentement, sûrement. Sans hésitation et sans honte. Sans pitié.

Vers la fin de leur parcours, P. Rodakis s'évanouit.

Pour la troisième fois ce jour-là il faisait l'étrange expérience de se réveiller en cherchant à découvrir où il se trouvait, pourquoi il s'y trouvait et surtout comment il s'y était trouvé. La première fois, quand revenant à lui après l'accident il avait vu le médecin au-dessus de lui ; la deuxième, lorsqu'il s'était réveillé après la piqûre, et la troisième, au moment où rouvrant les yeux après son évanouissement il eut devant lui la bibliothèque de la grande pièce et juste à côté la porte de la chambre de Vàya grande ouverte. Il était en bas. On l'avait transporté en bas. Tout ce qu'il vivait là était si absurde ! Il avait cessé d'être le maître absolu, non seulement de sa maison, mais de lui-même... À présent, il se trouvait là, brisé, incapable de bouger, tandis que cette femme – qu'il avait accepté d'aider par bonté – dévoilait son vrai visage. Comme elle se savait en position de force, elle ne se cachait plus, elle se déplaçait ! En témoignaient les bruits venus d'à côté qui sans cesse frappaient ses oreilles. Il regrettait de ne pas avoir saisi l'occasion et demandé son aide au médecin. Mais il décida de lutter contre sa peur et de l'affronter seul. Il lui demanderait de partir. Il la chasserait de chez lui.

Vàya entra dans la pièce et le fixa de ses grands yeux incolores.

« Tu es réveillé ? demanda-t-elle. Le pope m'a dit de veiller sur toi.

– Pourquoi suis-je en bas ? demanda P. Rodakis.

– C'est moi qui t'ai descendu. Tu étais tombé par terre et je me suis dit, si je le mets sur son lit, il se lèvera sans doute, il voudra descendre et il tombera dans l'escalier. Alors je t'ai descendu, parce que je fais la cuisine, pour ne pas être inquiète.

– Et comment tu m'as descendu avec toutes ces marches ?

– Je t'ai porté. Sur mon dos.

– Je n'étais pas trop lourd ? »

Vàya se mit à rire. Il la voyait rire pour la première

fois. Ses dents donnaient une impression de perfection – on eût dit qu'elles n'avaient jamais servi.

« Lourd ? Ma malle l'est deux fois plus ! »

Pendant le bref instant que dura la conversation, P. Rodakis remarqua, par rapport à l'image qu'il s'était faite la première fois, les différences que voici : les vêtements et les cheveux de la femme, lavés, n'avaient plus leur consistance empesée ; toute propension aux larmes avait disparu – elle affichait au contraire une certaine vigueur (non exempte, sans doute, de quelque chose d'animal). Enfin, rien n'indiquait une quelconque faiblesse de sa cervelle – sa façon de parler annonçait plutôt un esprit vif.

Il exprima le souhait de remonter dans sa chambre, remettant à plus tard d'exiger qu'elle quitte la maison. Elle lui fit promettre qu'il n'essaierait pas de descendre. Puis, malgré ses objections, elle le jeta sur son dos, se penchant assez pour éviter que ses pieds traînent par terre, et elle monta l'escalier sans effort apparent, sans même la difficulté qu'aurait dû normalement causer l'infirmité de sa jambe qui la faisait boiter.

Un peu plus tard, elle lui apporta une assiette creuse pleine d'un liquide rouge foncé fumant.

« De la soupe de betteraves, l'informa-t-elle, tu connais ? »

Non seulement il n'avait jamais mangé une telle soupe, mais il ignorait jusqu'à son existence. Elle avait un goût très riche et, à la douce brûlure qu'elle lui laissa dans la gorge, il conclut qu'elle contenait du vinaigre et peut-être du miel. À l'instant où il allait dire que non, cette préparation ne lui plaisait pas du tout, que ce mélange doux-acide était au bord de l'écœurant, au même instant il se sentait ensorcelé, appelé à reprendre une cuillerée, la dernière, qui n'était jamais la dernière.

« Tu en veux encore ? lui demanda-t-elle quand il eut vidé son assiette.

– Une demie seulement », répondit-il.

La peur avait disparu. Il se sentait soudain, comme par magie, délivré de tout, non seulement de sa peur vis-à-vis de cette femme en particulier, mais de toute peur. Jamais de sa vie, sans aucun doute, il n'aurait plus peur de rien ni de personne. Il se trouvait comme vacciné.

« Pourquoi te cachais-tu ? lui demanda-t-il après la troisième demi-assiettée.

– J'ai appris à ne pas m'en prendre à mon destin », dit-elle.

Cette phrase énigmatique resta dans l'air, avec l'odeur de la soupe de betteraves.

« Ne te cache plus, ce n'est pas la peine. »

Vàya hocha la tête et lui prit l'assiette.

Le seul moyen sûr pour persuader Ròsa, dans son enfance et même plus tard, de faire ou ne pas faire quelque chose, c'était de lui promettre un secret. Peu lui importait le genre de secret, la personne ou la chose en question. Il suffisait de la phrase : « Et moi je vais te dire un secret » pour qu'elle s'exécute, quoi qu'on lui demande.

P. Rodakis exploitait souvent ce point faible et annonçait à sa fille un secret, sans savoir ce qu'il allait inventer quand elle viendrait toucher sa récompense. La plupart de ses secrets étaient des inspirations de dernière minute, fort peu inspirées d'ailleurs, et sans le titre précieux de secret qui les recouvrait on n'y aurait vu que des informations banales. Pourtant, la seule pensée qu'elle était parmi les rares privilégiés à savoir que le maire, par exemple, avait un cousin à qui il manquait trois doigts, ou que le cordonnier, mort des années plus tôt, cachait son argent dans un embauchoir creux, ou qu'autrefois sur l'île une femme attrapait les chats et leur coupait la queue avec une hache, faisait que Ròsa se sentait plus riche, en possession de secrets qu'elle pourrait, à un moment donné, échanger à son tour (à condition qu'elle trouve un autre amateur de secrets). Pour l'instant, elle se contentait d'engranger des informations insolites qu'on ne pouvait lire ou entendre nulle part.

« Et si quelqu'un est seul à connaître un secret, demandait-elle, et s'il meurt, le secret est perdu pour toujours ? »

Que certains secrets se perdent, c'était pour elle une injustice incroyable. Mais son père la tranquillisait, disant qu'en règle générale, au moment de mourir, chacun dévoilait ses secrets, au moins les principaux. Elle n'était pas satisfaite pour autant. Les autres fois, qu'arrivait-il ? C'est alors que P. Rodakis inventa l'histoire des registres. Quand quelqu'un avait un secret qu'il était seul à connaître et qu'en mourant il l'emportait dans la tombe, alors ce secret était aussitôt inscrit dans l'un des grands registres prévus à cet effet qui se trouvaient là-haut dans l'espace. Condition nécessaire à l'inscription : que le secret soit devenu totalement inaccessible en ce monde. Si un secret, par exemple, n'était plus connu d'aucune personne vivante, mais restait écrit quelque part, dans une lettre, ou sur le mur d'une grotte, ou sur un papier conservé dans une petite boîte (ce dernier exemple de P. Rodakis n'avait rien de fortuit), il ne pouvait être inscrit dans les registres puisque la possibilité d'être connu un jour n'était pas encore totalement exclue. Ròsa s'imaginait les registres comme d'énormes livres aux couvertures lourdes comme du plomb, ouverts et flottants dans l'Univers obscur, dans un éternel balancement plein de grâce (malgré leur taille surnaturelle), comme celui du cahier ouvert sur les genoux d'une petite fille voyageant sur une mer agitée. Ces registres à ses yeux cachaient un trésor plus précieux que n'importe quel coffre enterré et un savoir qui rendrait jalouse la meilleure encyclopédie, puisque c'était là, et seulement là – selon les dires de P. Rodakis, qui s'amusait beaucoup à exciter l'imagination de sa fille –, que se trouvaient rapportées les découvertes secrètes de grands savants, dont la révélation eût changé d'un jour à l'autre la vie des hommes sur la Terre. Seulement voilà, les seuls à y avoir accès étaient les âmes des morts.

Ce dernier point eut pour l'âme enfantine de Ròsa une conséquence imprévue que P. Rodakis ne devait jamais soupçonner. Chaque soir avant de s'endormir, elle priait Dieu de la faire mourir dans son sommeil afin qu'elle ait l'occasion de feuilleter l'un des registres aux secrets. Le lendemain matin, elle constatait, déçue, que sa prière n'avait pas été exaucée.

Dûment invitée à ne plus se cacher, Vàya obtempéra. Certains soirs, ils se mirent à table ensemble pour goûter les nourritures qu'elle préparait, constituées pour la plupart de mélanges inédits aux goûts légèrement bizarres, auxquels on ne pouvait résister. Lui, cependant, ne perdait pas une occasion de lui rappeler qu'elle ne devait pas toucher à ses affaires, sous-entendant ainsi que l'intimité plus grande qui s'installait entre eux n'impliquait pas la suppression des conditions par lui fixées.

En ce temps-là, les maçons avaient un travail fou. Sans que l'on sache pourquoi, tout le monde sur l'île voulait se construire une nouvelle maison ou, faute de mieux, réparer l'ancienne. La nouvelle que P. Rodakis était devenu un artisan exceptionnel, talentueux et travailleur, se répandit de bouche à oreille et beaucoup de personnes intéressées lui demandèrent de prendre seul en charge leurs travaux. Le résultat fut qu'il quitta son patron et se mit à la recherche d'un aide. Il reçut la visite d'un garçon de dix-sept ans qui cherchait fébrilement du travail pour sauver les vignes de sa sœur des griffes d'usuriers insatiables. Étant donné ses propres sentiments à l'égard de la sienne, il fut profondément frappé de ce que quelqu'un puisse se battre ainsi pour une sœur.

« Tu l'aimes à ce point ? demanda-t-il en prenant l'air indifférent.

– Elle et personne d'autre », répondit le garçon.

Il ajouta qu'il avait décidé, une fois rassemblé l'argent nécessaire, de se faire moine. Tout cela paraissait totalement incompréhensible à P. Rodakis, mais il trouva le garçon sympathique par ailleurs et le prit aussitôt pour aide. Il s'appelait Pascàlis. Tous deux durent travailler de plus en plus longtemps chaque jour, mais aucun d'eux ne rechignait. L'un était pressé de rassembler l'argent le plus tôt possible, et l'autre se sentait honoré par la confiance d'un nombre de clients toujours croissant.

C'est ainsi que P. Rodakis restait plus longtemps loin de chez lui et Vàya plus longtemps toute seule. Jusqu'à présent, elle avait respecté avec un soin religieux les limitations qu'il lui imposait. Elle circulait dans la maison en tremblant, craignant d'entraîner par mégarde au passage un bout de papier sur le bureau de la grande pièce à cause de l'air déplacé par sa jupe, ou de changer de place par erreur un outil ou un ustensile de cuisine. C'était comme une corde à son cou qui au moindre faux pas pourrait la serrer et l'étouffer.

Par instants, elle se sentait submergée par le désir de mettre la maison sens dessus dessous, de poser tous les livres par terre, de vider les penderies de leurs vêtements pour les remplir d'un mélange de casseroles, de marteaux et de pelles, d'ouvrir les dossiers et de répandre partout les papiers qui reposaient en paix dedans, de fourrer des bûches sous les couvertures et enfin, ses yeux une fois rassasiés et satisfaits de cette image d'un désordre parfait, de tout remettre en place, et ce sans la moindre erreur.

Jusqu'au jour où, sans bien s'en rendre compte, elle se mit à jouer avec le feu. Pour se défouler elle choisit un tiroir. Elle l'ouvrit, l'examina avec soin, respira profondément et commença de le vider. Puis elle alla dans la cuisine, but d'un coup un verre de sirop pour se donner du cœur au ventre et retourna remettre chaque objet à sa place exacte. Le tiroir se révéla une tâche facile et elle reconstitua son état antérieur en un rien de temps.

Mais ce n'était qu'un début. Le tiroir du bureau fut suivi d'autres tiroirs, d'armoires, de placards, si bien qu'il n'y eut bientôt plus dans la maison le moindre coin caché qui n'ait vu la lumière, dévoilant ce qu'il tenait depuis des années enfermé. Ce qui la poussait à fouiller, c'était moins la curiosité que la joie d'entrer dans le saint des saints, et d'ailleurs son but n'était pas de voir, de savoir ce que contenaient tous ces endroits secrets, et encore moins d'y voler quelque chose. Son but était de troubler l'ordre régnant, de briser l'image bien ordonnée. Même si cela ne pouvait durer. Puis de réunir les fragments épars sans laisser de traces. Ce jeu-là exigeait toutes les qualités que réclame un jeu digne de ce nom. Il y fallait une bonne mémoire, des dons d'observation et cette faculté spéciale de saisir la façon particulière qu'a chacun de ranger ses affaires et qui semble porter la marque de son caractère. Mais ce qui rendait ce jeu passionnant pour Vàya, c'était le danger, de même qu'un numéro d'acrobatie redouble d'intérêt quand on écarte le filet. Et même si elle ne risquait pas de s'écraser au sol la tête la première, elle pouvait tout aussi facilement, elle s'en rendait compte, se retrouver à la rue – avec ses malles. C'était le seul point sur lequel P. Rodakis s'était montré sévère. Il aurait toutes les raisons de la renvoyer d'où elle venait. Elle le savait.

Un beau matin elle ouvrit la porte inférieure d'un vieux buffet. Placé dans un coin obscur, sous l'escalier menant au premier étage, il donnait l'impression d'être caché là-dessous à l'affût, nourrissant quelque sombre dessein. Cet endroit était toujours mal éclairé, même quand le soleil brillait dehors ; la pénombre, cependant, n'empêcha pas Vàya de comprendre, dès le premier instant, qu'elle avait touché une mine d'or ; car l'or brille, même dans les métaphores.

Les objets qui s'y trouvaient n'avaient pas été simplement déposés, on avait vu en eux des pièces à exposer, d'admirables objets précieux, disposés d'une façon que les muséographes eux-mêmes eussent jugée exemplaire. Six petites cuillers à manche de corne ciselée placées en éventail, une boîte en bois ronde à couvercle en forme de tête de lion, deux petites coupes de porcelaine où étaient peints des dragons, un livre à couverture de cuir souple avec un pommier gravé dessus, un bouton de porte rond en cristal imitant un diamant taillé, un chapelet à grains d'ivoire, un verre bleu et d'autres objets encore composaient l'image de ce paysage obscur.

Dans la petite boîte à la tête de lion, elle trouva un bout de papier plié en quatre. Sous le bord supérieur, une pyramide imprimée entre deux mots dans une langue inconnue. Dessous, elle reconnut l'écriture de P. Rodakis et lut ceci :

SEC, SUCRÉ, ACIDE
DOSES APRÈS ESSAIS
FUMÉE AUTOUR (SI NÉCESSAIRE)

Pendant treize jours, on eut un temps épouvantable. Pluie, grêle et bourrasques se relayaient sans fin, on n'avait jamais vu sur l'île un froid pareil. P. Rodakis informa Pascàlis qu'on allait attendre que le temps s'arrange un peu : dans ces conditions, tout travail était impossible. L'autre ne se réjouit guère de cette décision, ayant beaucoup de chemin à faire encore avant de libérer les vignes de sa sœur, mais il comprit qu'on ne pouvait faire autrement.

Ce séjour forcé à la maison n'entraîna pas de rapprochement entre ses deux habitants. Chacun passait seul la plus grande partie de la journée, enfermé dans sa chambre, effrayé à tout moment par le fracas déchirant de la foudre.

Le neuvième jour du mauvais temps, il trouva sous sa porte, le matin au réveil, un billet qui disait :

Jè pri des oizos opiège. Si tu veu on le mange en samble.

Il s'habilla et descendit. Il la trouva dans la cuisine en train de plumer divers petits oiseaux, moineaux ou autres plus gros, dont les cadavres s'entassaient dans une cuvette métallique.

Dès qu'elle le vit, elle reprit mot pour mot les termes du billet :

« J'ai pris des oiseaux au piège. Si tu veux on les mange ensemble. »

Il répondit que les manger ensemble lui ferait très plaisir, il proposa même qu'on le fasse non pas dans la cuisine, mais dans la salle à manger, et lui dit en remontant de le prévenir quand elle serait prête.

La salle à manger, contrairement à la cuisine, était depuis toujours une pièce obscure, étroite, dont la fenêtre au fond donnait au nord et apportait d'autant moins de lumière qu'un néflier se trouvait juste en face. Ce n'était pas d'hier qu'elle ne servait plus ; jamais de toute sa vie elle n'avait connu d'heure de gloire. La maison ayant été construite après la mort de la maîtresse de maison, les invitations à dîner n'étaient plus guère à l'ordre du jour (à de rares exceptions près, comme les fiançailles de la sœur de P. Rodakis). La pièce demeurait fermée, n'étant plus qu'un symbole de la prospérité de la famille au moment de l'apogée des ruches, sans autre raison d'être. La faible lumière du ciel, diffractée par le feuillage du néflier, donnait à ces lieux une vague teinte verdâtre.

Les oiseaux arrivèrent au fond d'un plat creux, nageant dans une sauce rouge liquide. Il y en avait assez pour rassasier au moins six personnes. Vàya s'assit face à P. Rodakis. Chacun se servit dans le plat selon son appétit.

Cette fois-là encore, les saveurs spéciales étaient au rendez-vous, Vàya imprimant sa marque à tout ce qu'elle cuisinait.

« C'est peut-être le bois ? répondit-elle quand il l'interrogea.

– Le bois ? Quel bois ?

– Dans la casserole où je fais cuire les oiseaux, je mets un bout de bois. Du pin ou du cyprès. Tu ne savais pas que ça se fait ? »

Elle avait tendance à juger comme allant de soi des choses que d'autres découvraient.

« Je ne savais pas, répondit-il.

– Si tu étais une femme et si tu faisais la cuisine, tu le saurais. »

P. Rodakis ne semblait guère convaincu. Cependant, l'argument était sans réplique.

« Où as-tu appris à cuisiner ? demanda-t-il.

– Toute seule. Pas besoin de quelqu'un pour apprendre. Les saveurs et les odeurs suffisent. Moi, je cuisine depuis toute petite. Quand ma mère a vu que je me débrouillais si bien, elle n'a plus remis les pieds dans la cuisine.

– C'est très bon.

– J'ai attrapé aussi deux grives. Mon père m'a appris comment piéger les oiseaux. Avec des gluaux. »

Il y eut un court silence, P. Rodakis désossant un oiseau, tandis que Vàya transférait soigneusement de la sauce dans son assiette avec une cuiller. Soudain, elle se leva, comme inquiète pour une raison inconnue. Il l'observa, intrigué. Alors elle se rassit. Une seconde plus tard, elle se releva, plus détendue cette fois, et se dirigea vers la porte en disant :

« J'arrive. Un instant. »

P. Rodakis ne fut pas surpris par ce départ soudain ; il resta absorbé par les petits bouts de viande savoureuse, au léger parfum de cyprès. Bientôt, Vàya réapparut.

« Tout va bien, dit-elle en se rasseyant.

– Tout va bien », répéta-t-il.

Ils continuèrent de manger en silence. Ce n'est que plus tard que sa voix retentit, un peu brouillée par la mastication :

« Tu ne m'as rien demandé.

– Sur quoi ?

– Sur moi. Qui je suis. D'où je viens, comment je me suis retrouvée sur votre île.

– Je ne t'ai rien demandé parce que ça ne m'intéressait pas. Et je ne voulais pas non plus que tu croies que j'allais faire une enquête sur toi avant de t'accueillir. Je ne suis pas un tribunal.

– Si seulement tout le monde pensait comme toi...

– Et puis je ne savais pas si tu me dirais la vérité. Tu pouvais me raconter n'importe quel mensonge. Alors, à quoi bon t'interroger ?

– Je pense que je t'aurais menti, dit-elle avec une sincérité imprévue.

– J'ai vu que tu boitais. »

La phrase, bien qu'affirmative, ressemblait à une question.

« Oui, je boite. Mon pied droit... », elle s'interrompit, « ... n'est pas entier. »

P. Rodakis, se jugeant indiscret, reprit gauchement :

« Tu fais très bien la cuisine.

– Ta question ne me gêne pas, dit-elle pour le mettre

à l'aise. Il y a quelques années, j'ai perdu une partie de mon pied, un peu au-dessus des doigts. C'est un homme qui m'a fait ça. »

Elle se leva pour débarrasser. Dans le plat restaient trois oiseaux, sans tête, les pattes en l'air. En deux ou trois allers et retours elle eut fini. P. Rodakis se demanda si le moment n'était pas venu de monter dans sa chambre. Pour finir, il décida de s'attarder encore un peu.

Vàya revint avec une bouteille et deux petits verres.

« Je t'ai apporté ça pour te faire goûter », dit-elle, et elle remplit le premier verre d'un liquide orange.

« Qu'est-ce que c'est ?

– C'est fait avec des nèfles. Vous aussi vous en avez », dit-elle en montrant l'arbre dehors, secoué par le grand vent et dont les branches semblaient appeler au secours.

Elle remplit aussi son propre verre, s'assit face à lui et, avant que le crépuscule obscurcisse totalement la pièce, elle se mit à raconter son passé.

Le passé est un sujet de fierté pour les uns, et pour les autres un sujet de honte. Il peut s'avérer sans intérêt pour l'un, et important pour l'autre au point qu'il y travaille plus encore qu'à son avenir. Avec cette décision de vendre le terrain de l'héritage pour voyager au loin, il n'avait rien fait d'autre que travailler à son passé, ou plus précisément au passé de son avenir.

La période précédant le voyage, où il dût mener à bien certaines démarches (lorsque, en d'autres termes, le voyage appartenait à l'avenir), fut une période ingrate.

Il lui fallait trouver un acheteur pour le terrain, obtenir un bon prix, faire tous les préparatifs nécessaires et surtout vaincre sa lâcheté, qui le faisait mourir de peur devant un projet si grandiose et le plongeait dans des cauchemars dont il sortait baigné de sueur.

La période où le voyage se réalisa (le voyage en tant que présent) lui réserva aussi des moments ingrats. Incessante recherche d'un point de chute, difficultés de compréhension, peur des épidémies locales, changements constants de conditions climatiques.

À son retour sur l'île seulement, quand il tourna la clé dans la serrure, entra chez lui, défit ses bagages, et surtout quand il arrangea le placard aux objets précieux pour y conserver les souvenirs du voyage (le voyage en tant que passé), alors seulement, pour la première fois, cette histoire lui apporta vraiment du plaisir. Son but était atteint. Il était parvenu à créer pour l'avenir un morceau de passé précieux. Il n'avait plus maintenant qu'à rester tranquille et à se livrer à la rêverie en caressant au creux de sa main l'un des objets précieux. Aussitôt, tout revivait dans sa mémoire : images, sons, paysages, odeurs, visages. S'il y avait eu moyen, par quelque intervention magique, de porter sur le compte du passé toutes les expériences du voyage, sans que cela demande le moindre déplacement, il n'aurait pas bougé de chez lui et de son fauteuil. Évitant ainsi une foule de désagréments.

Vàya n'aurait jamais pu imaginer que quelqu'un fasse quelque chose uniquement pour enrichir son passé. D'autant que son passé à elle était un domaine qu'elle aurait voulu effacer à jamais de sa mémoire. Pour finir, elle adopta la stratégie consistant à tirer de son passé tumultueux les points qui renforçaient le mieux l'image qu'elle souhaitait donner, en passant sous silence d'autres qui risquaient de tout gâcher. Si bien que ce qu'elle avait dit au pope, quand il l'avait écoutée en confession, ne fut pas ce qu'elle dit à P. Rodakis, cet après-midi-là, dans le fracas du tonnerre.

Son récit ne suivait pas la chronologie, elle sautait d'un épisode à l'autre, évoquant divers personnages sans expliquer qui ils étaient ou quelles relations au juste elle avait avec eux (sa logique bien connue étant de tout considérer comme allant de soi). Une ou deux fois, il l'interrompit pour demander certains éclaircissements, mais elle, emportée par le tourbillon des souvenirs, ne l'entendit pas, ou feignit de ne pas l'entendre. Si bien qu'à la fin P. Rodakis n'avait rien compris, et tout effort pour relier logiquement ces fragments épars tombait dans le vide.

Le même effort, tout aussi vain, continua de l'occuper quand il fut seul ce soir-là, allongé dans son lit, tournant et retournant les divers éléments. Enfin il s'endormit, mais l'image de Vàya ne le quitta pas, tandis que des images du récit lui revenaient sans cesse en désordre sous forme de rêves.

Trois fois il fut réveillé par la foudre. Et trois fois il s'enjoignit de cesser enfin de voir Vàya dans ses rêves, surtout dans la scène où son mari lui coupe le pied avec sa pelle, mais les rêves continuèrent jusqu'au matin. Et la pluie de même. Il restait quatre jours de mauvais temps.

Du jour où elle trouva le papier dans la boîte à la tête de lion, elle fut bien souvent tentée d'interroger P. Rodakis sur le sens des mots écrits dessus, mais elle n'osa pas, ne pouvant expliquer de façon satisfaisante comment elle en était venue à le découvrir. Elle fit toute seule diverses tentatives pour interpréter ces phrases, mais sans aboutir nulle part. « Sec, sucré, acide – doses après essais » évoquait un genre de recette de cuisine, ou les instructions pour la préparation d'un médicament, ou peut-être une méthode thérapeutique. Même si aucun ingrédient n'était donné. Mais ce qui compliquait les choses, c'était la troisième ligne : « fumée autour (si nécessaire) ». Si elle n'avait cru dur comme fer au fonctionnement rationnel du cerveau de P. Rodakis, le soupçon aurait pu l'effleurer que derrière ces mots codés se cachait peut-être une formule d'exorcisme, ou du moins quelque chose d'associé à la magie.

La réponse ne devait pas tarder. Il y eut d'abord la révélation d'un secret qu'avec une habileté effrayante elle avait caché jusque-là. C'était un soir tranquille, peu de temps après le recul du mauvais temps, sans froid, sans vent, sous une lune très brillante. P. Rodakis dormait comme une souche, épuisé par le dur travail qu'il avait repris dès l'amélioration du temps. Son sommeil fut brutalement interrompu par un sentiment très désagréable qui l'avait déjà plusieurs fois secoué, affolé, en pleine nuit. Comme si une main lui avait soudain coupé l'oxygène, l'amenant au bord de l'étouffement. Alors il s'éveillait et commençait d'aspirer l'air sans arrêt, le plus profondément possible, par brèves goulées d'asthmatique, comme un chien qui a couru des heures pendant la plus chaude journée de l'année. Il attribuait ce malaise à une mauvaise position de sa tête qui l'empêchait de respirer. Les premières fois il avait eu très peur, avant d'acquérir la certitude qu'il s'éveillerait toujours à temps avant de mourir étouffé.

Il se leva pour ouvrir la fenêtre et prendre un peu d'air frais. Mais la fenêtre – déformée depuis longtemps déjà – était devenue, après les dernières pluies, impossible à ouvrir. Il jeta une couverture sur ses épaules, enfila ses chaussures sans les lacer, descendit le plus silencieusement qu'il put de peur de réveiller Vàya. Et il sortit.

Le paysage nocturne était d'une beauté désarmante, avec un seul défaut : la force du clair de lune effaçait la lueur des étoiles. Il marcha sur les pierres plates (posées pour éviter de plonger dans la boue), prenant de substantielles goulées d'air froid. Loin au fond, la mer. Dans les branches, des chouettes.

Dans deux heures il devrait partir au travail. Il se demanda s'il valait mieux veiller ou tenter de se rendormir. Optant pour la deuxième solution, il fit demi-tour afin de rentrer. Il avait maintenant la maison face à lui : sa masse irrégulière faisait une tache blanche dans la nuit.

Bâtie à l'époque de grande prospérité venue du miel, sa différence par rapport aux autres maisons de l'île sautait aux yeux. Sa caractéristique, c'étaient les multiples renfoncements et saillies formés par les murs, qui donnaient à l'ensemble une allure de construction enfantine, comme une sorte de château fait avec des cubes. L'inspirateur du projet était un architecte italien qui, se trouvant alors sur l'île pour une visite aux ruines antiques, fut enrôlé par S. Rodakis, alors nouveau riche, lequel lui commanda un projet qui ne rappelle en rien les maisons traditionnelles de l'île. L'Italien, quelques jours plus tard, lui livra les plans et repartit. S. Rodakis confia l'exécution aux maçons locaux, qui depuis lors maudissaient quotidiennement l'Italie, les ruines antiques et le miel. Ils parvinrent malgré tout à terminer l'ouvrage. Le résultat était insolite, en effet, comme l'avait souhaité S. Rodakis ; quant à son esthétique, les avis divergeaient.

Après l'achèvement des travaux, S. Rodakis s'aperçut qu'il avait besoin d'un local supplémentaire pour ranger les outils de jardin, avec une entrée indépendante pour plus de commodité. Aussi ajouta-t-il une saillie de plus au corps du bâtiment, construisant lui-même une longue et vaste pièce (et détruisant ainsi totalement, bien entendu, l'équilibre du projet). Cette « remise de derrière », comme on l'appelait, que P. Rodakis ouvrit à Vàya pour ses malles, était en fin de compte un lieu presque inutilisé, malgré le besoin qui l'avait fait construire.

Ses pas l'avaient rapproché de la maison quand son regard tomba sur la saillie de la remise. Il se sentit curieux, pour la première fois depuis que Vàya avait installé là ses affaires, de jeter un coup d'œil à ces deux malles, sans les ouvrir ou les fouiller – jeter un coup d'œil, c'est tout. Il fut intrigué de voir que la porte, jamais fermée à clé (en fait, il n'y avait même pas de clé pour la fermer), était impossible à ouvrir. Il alla de l'autre côté où se trouvait une petite fenêtre. Celle-ci, au contraire, bien que toujours fermée, avait ses volets entrouverts. Il lui sembla même voir émaner de l'intérieur une faible lumière, mais le clair de lune l'empêchait d'en être sûr. Il allait devoir se rapprocher.

Il plaça son visage dans l'espace entre les deux battants. La pièce était éclairée, en effet. Il vit de vieilles chaises défoncées, des morceaux de tôle rouillée, des branches desséchées issues d'élagages passés, des seaux pleins de peinture sèche, des matériaux de construction. Tournant la tête à gauche, autant que le permettait l'étroite ouverture, il aperçut les deux malles. L'une d'elles était ouverte, avec Vàya penchée au-dessus, lui tournant le dos, occupée par quelque chose qu'il ne distinguait pas de l'endroit où il était. Il voyait seulement les gestes de ses bras, fort affairés, comme si elle pétrissait, ou pliait des vêtements, de la laine.

« Mais que peut-elle bien faire là, à une heure pareille ? » se demanda-t-il.

Il devina que ce qu'elle faisait, quoi que ce fût, l'était en cachette. Mais il ne pouvait s'expliquer pourquoi, si elle voulait se cacher, elle ne profitait pas de la journée quand elle était toute seule.

Ses pensées furent interrompues par un geste de Vàya.

Elle prit à deux mains ce qui était devant elle dans la malle et le souleva en l'air au-dessus de sa tête, comme une mère soulève son bébé.

Il osa tirer l'un des battants et avancer un peu la tête. Eh bien oui. Entre ses mains, elle tenait le petit corps maigre d'un bébé.

« Et que voulais-tu que je fasse, mon enfant, dit le père Chrỳsanthos d'un ton d'excuse en grattant une tache de cire séchée sur la manche de sa soutane, j'étais lié par le secret de la confession, je ne pouvais rien dire. »

C'était la seconde fois ces derniers temps que P. Rodakis rendait visite au pope ; la première fois, trois mois plus tôt, il était venu demander quelles démarches avaient été faites concernant Vàya et si l'on avait trouvé une famille pour la prendre à son service, comme convenu. Le pope l'avait prié de patienter encore un peu. Cette fois-ci pourtant, P. Rodakis était mécontent, ce dont témoignaient tant ses propos que la torsion de sa lèvre supérieure.

« Que pouvais-je faire, reprit le pope, enfreindre une loi sacrée pour te dire : Tu sais, il y a un bébé dans la malle ?

– Mais il n'étouffe pas là-dedans ?

– Elle ne le laisse pas là toute la journée. Quand tu t'en vas, elle le sort, et le soir elle ouvre le couvercle pour le coucher dedans, comme dans un berceau. L'enfant est bien traité, ne t'inquiète pas. Il ne risque pas de tomber.

– Mais pourquoi elle ne m'a rien dit ? Je ne comprends pas. Au contraire, c'était une raison de plus pour la garder. Si j'avais su qu'elle avait un bébé.

– Elle ne voulait pas. Elle est poursuivie. Et un bébé, ça se remarque, tu comprends ? Ils cherchent une femme avec un bébé. Voilà pourquoi je ne l'ai pas mise ailleurs. Dans quelle maison pouvait-elle cacher un bébé ? Là-bas, chez toi. Et même là elle n'a pas réussi. Elle te l'aurait dit, pas de problème. Elle voulait d'abord être sûre de toi, elle t'en aurait parlé après. Et d'abord, un enfant, ça grandit, combien de temps pouvait-on le cacher ?

– Pourquoi est-elle poursuivie ?

– Je suis lié par le secret, n'insiste pas, mon enfant, je t'en prie. Elle ne t'a donc jamais parlé ?

– Elle m'a parlé. Mais sans me dire pourquoi on la poursuit. Elle m'a dit être partie de chez elle pour échapper à son mari qui la torturait. Qui lui a coupé le pied avec une pelle.

– Que veux-tu que je te dise, mon enfant ? Le secret, tu comprends...

– Elle m'a menti ?

– Dieu m'est témoin, moi non plus je ne sais pas ce qui est vérité ou mensonge dans tout cela. L'important, c'est qu'il y a là un être malheureux et que notre devoir est de l'aider. »

Le pope avait raison. Et P. Rodakis voulait bien aider. Il baisa la main du vieux prêtre et s'en alla. Sur le chemin du retour lui vinrent quelques réflexions.

Pourquoi la poursuivait-on ? Cet acte à cause de quoi on la poursuivait, en était-elle vraiment coupable ? Il se rappela cette phrase du pope la première fois : « Je ne la fais pas dormir avec les orphelins, on ne sait pas ce qu'elle peut faire la nuit. » Il en concluait à présent que ce n'étaient pas là des paroles en l'air. Pourtant, il était sûr d'une chose : quel que fût l'acte commis par Vàya, lui-même n'était pas en danger. Il repensa au temps où il craignait sa présence ; il lui parut très lointain. Et en même temps comique.

Et le bébé ? Il pouvait expliquer à présent de nombreux points qui jusqu'alors demeuraient obscurs. Son isolement : les premiers temps surtout, mais aussi plus tard, quand un semblant de relation s'établit entre eux, elle ne parut jamais prête à quitter pour de bon l'asile sûr que lui fournissaient les quatre murs de sa chambre. Sa soudaine disparition par moments (comme lors du repas aux oiseaux). Il pouvait désormais trouver des raisons à tout, en reliant tout à l'existence du bébé. La réflexion suivante fit qu'il s'arrêta, fixant d'un œil vague un buisson au bord du chemin. Les pleurs de bébé qu'il entendait parfois et qu'il avait attribués à ses crises hallucinatoires. Il arracha une petite feuille au buisson. Le pope soucieux qui se hâtait de s'arranger avec le laitier pour qu'il apporte du lait. Il se remit à marcher. Elle-même soucieuse de bien ranger ses malles comme si c'était là chose importante.

Il ne lui avait pas révélé qu'il connaissait son secret. Si bien qu'elle le croyait totalement ignorant. Mais il fallait en finir.

Dès que la maison fut en vue, il prit la décision de lui parler sans détour. Il la trouva en train de ramasser des choux. Il s'approcha et lui dit, le plus simplement qu'il put :

« Je sais pour ton enfant. Parle-moi, n'aie pas peur. Tu peux avoir confiance. »

Au début, elle l'écouta en refusant de comprendre le sens des mots, comme s'il avait parlé dans une langue inconnue. Puis elle comprit, mais se trouva privée de l'usage de la parole. Un peu plus tard, se reprenant, elle lui répondit tout aussi simplement, d'une voix un rien plus sourde :

« Rentrons. Je vais te raconter. »

La partie nord de l'île dans son ensemble était peu habitée, même avant le grand incendie. La propriété de P. Rodakis, de plus, était la plus isolée, ayant pour limites naturelles d'un côté une butte, et de l'autre un torrent à sec, assez loin des maisons les plus proches. Il était donc totalement inutile, dans une telle solitude, que Vàya baisse la voix, puis referme la porte derrière elle dès qu'ils furent dans la salle à manger, mais il semble assez naturel qu'une personne qui confie ses secrets parle à voix basse, avec précaution, même s'il n'y a personne aux alentours. Ils s'assirent sur deux des six chaises ornées de roses gravées tandis que le néflier recevait les derniers rayons de l'après-midi. Bientôt il faudrait allumer, mais ce détail à ce moment-là ne les préoccupait guère. Et plus tard non plus, quand ils se retrouvèrent dans l'ombre à se regarder, leurs pupilles se dilatant peu à peu.

Elle lui parla de deux hommes. Le premier était son mari. Elle disait l'avoir aimé, ou avoir cru l'aimer, pour ses beaux sourcils, ses doigts vigoureux et le son de sa voix. Qualités négligeables, pensa P. Rodakis, surtout en vue d'un mariage. Elle le comprit dès les premiers temps : l'homme qu'elle avait épousé était un être veule et plutôt incapable, dont la seule démonstration de force était de la battre sauvagement. Cela, il l'avait déjà entendu, à peu près, la première fois. Mais il n'avait pas compris si ces violences étaient totalement inexplicables ou non.

« Il avait des raisons de se comporter ainsi avec toi ? » demanda-t-il.

Elle croisa les doigts, les contempla un instant, ouvrit la bouche sans sortir un son, mais, sans aucun doute, avec l'intention de parler ; puis, après un bref instant de recueillement, elle se mit à évoquer le deuxième homme. De celui-là elle parlait pour la première fois.

Le père de son mari était marin. Malgré tous ses efforts pour se trouver au mariage de son fils, des vents violents l'avaient retenu bloqué quelque part en Afrique. Il se présenta un mois plus tard, chargé de cadeaux exotiques, et demeura six mois auprès des nouveaux mariés avant de repartir en voyage. Aimant dépenser, il invitait souvent le couple à des réjouissances. Le plus frappant, c'était la ressemblance entre père et fils, du moins extérieurement. En fait, le père avait tous les traits qui l'avaient attirée chez son mari, mais à un degré bien supérieur. Ses yeux avaient la même beauté de forme, la même rareté de couleur, mais aussi une vivacité, une mobilité qu'elle n'avait jamais vue chez son mari au regard vide. Ses sourcils dessinaient la même courbe, mais il ne les fronçait pas tout le temps nerveusement, l'air bougon. Ses doigts vigoureux étaient dotés en même temps d'une agilité surnaturelle. Tous deux avaient des voix superbes, colorées, et si semblables qu'on se demandait, ne les voyant pas, lequel des deux avait parlé. Mais l'un parlait de pays aux chutes d'eau immenses, de panthères, de soleils qui ne se couchaient jamais, et l'autre des mauvais sujets qu'il avait pour amis et des plaisanteries idiotes qu'ils échangeaient.

Les six mois que passa le père en compagnie du couple furent décisifs pour la vie de tous. Vàya regardait l'homme qu'elle avait épousé et voyait la copie dégénérée de l'autre, une réédition lamentablement ratée. Même ses côtés positifs semblaient faux sur lui, comme s'ils n'étaient pas vraiment à lui, comme s'ils n'appartenaient qu'à son père et qu'ils soient simplement tombés en sa possession par la grâce d'une hérédité aveugle, sans y avoir droit, sans qu'il l'ait mérité.

Avec étonnement d'abord, et terreur ensuite, elle se surprit à calculer – inconsciemment au début, puis dans l'angoisse – le temps qui restait avant que le bateau ne s'en aille, emportant l'original et lui laissant la copie. Le temps devenait cruel, et en même temps précieux.

Elle était aux petits soins pour lui, s'ingéniait à lui rendre tous les services possibles, comme autant d'actes d'adoration invisibles. Elle mettait des rameaux de lavande ou de romarin dans les poches de ses vêtements bien lavés, posait toujours un verre d'eau fraîche sur sa table de nuit, lui choisissait le meilleur morceau de viande, le fruit le plus mûr. Tout cela accompagné de regards furtifs, de frôlements fortuits, de mélancolies soudaines, de maux d'estomac.

« Quant à l'autre, dit-elle en désignant son mari, eh bien, il n'était pas aveugle, il pouvait avoir tous les défauts, mais il savait toujours très bien ce qui lui arrivait. »

Bien qu'elle n'eût jamais avoué le désir caché dont l'accusait ouvertement son mari, elle acceptait en silence la violence qu'il exerçait sur elle pour se venger. Elle l'acceptait, la trouvait justifiée (tout en disant le contraire), croyant expier ainsi une partie de son péché. Après le départ du père, ces mauvais traitements continuèrent sans faiblir, avec la même conviction ancrée chez l'un et l'autre : cette mesure, vu les circonstances, était celle qui convenait.

Puis vint la période des lettres. Elle écrivit chaque jour ou presque, mais gardait ces lettres, qu'elle rangeait dans une taie d'oreiller ; puis elle les envoya toutes ensemble à un hôtel d'Alexandrie d'où il leur avait posté une carte postale, les informant qu'il y passerait encore quelque temps. Il y avait trente-trois lettres. Elle les classa par ordre chronologique de rédaction, les enveloppa d'un épais papier gris et inscrivit sur ce paquet l'adresse copiée sur la carte postale avec, en cet instant, les sentiments d'un assassin qui, après des années de préparation, exécute enfin son forfait.

Les premières lettres étaient brèves, retenues, cérémonieuses. Dans les suivantes elle laissait peu à peu apparaître un petit nuage qui jetait son ombre sur la vie du couple, mais en attribuant la responsabilité à elle-même, à son impuissance à se montrer digne du brave homme qu'elle avait à ses côtés, sans nommer la cause du problème. Dans la vingt-quatrième lettre seulement elle parlait de comparaison, mais là encore sans préciser qui était comparé avec qui. Puis arrivait la lettre 29, où dans un déchaînement délirant elle avouait tout. Suivirent quatre autres lettres de désespoir amoureux et c'est à ce moment-là qu'arriva la carte inattendue d'Alexandrie ; alors elle cessa d'écrire d'autres lettres, envoya les trentre-trois qu'elle avait écrites et attendit. Qui, elle ne savait pas ; elle attendait.

Si ces lettres étaient parties une à une, dans l'ordre, leur progression régulière vers leur paroxysme aurait eu un sens. Mais lui les reçut toutes ensemble ; et la première interrogation (mêlée d'inquiétude) naquit avant même la lecture, dès qu'il aperçut l'épaisseur du paquet. Il avait envoyé une carte de trente mots à peine, et en réponse il recevait trente-trois lettres. Après les avoir lues – comme il le lui dit lui-même, longtemps plus tard –, il s'enferma dans sa chambre pendant quarante-huit heures, ne sortant que pour aller manger.

P. Rodakis se leva enfin pour allumer. Il demanda :

« Et il a répondu ?

– Non. Il a disparu. Il est resté longtemps sans nous donner signe de vie. L'autre s'inquiétait, craignant qu'il ne soit arrivé malheur à son père. Moi je savais, bien sûr, qu'il n'était pas malade ou noyé. Je savais pourquoi il avait disparu. Puis il nous a envoyé un télégramme très court. Pour faire savoir qu'il était vivant.

– Tu ne l'as pas revu ?

– Et comment, que je l'ai revu ! Mais plus tard. Des années plus tard. Il y a un an et demi. En fait, un an et sept mois. Je l'ai vu soudain devant la porte. Dès qu'il m'a vue, il a dit : "Tu n'as pas honte !"

– Ton mari n'était pas là ?

– Non. Et son père le savait. C'est pour ça qu'il est venu. Il a guetté le départ de l'autre pour venir. »

À cet endroit, Vàya s'arrêta. Ses yeux fixaient la table. La vitre de la fenêtre était couverte d'insectes fascinés par la lumière. P. Rodakis demanda enfin :

« Il t'a injuriée ?

– Oui. Il me traitait de salope, de saleté, je ne méritais que du mépris, je ne respectais rien, je me dirigeais tout droit vers l'enfer et, plus tôt j'y serais mieux ce serait, et il m'en a dit d'autres, des paroles cruelles, des insultes, mais ses mains me caressaient, chiffonnaient mes vêtements, il m'a jetée par terre, a cessé de m'insulter, a commencé à m'embrasser et c'est seulement quand il s'est relevé pour défaire sa ceinture qu'il m'a traitée de créature maudite, puis il est retombé sur moi et n'a plus dit un mot, et quand il s'est relevé, au bout d'un bon moment, il m'a de nouveau traitée de salope avant de partir en claquant la porte. Il est revenu les deux jours suivants, dès que l'autre quittait la maison, mais cette fois il ne m'insultait pas, il ne parlait même pas, il tombait sur moi et repartait sans même dire au revoir. Je ne l'ai jamais revu depuis. »

Les insectes regardaient, immobiles et muets, comme le public au théâtre qui retient son souffle au point culminant du drame. Vàya poursuivit :

« Plus tard, il m'a envoyé une lettre chez ma cousine Nectarìtsa (c'est moi qui lui avais dit de m'écrire chez elle s'il voulait), après trois mois, en y joignant mes trente-trois lettres. Dans sa lettre, il me parlait comme si rien ne s'était passé, enfin, comme s'il n'y avait pas eu ces trois fois, disant qu'il me renvoyait mes lettres, écoute un peu ! pour que je les détruise moi-même, de mes propres mains, et qu'en les déchirant ou les brûlant, je sente qu'avec elles je tuais aussi la maladie dont j'étais frappée. J'ai compris qu'il était bien pire que son fils. En fin de compte, le fils avait de bonnes raisons de penser et d'agir comme il le faisait. C'était un homme peu reluisant, mais franc et honnête au moins. Pas une canaille hypocrite comme son père. Et ces trois fois, qui normalement pour moi auraient dû être un grand bonheur, je les aurais jetées hors de moi comme de l'ordure, si elles ne m'avaient pas offert ma fille.

– Ton bébé, demanda doucement P. Rodakis, c'est une fille ?

– Une fille, oui. Ma petite Ròsa. »

Ils tournèrent en même temps la tête vers la fenêtre. Un gros papillon de nuit brun avait heurté bruyamment la vitre.

Les deux bibliothèques de bois de la maison occupaient dans la grande pièce deux murs en vis-à-vis. La plupart des livres avaient été achetés par S. Rodakis ; il avait une vénération pour les livres – non qu'il eût aimé la lecture, mais parce que l'idée de réunir dans une pièce les connaissances de quelques siècles l'émouvait profondément. Le savoir humain était ce qui l'attirait. La littérature, au contraire, le laissait froid, il y voyait un mensonge et un luxe pour oisifs. Il avait entretenu pendant des années une correspondance avec le propriétaire d'une des plus grandes librairies de la capitale, qui l'informait régulièrement sur tous les nouveaux livres publiés et envoyait par le premier bateau tous ceux que S. Rodakis lui commandait. Certains étaient en langue étrangère, en français surtout, condamnés d'avance à la plus lourde des peines pour un livre : l'inutilité éternelle – car nul dans la maison ne connaissait de langues étrangères. Mais, selon le raisonnement de S. Rodakis, cela ne diminuait en rien la valeur extrême des œuvres en question qui renfermaient toujours dans leurs pages ce bien suprême, le savoir humain, ou ne serait-ce qu'un fragment. Ses yeux caressaient avec vénération des titres d'énormes volumes, tels *Astronomie, Exercices de géométrie, L'Art ferrarais à l'époque des princes d'Este,* qui écrasaient sous leur poids, comme une pierre tombale, une foule de sujets et d'informations souvent incroyables.

E. Rodaki, sœur de P. Rodakis, n'aimait pas les livres. Les gens qui s'y intéressaient, selon elle, étaient soit très vieux, soit très bizarres. Souvent, dans son enfance, elle rêvait qu'elle descendait en cachette, les déchirait page après page, et ils poussaient des hurlements. (Voilà pourquoi P. Rodakis fut si intrigué quand elle lui emprunta le livre de Botanique. Il ne voyait pas ce qu'elle pouvait faire d'un livre quel qu'il soit. Elle avait prétexté vouloir copier le dessin de l'arbre sur la couverture pour une broderie.)

P. Rodakis, jusqu'à un certain âge, avait vu d'un œil indifférent les rayons qui supportaient un poids sans cesse plus grand, mais plus tard son intérêt fut éveillé par un livre de Géologie consacré aux grottes, qui fut l'occasion pour lui de connaître la secrète beauté de l'étude, qu'il associait exclusivement, lui aussi, fatalement, aux sujets de nature scientifique. Il fallait s'attendre à ce que naisse en lui (comme chez son père) un profond dédain pour toute lecture légère, et en particulier pour les romans d'amour, qu'il ne connaissait que par ouï-dire, bien sûr, mais en quoi il voyait le plus abominable des genres. L'essentiel sans doute est que son aversion pour les romans d'amour influença pour une grande part sa vision de l'amour en général.

Aussi, lorsque Vàya se mit à dérouler dans la pénombre le fil de son passé obscur, P. Rodakis craignit de se retrouver prisonnier de l'évocation d'une tragédie amoureuse et de devoir subir jusqu'au bout tout le déchirement et l'amertume d'une femme trahie. Il avait vu juste ; cependant, le ton impersonnel de Vàya relatant les événements – comme s'ils ne la concernaient pas –, la froideur de sa voix atténuaient l'aspect mélodramatique du récit. Au moment des trente-trois lettres, seulement, P. Rodakis se sentit mal à l'aise, c'est pourquoi il se leva pour allumer. Il ne voulut pas un seul instant exprimer son jugement personnel sur ce qu'il entendait, se bornant à poser des questions quand il le jugeait utile, pour éviter qu'elle ne s'égare comme la fois d'avant. Ce qui lui permit d'obtenir un récit cohérent. Il était impatient de saisir la première occasion de lui demander la seule chose qui l'intéressât dans toute l'histoire : quels étaient ceux qui la poursuivaient et pourquoi.

Le papillon ayant heurté la vitre, la surprise qui en résulta interrompit le cours de la conversation, rien qu'un instant sans doute, mais il en profita pour poser la question :

« Et pourquoi te poursuivent-ils ? »

À une légère crispation sur son visage, P. Rodakis comprit que la question la gênait. Pourtant elle répondit tout de suite :

« L'une des trois fois où il est venu, quelqu'un a dû le voir et a couru dire à mon mari : "Ton père est là !" Moi, j'ai raconté qu'on l'avait confondu avec un ouvrier venu pour des réparations. Il l'a cru, non pas qu'il ait eu confiance en moi, mais penser que son père pouvait le tromper derrière son dos, c'était trop pour lui. Selon lui, j'en étais capable, mais pas son père. Seulement, par la suite, quand j'ai été enceinte, il a compté les mois et il a vu qu'à l'époque de la conception de l'enfant, lui ne me touchait pas, car il avait une infection et le médecin lui avait dit de s'abstenir. Il a compté, il a compris. C'est là qu'il a attrapé la pelle. Il m'a dit qu'un jour il me tuerait, qu'il attendait seulement, comme il disait, que je mette son frère au monde et qu'après il me tuerait. "Où que tu ailles, je te retrouverai, qu'il m'a dit, je te retrouverai et je te tuerai." C'est là qu'il m'a frappée avec la pelle et coupé les doigts de pied. Plus tard, quand j'ai recommencé à marcher, j'ai fait mes bagages en douce et je suis allée chez ma cousine Nectarìtsa. Je suis restée près d'elle quelque temps. Un jour, je n'avais pas encore accouché, j'entends ma cousine me crier de descendre, elle venait de trouver en se réveillant, sur la porte d'entrée, une inscription, JE VIENS, gravée, calligraphiée en majuscules. N'imagine pas quelque chose d'écrit vite et sans soin. C'était ça le plus effrayant. En fait, il me disait : je sais où tu es, j'attends que tu accouches et je viendrai te tuer. Un travail de professionnel, il a dû payer quelqu'un, autrement ça ne s'explique pas. Les gens passaient, ils admiraient. Je les voyais bien.

« Dès que j'ai vu ces lettres avec des volutes et des fioritures, j'ai compris que je ne pouvais pas lui échapper. J'ai accouché avant l'heure, à cause de la peur sans doute, je n'ai pas bougé pendant deux jours, pas plus, le temps de me remettre, et je suis partie un soir, sans savoir où j'allais, avec Ròsa dans la malle et un peu d'argent dans un petit sac, qu'on m'a volé le troisième jour. Puis j'ai réussi à me faufiler sur un bateau, je voulais me retrouver le plus loin possible, mais on m'a débarquée à mi-chemin parce que je n'avais pas de quoi payer mon billet.

– Il ne pourra jamais te trouver ici, dit tranquillement P. Rodakis.

– Je ne peux pas rester ici pour toujours. »

La confession semblait parvenue à son terme. P. Rodakis était satisfait d'avoir gagné sa confiance et voulut lui rendre la pareille en partageant lui aussi quelque chose de personnel avec elle.

« Lève-toi, dit-il.

– Qu'est-ce qu'il y a ? demanda-t-elle, plus inquiète encore, ne sachant pas s'il lui voulait du bien ou du mal.

– Viens avec moi. Viens, je vais te montrer quelque chose. »

Elle se leva à contrecœur et le suivit dans la maison obscure, guettant un signe indiquant ses intentions. Il la menait vers l'escalier et elle était sûre que l'incertitude continuerait jusqu'à l'étage du dessus. Mais lui, dépassant l'escalier, prit le couloir vers l'espace vide qui s'ouvrait sous les marches, d'où elles apparaissaient à l'envers comme un négatif de photographie ou l'envers d'une broderie. Là où le buffet semblait attendre, pour l'effrayer, quelque victime inconsciente qui passerait devant.

P. Rodakis décrocha une lampe du mur et l'alluma.

« C'est l'armoire aux objets précieux, dit-il en s'agenouillant, la lampe à la main. Une collection que j'ai rassemblée lors d'un grand voyage. »

Vàya, feignant la surprise, considéra la porte fermée, tandis qu'au même instant, claire, nette et lumineuse, se présentait à son esprit l'image précise de ce qu'elle cachait. Elle aurait pu encore, elle était prête à le jurer, déplacer tous les objets, puis les remettre à la bonne place.

« Précieux ?

– Précieux, car chacun vient de très loin : dans cette armoire sont rassemblés des objets fabriqués dans des pays distants de milliers de kilomètres. »

Elle n'entendit pas ces derniers mots. Autre chose la préoccupait. Le papier au texte sibyllin.

« Alors, tu veux voir ? »

Elle fit oui de la tête, lui donnant ainsi le signal de tourner la clé. Il ouvrit la porte lentement, croyant prolonger ainsi son impatience, faisant grincer terriblement les gonds (ce qui n'eût pas été le cas s'il avait ouvert normalement). Devant eux apparut, dans la lumière tremblante de la lampe, la nature morte de la collection.

« Ça te plaît ? demanda P. Rodakis.

– C'est très beau. »

Alors, elle pensa au mouvement suivant.

« Oh, la jolie boîte, dit-elle, prenant dans sa main la boîte au couvercle orné d'une tête de lion. D'où vient-elle ?

– D'Égypte. Dans l'hôtel où j'étais, il y avait dans l'entrée une vitrine avec divers objets qu'on pouvait acheter comme souvenirs.

– C'est finement gravé », dit-elle en caressant du bout des doigts la tête, la bouche ouverte et les dents menaçantes.

D'un geste vif mais délicat, elle ôta le couvercle.

« Il y a un papier dedans », dit-elle, et elle le lui tendit, plié tel qu'il était, le regardant droit dans les yeux. Il le prit et le déplia.

« Oui », dit-il, ayant jeté un regard aux mots écrits.

Elle le regardait toujours, l'air interrogateur. Pressant. Exigeant qu'il parle.

Cette image du visage de Vàya, à demi éclairé par la lampe, son regard insistant fixé sur lui (intense au point d'assombrir ses yeux incolores), s'imprima dans sa mémoire si profondément que par la suite, lorsque Vàya se retrouva dans la sphère du passé, tout souvenir d'elle s'accompagnait dans son esprit du retour de cette image, détachée du lieu et de l'époque. En vain s'efforçait-il de se souvenir où et quand il s'était trouvé devant ce visage à demi éclairé, au regard de rapace, et ce qu'il pouvait bien exiger si voracement.

Il avait oublié, bien entendu, la surprise causée ce soir-là par ce regard, surprise entièrement justifiée, car jamais jusqu'alors Vàya ne s'était montrée curieuse ou indiscrète. Ou du moins il n'avait jamais rien remarqué de tel. Quant au contenu du papier, il n'y voyait rien de secret ; il pensait simplement qu'il n'y avait là rien qui puisse l'intéresser. Il le lui dit :

« Ce n'est rien d'intéressant pour toi.

– Tu n'es pas obligé de me raconter, fit-elle en détournant le regard.

– Ce n'est pas un secret. C'est l'une des pensées bizarres de mon père, de ces choses qu'il disait quand il n'avait plus sa tête, peu avant de mourir. »

Vàya, qui n'avait cessé de s'interroger sur le sens des phrases mystérieuses, était décidée à ne pas laisser inexploitée cette occasion tombée du ciel.

« Quelle pensée bizarre ? » Et elle ajouta : « Si je peux me permettre.

– Mon père, dit P. Rodakis d'un ton professoral, était apiculteur. Pendant un temps, nous avons produit beaucoup de miel. Et du bon. Jusqu'à l'incendie. Puis mon père a laissé tomber. Je te dis tout cela pour que tu comprennes. Quand il a perdu la boule, un jour il me prend à part et me dit : "Je cherche la formule – Quelle formule ? – La formule du miel." J'ai pensé qu'il voulait parler d'une formule chimique, car il avait un faible pour la chimie, même s'il ne comprenait pas tout ce qu'il lisait dans ses livres. Mais lui voulait parler d'autre chose, qu'il s'efforçait de m'expliquer. Cette formule qu'il cherchait était liée aux plantes dont les abeilles récoltent le pollen.

– Quelle formule ? Je ne comprends pas, dit Vàya, dont le saisissement était sincère.

– Il cherchait, disons, une méthode. Une recette. Qui lui donnerait le miel au meilleur goût. C'était ça, la formule. Il faut savoir une chose : le goût du miel dépend de ce que mangent les abeilles. Des plantes et des fleurs qu'elles butinent. La formule concernait les espèces butinées. La proportion entre elles. Il avait divisé les fleurs en trois catégories. Celles au parfum sucré, comme les fraises ou les lilas. Celles plus acides, citronniers, bigaradiers. Et celles au parfum sec, le thym, par exemple, les joncs, les pins. La question, c'est combien de chaque, tu comprends ? Et la formule devait dire combien. Imagine-toi qu'il avait même prévu un système pour isoler, d'une certaine façon, l'endroit où seraient lâchées les abeilles, avec des torches plantées en terre tout autour, dont la fumée maintiendrait les abeilles dans leur zone pour qu'elles n'aillent pas, en butinant ailleurs, fausser la proportion. »

À ces derniers mots se mêla un rire gêné, comme si tout cela n'était pas dit avec un sérieux absolu, comme s'il n'allait pas de soi qu'il rapportait là non ses propres paroles, mais celles d'un autre, et qui plus est d'un fou.

Vàya ne se joignit pas à son rire. Elle était en extase devant la solution de l'énigme, restée si longtemps coincée entre les dents d'un Sphinx, et maintenant révélée devant elle, enfin, nue et transparente, comme l'air libéré par l'éclatement d'une bulle.

Plus tard, le même soir, il lui demanda de voir le bébé. Elle le mena dans la remise. Ce fut la dernière nuit où Ròsa dormit dans la malle.

E. Rodaki se trouvait toute bouleversée, et une fois de plus la cause en était son frère.

Quelle chose étrange : comment pouvaient-ils, alors que leurs vies étaient totalement séparées, qu'ils habitaient à une grande distance l'un de l'autre et se voyaient si rarement (à la fête du saint patron de la ville ou aux réjouissances annuelles du bord de mer, et encore, pas tous les ans), comment pouvaient-ils donc constituer l'un pour l'autre, en permanence, une source de gêne ?

Il la gênait. Ce qui la gênait le plus : qu'il soit son frère. Qu'elle ait comme frère cette personne précise. Alors qu'il y avait tant d'hommes sur l'île qu'elle eût préféré avoir pour frère. Qui auraient fait des frères plus normaux. Qui, lorsqu'elle était enfant, lui auraient tressé des nattes et dans les bras de qui elle se serait réfugiée en cas de peur ou de chagrin. Ou qui du moins n'auraient pas eu d'hallucinations et les oreilles qui bourdonnent. À ses yeux, parmi tous les hommes de l'âge de son frère qu'elle connaissait, bien peu étaient pires que lui (un repris de justice, un sourd-muet et deux ou trois autres types douteux étant les seuls à faire exception). La distance qui séparait leurs vies améliorait nettement les choses, aucun doute là-dessus, mais rien ni personne ne pouvait y faire quoi que ce soit : ils étaient, ils allaient rester frère et sœur. Cet homme-là serait toujours son frère.

Son trouble de ce jour-là, cependant, n'était pas seulement dû à l'idée que ce frère n'était pas ce qu'il fallait. Il était lié à une raison bien précise. Comme était précis le sous-entendu caché dans le sourire par ailleurs innocent de la voisine qui derrière les branches épineuses de sa haie lui avait demandé un peu plus tôt ce matin-là :

« Mais enfin, ton frère s'est marié, même qu'il a un enfant, pour de bon, et nous on nous cache tout ? »

Elle dut penser que la voisine lui faisait une blague ou qu'elle délirait. Mais un rien d'ironie dans son allure – visible même à travers les branches de la haie – était la preuve indubitable qu'elle savait bien ce qu'elle disait.

Ainsi donc elle devrait subir cela aussi ? Que son frère se marie, ait un enfant, sans qu'elle soit même invitée au mariage ou au baptême de son neveu, puisque, d'après la voisine, c'était un enfant « pour de bon », c'est-à-dire déjà grand, donc baptisé. À moins, chose plus terrible encore, qu'il y ait femme et enfant sans sacrements préalables. Sans baptême. Sans mariage.

Cette dernière pensée la bouleversa tout à fait, au

point qu'elle se mit à marcher nerveusement de pièce en pièce, ne s'arrêtant qu'au moment où par mégarde elle s'écrasa le petit orteil contre le pied métallique d'un lit. Elle jeta un regard plein de haine au morceau de fer noir, qu'elle aurait bien puni d'un coup de pied si elle n'avait craint de se faire mal, mais se contenta de cracher. Une sale journée de plus pour E. Rodaki.

Si cela aussi était vrai, alors il fallait s'attendre à tout. Comment pouvait-elle oublier ses agissements inqualifiables du passé, comme ce voyage où il s'était lancé après la mort de leur père, les gens lui demandaient où était son frère et elle avalait sa langue sans savoir quoi répondre, car que dire, que son frère avait vendu un terrain dare-dare pour aller faire le tour du monde ? Quelle personne sensée ne l'aurait pas pris pour un fou ? Et puis elle savait fort bien que l'histoire de la famille ne supporterait pas le poids d'un nouveau cas de folie. Si au moins il lui avait rapporté un cadeau digne de ce nom : un bijou, un bois sculpté, une pièce d'argenterie... Une ceinture en peau de serpent, de crocodile... Elle le lui avait demandé en plus, sur le bateau le jour du départ, de lui rapporter une telle ceinture (ayant compris qu'il était vain de le supplier, qu'il n'annulerait pas au dernier moment son voyage). Mais il ne lui avait rien rapporté, rien de rien. Et quand elle le croisa dans la rue, tout à fait par hasard bien sûr, deux jours après son retour, et qu'elle lui demanda, tout naturellement, s'il avait rapporté quelque chose de beau des lieux qu'il avait vus, il lui répondit tout naturellement que oui, il avait rapporté plusieurs beaux souvenirs, par exemple un livre de Botanique illustré, qu'il sortit de sa poche pour le lui montrer. Quant à la ceinture, pas un mot.

Les preuves de son manque de cervelle ne se comptaient plus. Peu de temps auparavant elle avait appris (de nouveau par des tiers) sa décision de changer de métier une fois encore, d'abandonner le bâtiment, dont elle croyait savoir qu'il lui rapportait gros, pour reprendre l'ancien métier de son père, l'apiculture. Bien entendu, cette décision ne l'intéressait en rien. Elle soulignait simplement la façon ridicule dont il envisageait toute chose dans sa vie.

Cependant, la question de la femme et de l'enfant était d'un autre ordre. Que son frère se soit marié ou non, qu'il ait un enfant, c'était là des points qui la concernaient, pour de multiples et diverses raisons. Elle devait donc savoir. Aussi décida-t-elle d'en avoir le cœur net, en allant constater de visu.

Il faisait nuit quand elle se mit en route à pied vers la maison paternelle, prévoyant d'y arriver à l'aube, afin qu'il y ait assez de lumière pour qu'elle puisse voir, naturellement, mais pas assez pour qu'on la voie tout de suite. Elle devrait aussi nécessairement traverser une grande partie des terres brûlées. Une lanterne sourde éclairait ses pas, le noir était total et son influence universelle au point de presque annuler toute tentative de pensée. L'unique sentiment humain qui avait sa place dans tout ce noir, c'était la panique, cette forme de panique particulière du plongeur qui se lance, incertain quant à l'air dans ses poumons, à l'entrée d'un siphon et dont la principale pensée consiste à se demander s'il émergera, loin là-bas. La seule chose échappant au noir, c'étaient les étoiles. Si lointaines là-haut. On eût dit les fleurs des arbres brûlés, qu'une force naturelle inexplicable eût attirées, les détachant des branches, pour les maintenir en suspens. Elle rencontra aussi les restes d'une cabane brûlée qui avait sans doute servi à des chasseurs. Tout était noir, là aussi. Soudain elle se souvint de ses petits vases en terre cuite pleins de pétunias multicolores sur le marbre blanc et elle reprit un peu courage.

Elle aperçut la maison aux premières lueurs du jour – comme elle l'avait calculé – après avoir suivi à la fin de son parcours le lit à sec du torrent qui passait devant. Elle en sortit et se retrouva dans le jardin, qui était sans clôture. Elle se dirigea en hâte vers la remise de derrière. Une fois là-bas, elle pourrait en toute sécurité faire le tour de la maison, rasant les murs, jetant un coup d'œil par les fenêtres qu'elle verrait ouvertes.

La fenêtre de la remise était fermée, mais de toute façon elle n'en attendait pas d'informations importantes. La fenêtre suivante, celle de la salle à manger. Ouverte. Mais aucun indice. La suivante, celle de la cuisine.

« Du lapin ! » s'écria-t-elle mentalement. À côté de l'évier, une cuvette pleine de légumes épluchés.

La fenêtre suivante, celle de la chambre du père. Fermée. La suivante, ouverte, celle de la grande pièce. Tout à sa place, comme dans ses souvenirs ; comme si rien n'avait bougé depuis. Sous le bureau seulement, elle distingua vaguement – autant qu'il était possible, car en dépit des premiers rayons l'intérieur de la maison restait obscur – un petit bout d'étoffe à carreaux qui lui rappela quelque chose, aucun doute, même si l'intensité du moment l'empêchait de préciser quoi. Ensuite il y avait une lucarne, puis les deux fenêtres du salon, toujours fermées.

Elle avait déjà parcouru trois des quatre côtés du rez-de-chaussée. Restait seulement celui de la porte d'entrée et de la fenêtre qui suivait. Tandis qu'elle se penchait avec précaution pour observer, elle se souvint brusquement que l'étoffe à carreaux qu'elle venait de voir appartenait à la robe de sa vieille poupée de chiffon. Elle pouvait donc en tirer deux conclusions sûres : une femme qui prépare du lapin, une petite fille qui joue à la poupée. Il n'en fallait pas plus. Ce qui restait à faire, c'était de décider quelle attitude adopter face à la nouvelle donne. Elle tourna les talons pour s'en aller.

Elle avait descendu les quelques marches du perron quand elle entendit la porte derrière elle s'ouvrir. Ce bruit la frappa comme un coup de poignard. Tournant la tête, elle vit P. Rodakis qui l'observait, l'air d'un carnivore étonné.

« Qu'est-ce que tu veux ? » demanda-t-il.

Pendant les quelques secondes de silence qui suivirent, elle sentit avec terreur son cerveau se vider lentement mais sûrement et perdre sa faculté d'inventer aussitôt des prétextes. Avant que n'apparaisse, tout au fond, le seul qui ait répondu à l'appel. Il lui sembla tout de suite parfaitement stupide et déplacé, mais c'était, en cet instant, la seule planche de salut. Elle s'efforça de trouver une autre idée, plus vraisemblable, mais le regard de son frère la pressait, il fallait parler.

« Ton livre de Botanique », dit-elle.

Lorsque E. Rodaki découvrit l'existence de ces deux personnes dans la vie de son frère, cela faisait déjà quatre ans qu'elles étaient installées avec lui. Pendant ce temps, il s'était passé bien des choses, et surtout on avait pris d'importantes décisions.

Tout d'abord, P. Rodakis avait décidé de jouer le rôle du père de l'enfant de Vàya, du moins tant qu'elles resteraient sur l'île. Même si les gens du coin ne montraient guère d'intérêt pour les affaires des autres (et P. Rodakis encore bien moins qu'eux), il jugea bon d'apporter ainsi protection et couverture à celles qu'il hébergeait. Il fit baptiser la petite par le pope (Rodànthi, le nom de la mère de Vàya). Le baptême eut lieu chez eux, un jour de pluie mêlée de soleil.

L'autre décision importante fut pour lui de quitter son métier de maçon, de façon provisoire, pensait-il au début, afin de se lancer dans l'apiculture, de mettre en pratique l'idée de S. Rodakis et de vérifier s'il disait vrai.

Vàya contribua pour une grande part à cette prise de décision, renforçant chez P. Rodakis, insensiblement, l'impression que cette idée de son père en pleine folie quant à la recette du miel n'était peut-être pas le produit de la démence, mais un ancien projet abandonné au fond de son cerveau, une étude bien précise peut-être, qu'il n'avait jamais pu – sans doute à cause du feu –

mettre en application. Quand P. Rodakis prit la décision, elle proposa de travailler comme aide à son côté, ce qu'il accepta. Cette participation, elle y pensait depuis le début, cherchant avec angoisse un moyen de prolonger son séjour chez lui.

P. Rodakis, pour sa part, était sûr qu'une telle aide se révélerait précieuse, vu le talent de cette femme pour jouer avec les saveurs et tenter les combinaisons les plus inattendues, au-delà de l'aide purement matérielle qu'elle fournirait pour l'entretien des ruches. Si bien que chacun deux se voyait gagnant dans cet arrangement, pensant qu'un tel accord serait avant tout profitable à lui-même.

Avec le temps, P. Rodakis s'accoutuma à la présence de Vàya dans la maison ; il se disait souvent qu'il jouissait d'une bonne partie des avantages d'un père de famille, sans s'être laissé embarquer dans les contrats de mariage, les disputes, les belles-familles, les pleurs, les colères et un tas d'autres obligations. Il conservait une indépendance absolue, n'avait besoin de personne pour entériner ou approuver ses décisions. Il ressentait pour Vàya une vague sympathie. Il appréciait qu'elle ne se fasse jamais envahissante, ne se conduise jamais en femme malheureuse, malgré ses malheurs, et suive toujours fidèlement ses instructions. Par ailleurs, sa présence dans la maison lui était devenue peu à peu indifférente, elle n'était plus du tout l'être bizarre du début. La petite fille, au contraire, attirait son attention sans cesse davantage et il voyait là une excellente occasion pour suivre de près le rythme et les étapes du développement humain, sur le plan du corps aussi bien que de l'esprit. Il notait scrupuleusement, avec les dates précises, la moindre évolution biologique, que ce soit pour la pousse des dents, l'allongement des extrémités, la souplesse des articulations, mais aussi la faculté d'élocution et de construction des phrases, le contrôle des mouvements, le comportement et les réactions.

En même temps que l'observation, il avait aussi recours à l'autre outil fondamental du chercheur, l'expérience. L'un des sujets qui le préoccupaient, et qui furent l'objet de ses expériences, c'était de savoir si le bébé a la même idée que l'adulte sur ce qui est désagréable, ou du moins pas agréable.

Il prenait, par exemple, le pot où il (le bébé) venait de faire ses besoins et le lui mettait sous le nez. Ou bien, tandis que le bébé jouait tranquillement avec sa poupée de chiffon, il s'approchait sans bruit et versait sur lui un verre d'eau. Ou lui faisait manger un morceau de fromage noué dans l'un des gros cheveux noirs de Vàya. Il va sans dire que ces expériences avaient toujours lieu en cachette de la mère, quand elle était sortie ou occupée.

Comme cet après-midi où elle se trouvait dans le jardin pour brûler des feuilles mortes, nullement inquiète, sachant que P. Rodakis veillait sur Ròsa. À un moment, elle dut rentrer dans la maison. En arrivant à la cuisine, elle aperçut ce spectacle étrange : P. Rodakis et Ròsa étaient assis, lui sur une chaise et elle en face de lui sur la table. Il avait devant lui une assiette d'aubergines restant du repas de midi. Il prenait une bouchée, mâchait un peu et, avant d'avaler, ouvrant la bouche, tirant la langue, montrait le plus possible de bouillie d'aubergine mâchée. Il avalait et recommençait, tandis que Ròsa l'observait plutôt distraitement. Parfois, entre deux bouchées, en s'aidant d'un peu d'eau, il lâchait un rot plus ou moins fort. À l'un de ces rots, Ròsa se mit à rire ; il ouvrit alors un carnet posé près de lui et prit note. Puis il descendit l'enfant de la table en lui donnant une petite tape affectueuse.

Vàya, sans bruit, retourna s'occuper de son feu. Dans ses yeux tremblaient le reflet de la flamme et en même temps l'inquiétante idée que peut-être l'homme qui vivait près d'elle était tout simplement fou.

Ils fabriquèrent les premières ruches tout seuls, prenant de grosses billes de bois qu'ils creusaient.

Mais ce fut là l'un de leurs moindres soucis. Ils durent d'abord affronter des questions plus essentielles. Ils prenaient leurs décisions après de longues délibérations dans la salle à manger, pièce consacrée aux décisions importantes. Pour ce qui est du lieu où installer les ruches, ils choisirent, après bien des interrogations, le terrain hérité par P. Rodakis, le dernier qui lui restait. Il avait sans doute le défaut de n'être pas assez grand, mais au moins ce terrain leur appartenait et se trouvait idéalement situé, au milieu des terres brûlées, ce qui assurait l'isolement des ruches, disposition essentielle à l'expérience.

L'une des difficultés de l'entreprise était que toute modification dans les doses de sec, de sucré et d'acide ne serait possible qu'après une année entière, pour la production de l'année suivante. Ce point fit clairement apparaître conclusions et résultats tout au bout d'un horizon lointain. Aussi P. Rodakis pensa-t-il qu'il serait bon – indépendamment des progrès de l'expérience – de commercialiser leur production de miel, quelle qu'elle soit, pour au moins s'assurer un revenu. C'est pourquoi il construisit près de l'entrée du jardin une espèce de stand sous abri, où ils déposeraient plus tard, dans des récipients de verre, le miel à vendre. Il suspendit au toit une petite cloche pour que les clients puissent appeler.

Ils se fournirent en bulbes, buissons et arbustes couvrant les trois catégories définies par eux – sec, sucré, acide – et les plantèrent en nombre à peu près égal. Ils passèrent neuf jours dans la terre jusqu'au cou. Le sol, fertile et accueillant, cédait facilement à leurs coups de bêche, avalant de bonne grâce les racines et les graines qu'ils y enfouissaient, comme s'il se rendait compte qu'il se devait de collaborer. Ils commençaient le matin pour terminer le soir, et même la pluie, qui fit son apparition deux fois, ne parvint pas à les décourager, au contraire : ils y voyaient un présage heureux et creusaient toujours dans la boue. Le dernier jour ils échangèrent un regard perplexe.

Ils savaient que la première année ils devaient limiter leurs exigences. Il fallait d'abord, en tâtonnant, trouver la bonne direction. Cependant, le miel qu'ils récoltèrent s'avéra d'une qualité inespérée, et les rares acheteurs qui se présentèrent, ayant appris que P. Rodakis produisait du miel, revinrent et envoyèrent de nouveaux clients.

Ces gens furent les premiers étrangers depuis des années à mettre le pied dans la propriété de Rodakis.

Vàya ne se montrait jamais quand sonnait la cloche. Même si la nouvelle s'était peu à peu répandue que P. Rodakis avait une femme chez lui, elle préférait, pour plus de sûreté, apparaître le moins possible. Et Ròsa de même ; quand il y avait des acheteurs au stand, on la retenait dans la maison. Ce qui ne semblait guère la gêner ; elle acceptait cela comme allant de soi, comme manger à table ou dormir dans son lit. Dès qu'elle apercevait la tête de quelqu'un qui montait vers la maison, elle courait se cacher dans la chambre de sa mère. Elle observait depuis la fenêtre et ressortait seulement quand le client était parti.

Il en alla autrement, pourtant, un jour qu'elle était totalement absorbée par une armée de fourmis qui transportaient dans leur fourmilière une sauterelle morte. Quand elle entendit les pas, c'était déjà trop tard. Une femme enveloppée d'un fichu rouge, arrêtée à l'entrée du terrain, la regardait avec ce sourire commun aux adultes quand ils voient un petit enfant. Affolée, Ròsa prit ses jambes à son cou, emportant sur son pied la sauterelle qui venait de passer l'obstacle d'une racine. Derrière elle retentit la voix de la femme :

« Toi, là, à qui es-tu ? »

N'obtenant pas de réponse, elle entra et se dirigea vers le stand. Elle attendit un peu, pensant que la petite avait sans doute prévenu les habitants de son arrivée, mais, ne voyant personne, elle sonna la cloche. Presque aussitôt

P. Rodakis apparut. La femme prit son miel, déposa l'argent sur le comptoir et demanda :

« La petite, à qui elle est ? »

Lui aussi prit un air interrogateur, comme s'il cachait en lui la même question : « Au fait, oui, à qui est-elle ? » ou, plus probablement : « Au fait, que répond-on dans ces cas-là ? » C'est alors qu'il prit la décision (sans réfléchir, en fait, impulsivement) de se présenter aux yeux des autres comme le père de la fillette.

« À moi », répondit-il, l'air décidé.

La femme fit demi-tour et s'éloigna en laissant derrière elle un « Longue vie » marmonné.

Dès que la femme au fichu fut partie, il se prit le front à deux mains et murmura des mots que Vàya, qui l'observait depuis sa fenêtre, ne put entendre, naturellement, mais qui lui donnèrent à penser que c'était grave, d'autant que Ròsa venait de rentrer en courant, pleurant et refusant de dire pourquoi, si bien qu'associant les deux faits elle en vint à croire qu'il avait dû se produire quelque chose de très grave. Elle abandonna Ròsa à ses sanglots et courut dans le jardin, morte d'inquiétude, prête à entendre le pire.

Lui se tenait au même endroit, dans la même position. L'apercevant, au lieu de lui parler, il marcha vers la maison. Elle comprit qu'elle devait le suivre. Ils s'enfermèrent dans la salle à manger.

« J'ai pris une décision », dit P. Rodakis d'un air si grave qu'il finit par sembler funèbre.

Vàya, terrifiée, pensa qu'il allait lui dire de faire ses

valises. Mais ce fut à peu près le contraire qu'elle entendit.

« Je vais me déclarer père de ta fille. L'enfant ne peut pas continuer de vivre cachée. Personne ne sait combien de temps nous serons amenés à passer ensemble. L'an prochain, avec les changements dans les proportions des plantes, nous réussirons peut-être ce que nous espérons réussir. Mais si ça se trouve il nous faudra deux ou même trois ans. Et l'enfant devrait vivre cachée ? Comme aujourd'hui ? Ça suffit ! »

Elle garda les lèvres closes et horizontales, comme avant d'entendre cette déclaration, alors qu'elles auraient formé, si elle s'était laissée aller, un sourire immense en parfait demi-cercle. Sa joie était double. D'abord le soulagement d'échapper, une fois de plus, à la menace de se retrouver à la rue. Ensuite, la nouvelle situation qui se dessinait à l'horizon et qui lui offrait une protection parfaite. Car, même si un jour son cauchemar se réalisait, si l'homme qui la poursuivait arrivait en bateau, s'il parcourait l'île en demandant à tous s'ils n'auraient pas remarqué une femme boiteuse avec un enfant dans les bras, même dans ce cas, l'enfant avait cessé depuis cet instant d'être le bébé inconnu d'une femme étrange et d'un homme plus inconnu encore c'était désormais la fille de P. Rodakis, homme doté d'anciennes racines dans l'île, presque aussi anciennes que ses ruines antiques. Quant au secret qui entourait leur existence, elle l'attribuerait au caractère singulier de P. Rodakis plutôt qu'à un passé douteux la concernant. Tout se mit alors à resplendir dans l'esprit de Vàya, qui n'avait jamais pu jusqu'alors oublier les lettres calligraphiées : JE VIENS.

« C'est, je crois, la meilleure solution pour tous, et avant tout pour l'enfant, dit P. Rodakis, poursuivant sa pensée.

– Je le crois aussi, acquiesça Vàya.

– Voilà, conclut P. Rodakis, décrétant ainsi la fin de la discussion.

– Mais..., s'empressa de dire Vàya avant qu'il passe la porte, et moi, quelle est ma place maintenant ?

– Toi, tu es la mère de l'enfant.

– Je suis la mère de l'enfant et toi tu es le père. Ce qui veut dire que nous sommes tous deux...

– Un couple, s'écria P. Rodakis. Pour les autres, nous sommes un couple. Et maintenant, au revoir. »

La froideur de l'adieu avait pour but de mettre les choses au clair : dans les faits, rien ne changerait dans leur relation, le « couple » n'existerait que pour les tiers ; l'au revoir n'avait pas d'autre raison – il allait seulement au jardin.

Dès qu'elle fut seule, Vàya put enfin sourire, se laisser aller à sourire. Elle pouvait, après si longtemps, envisager l'avenir avec un peu d'optimisme. Elle rejoignit aussitôt sa chambre, où elle sortit d'une cachette une petite bouteille d'un alcool fort, presque pur. Au moment où elle tirait le bouchon avec les dents, elle entendit un petit sanglot et, se retournant, elle vit Ròsa assise par terre, le dos appuyé moitié contre le mur, moitié contre les tiges métalliques du lit. Elle avait cessé de pleurer, mais un sanglot involontaire quittait périodiquement sa gorge.

Vàya s'assit sur le lit, ou plutôt s'y allongea presque, et descendit la première gorgée, s'abandonnant aux bouffées de bonheur qui l'enveloppaient.

Au sanglot suivant elle tourna la tête et dit :

« Tu pleures encore, pauvre sotte ? »

Quand P. Rodakis décida d'abandonner son activité de maçon (ce qu'il fit d'un cœur léger, car, malgré son goût pour ce travail, jamais il n'avait pensé être fait pour lui), il dut régler un autre problème causé par l'existence de Pascàlis. Il savait combien le jeune homme comptait sur lui et sur l'argent qu'il gagnait grâce à lui, ce qui ne facilitait pas l'annonce de sa décision. Elle était pourtant inévitable.

Il se demandait comment il avait fait pour se retrouver ainsi assiégé par un tas de protégés qui, harcelés, semblait-il, par le destin, étaient venus se blottir près de lui au point d'en arriver peu à peu à quasiment exiger sa protection – lui qui ne savait même pas encore, pour sa part, quel chemin il allait suivre. Heureusement qu'il s'était au moins débarrassé de sa sœur, il y avait là un progrès important. Mais à sa place il voyait maintenant se dresser trois nouvelles têtes.

La réaction de Pascàlis quand il apprit la nouvelle fut pire encore que prévu. D'abord il écouta, la tête basse, et quand P. Rodakis eut terminé sa brève annonce il leva les yeux, hochant lentement la tête, le regard plein d'amertume, et d'autant de mépris qu'un humain peut en ressentir pour un autre.

« J'imagine combien ce que je te dis là peut te bouleverser, dit P. Rodakis en avançant d'un pas vers lui, mais tu peux comprendre que l'heure des décisions arrive un jour pour chacun de nous. Ces décisions, nous les prenons parfois brusquement, et peut-être sans beaucoup réfléchir. Mais nous les prenons. Car en cet instant précis nous croyons faire ce qu'il faut. Pour moi aussi l'heure est venue de décider que je ne resterai pas maçon pour le restant de ma vie. Il se peut que ma décision soit brusque, et que je n'y aie pas longtemps réfléchi, mais je t'assure d'une chose, et j'espère que tu vas me croire : mon seul souci dans cette affaire, ç'a été toi. Je ne suis pas sans cœur, je sais que tu as besoin d'argent, même si l'argent ne m'intéresse pas, mais, quoi qu'il en soit, tu comprends que je ne peux pas mener ma vie en fonction des dettes de l'un ou de l'autre. Surtout quand se présente l'occasion de me consacrer à quelque chose qui exige une étude et des recherches, et qui, si en fin de compte je réussis, m'aura fait faire une découverte, alors que si j'échoue je n'aurai rien perdu, au contraire : j'aurai un métier sans comparaison moins fatigant, et tant pis si mes revenus sont légèrement inférieurs. Je ne te dis pas tout cela pour me justifier, je ne crois pas que j'aie des raisons de le faire, j'espère seulement que tu comprendras que les choses ont changé et que tu ferais bien de chercher ailleurs du travail. Ce qui ne veut pas dire naturellement que de mon côté... »

En commençant sa dernière phrase, P. Rodakis fit un autre pas vers Pascàlis et avança la main jusqu'à toucher son épaule, mais lui, dès qu'il sentit ce contact, repoussa la main d'un geste violent, coupant ainsi en plein milieu la phrase entamée. Ses yeux étincelaient.

« Oui, je vais chercher ailleurs du travail, ça va de soi, je ne travaille pas pour mon plaisir, il faut que je trouve de l'argent, donc je vais chercher ailleurs du travail, merci du conseil. Si ma sœur se retrouve à la rue le temps que je trouve du travail, pour toi qu'est-ce que ça change ? Bonne chance pour tes recherches. J'aimerais seulement te voir avec une sœur qui joue sa vie.

– Je ne serais pas affolé comme toi.

– Parce que tu es sans cœur, tu n'es qu'un porc, voilà. »

P. Rodakis, qui s'énervait rarement, et seulement quand on fouillait dans ses affaires, ne s'offusqua pas de l'insolence du jeune homme ; d'ailleurs, il n'avait jamais cessé d'éprouver pour lui de la sympathie. Il comprenait la déception qu'avait provoquée en lui la brusque nouvelle, mais il ne se sentait nullement coupable. Il s'efforça de reprendre le fil de sa phrase, qu'avait coupée le mouvement brutal de Pascàlis. Si celui-ci l'avait laissé l'achever, il aurait constaté que son patron avait l'intention de l'aider en lui donnant une certaine somme, le temps qu'il retrouve un emploi. Cependant P. Rodakis commit de nouveau l'erreur, en reprenant sa phrase (et en disant cette fois « Moi en tout cas j'ai pensé... »), d'avancer de nouveau la main jusqu'à l'épaule de l'autre, et Pascàlis commit encore une fois l'erreur de l'interrompre en repoussant sa main. Si bien qu'en fin de compte P. Rodakis ne put exposer son offre.

Mais la deuxième fois, rejetant cette main violemment, Pascàlis ressentit une étrange allégresse, une douceur qui fit naître en lui le désir de continuer, de pousser fortement P. Rodakis, lequel pour ne pas tomber dut faire deux ou trois pas en arrière. Il y eut une pause. P. Rodakis était stupéfait. Pascàlis sentit monter en lui un instinct primitif.

La deuxième poussée jeta P. Rodakis à terre. Avant d'avoir pu saisir ce qui se passait, il vit Pascàlis fondre sur lui, s'arrêter, s'asseoir sur son ventre, lui serrant les côtes si fort entre ses cuisses qu'il en eut le souffle coupé. Le voyant se dresser ainsi au-dessus de lui, plus grand que nature, il prit peur, ce fou pouvant tout aussi bien le tuer sans même s'en rendre compte. Son regard dément laissait tout présager. Machinalement il couvrit son visage de ses mains pour se protéger d'un probable coup sur la tête. Mais Pascàlis accrocha du bras ses poignets, les deux à la fois, et les tirant peu à peu vers lui mit le visage à découvert. Jamais jusqu'alors P. Rodakis n'avait imaginé que ce jeune homme puisse être si fort, tellement plus fort que lui. Puis il fut submergé par le bruit d'un coup de poing donné par l'autre main, celle restée libre, et ce fut cela surtout, le bruit qui lui remplit la tête, plutôt que la douleur, qui lui fit perdre le sens du réel. Cette douleur, comme celle des coups de poing suivants, il l'appréhendait surtout par la pensée, comme une conséquence logique, « il me frappe, donc j'ai mal », mais sans souffrir. Malgré tous les coups il ne s'évanouit pas, si bien qu'il vit bientôt Pascàlis se relever puis partir.

À vrai dire, lorsque Pascàlis le poussa pour la deuxième fois, il n'avait pas l'intention d'envoyer P. Rodakis à terre.

Et si celui-ci, perdant l'équilibre, n'était pas tombé, tout porte à croire que rien de ce qui s'ensuivit n'aurait eu lieu. Mais sa chute fit tout déraper. Elle marqua le franchissement d'une mince ligne de partage, le passage à une situation violente, une situation de guerre. Dès l'instant qu'on en arrivait là, il était difficile de faire que l'eau recule et la bagarre était inévitable. Quand Pascàlis monta sur le ventre de l'autre et vit d'en haut son regard effrayé, il fut certain d'être dans son bon droit ; que P. Rodakis se protège derrière ses mains ne fit que l'exciter davantage ; ce fut comme s'il recevait ainsi le signal de donner les coups de poing. Ce qui le surprit quand il tira vers lui les bras tremblants de son patron, ce fut seulement de le sentir si faible ; il s'attendait à trouver un peu plus de résistance. Puis, dès le premier coup de poing, il perdit totalement le contrôle. Il s'abandonna à la joie de la vengeance, au moins physique. Puis il se leva et partit sans le moindre remords, sans se soucier des dégâts qu'il avait pu causer.

Au bout d'un moment, P. Rodakis se releva aussi. Il examina d'abord du bout des doigts les os de son crâne. Non, rien de cassé. Alors il se calma. À sa grande surprise, ni ses lèvres, ni son nez ne saignaient. Il découvrit seulement à l'intérieur de la joue, avec sa langue, une profonde coupure, certainement due à un violent contact avec les dents. Mais cela passerait bientôt. L'écho des coups répétés résonnait encore dans sa tête et lui causait un douloureux vertige. Essuyant la terre de ses vêtements, il eut sa première pensée agréable : « Me voilà au moins libéré de cette affaire-là. »

P. Rodakis avait beau croire que sa nouvelle occupation exigeait études et recherches (comme il l'avait dit à Pascàlis), il avait beau se réjouir d'établir un programme qui l'amènerait peut-être à quelque chose qu'on puisse qualifier de « découverte », en fait de recherche, à dire vrai, lui-même n'avait rien à faire. Non seulement la conception initiale de l'expérience n'était pas de lui, mais il ne pouvait pas non plus déterminer la marche à suivre ensuite ; c'était plutôt l'affaire de Vàya et de son instinct plus profond, qui seul pouvait les mener, peut-être, à un quelconque résultat. En fait, lui-même était chargé du travail de n'importe quel apiculteur banal, si bien que ses tâches matérielles se limitaient surtout aux mois d'été.

Il n'avait donc, en apparence, aucune raison impérative de cesser aussitôt le métier qui était le sien jusqu'alors. Cependant, il croyait que se consacrer exclusivement à son projet augmenterait ses chances de réussite. Il avait par ailleurs une autre raison d'abandonner son métier : il lui fallait du temps pour Ròsa. Il croyait que son instruction serait meilleure s'il s'en chargeait lui-même, au lieu de l'envoyer à l'école.

Les leçons commencèrent à l'automne, la même année que le projet d'apiculture. L'une des pièces du premier étage fut finalement convertie en salle de classe. Au début, P. Rodakis avait pensé à la grande pièce, qui avait l'avantage de recevoir la lumière en abondance et qui de plus, avec ses deux grandes bibliothèques se faisant face, créait une atmosphère propice à la concentration et à l'étude. Mais comme elle communiquait avec la chambre de Vàya, qui n'avait que cette grande pièce comme accès au reste de la maison, l'idée fut abandonnée, faute de quoi Vàya aurait dû être soit isolée de sa chambre, soit enfermée dedans pendant toute la durée de la leçon. Puis s'ajouta l'idée que d'un point de vue psychologique, il valait mieux que le local soit spécialement consacré à l'étude, et aussi que Ròsa doive se déplacer pour y parvenir, même si la distance n'était rien de plus que l'escalier entre les deux étages.

Cette pièce du haut était assez claire elle aussi. Au centre on plaça une vieille table en bois sombre luisant. Sur le mur le mieux éclairé, face à la fenêtre, on accrocha un petit tableau noir, à droite et à gauche duquel on suspendit deux cartes, l'une de l'ensemble du pays et l'autre de l'île. P. Rodakis eut beau vouloir organiser de façon systématique le programme des études de Ròsa, il fut finalement impossible de fixer et de maintenir une heure précise pour le début des leçons.

Tous les matins à l'aube, P. Rodakis se levait et s'acquittait de quelques travaux secondaires avant de s'enfermer seul un court instant dans la salle de classe. Après quelques minutes, il sonnait la petite cloche (qui se trouvait pendant l'été suspendue dans le stand au jardin), signalant qu'il était prêt, et Ròsa savait qu'elle devait se hâter. Mais l'heure de la cloche n'était jamais la même, elle dépendait tantôt du volume des tâches matinales du maître, tantôt de son humeur. Ròsa, de toute façon, devait se tenir prête. Au début de la leçon, elle était assise sur une chaise à côté de lui, mais bientôt elle en descendait, posait les mains sur ses genoux et s'efforçait de grimper dessus. Alors il lui disait sévèrement : « Défendu » et la remettait à sa place ; mais dès lors la petite refusait de suivre, regardant dehors par la fenêtre, mâchonnant le bout de ses cheveux ou grattant la table avec son ongle. Si bien que P. Rodakis devait céder et la prendre sur ses genoux. Il se rappelait toujours qu'elle était très jeune, plus jeune que les autres enfants quant ils commencent l'école d'habitude. Il remarqua d'autre part que ses facultés d'assimilation, de même que sa concentration, croissaient quand elle était sur ses genoux. Cette remarque, avec bien d'autres qu'il fit quant à la réceptivité de Ròsa aux informations qu'on lui donnait, fut notée dans le carnet bleu destiné à cet effet qui n'était jamais absent de la table d'étude.

Avec le temps, Ròsa parvint à lui imposer son désir et ne s'assit plus du tout sur la chaise ; à peine entrée dans la pièce, elle sautait directement dans ses bras. Cependant, P. Rodakis conservait sur ce point des réticences et les exprimait, lui disant qu'elle était mal élevée, qu'il avait tort de lui céder ; mais en même temps il aimait la tenir sur lui et sentir son poids augmenter de mois en mois, voir ses jambes s'allonger, le long des siennes, se rapprochant peu à peu du sol.

Elle apprenait facilement. P. Rodakis conclut qu'il avait affaire à une enfant intelligente. Devant certaines choses, pourtant, son esprit se fermait et refusait de les enregistrer. Alors qu'elle avait appris en un rien de temps l'alphabet, par exemple, elle persistait à intervertir certaines consonnes – surtout quand elles se suivaient et se ressemblaient à l'oreille. On lui répétait l'ordre exact, sans résultat. Pour finir (sur ce point-là aussi), au lieu de convaincre Ròsa, c'est lui qui fut convaincu que l'ordre des lettres en fin de compte n'était pas l'essentiel, puisqu'elle savait distinguer les lettres et que son erreur se bornait à un point purement formel, sans réelle conséquence. Ce qui le frappa aussi, c'est à quel point ses questions étaient intelligentes et sérieuses parfois, et stupides à d'autres moments. Il s'en extasiait, et se demandait si cette alliance d'intelligence et de bêtise était tout simplement un trait lié à l'enfance, ou un caractère qui la suivrait toute sa vie.

Il apparut, sinon dès le début, du moins très bientôt, que P. Rodakis ne suivrait pas le programme traditionnel des premières années d'école. Il avait un préjugé défavorable à l'égard de la grammaire, par exemple, ou de l'éducation religieuse, jugeant plus importantes l'histoire, la mythologie et l'arithmétique. S'y ajoutèrent, les années suivantes, l'anthropologie et la physique. Il se réjouissait de cette occasion d'éviter, ne serait-ce qu'à un seul enfant, les connaissances inutiles et insuffisantes à son avis que lui aurait offertes l'école du village. Mais, plus encore, il se réjouissait de cette occasion d'entreprendre une tâche aussi passionnante : former une âme malléable, un esprit vierge.

Les leçons se poursuivirent sans interruption toutes les années suivantes, de même que l'expérience du miel.

P. Rodakis se souvenait que son père, du temps où il était apiculteur, avait coutume de goûter le premier miel de l'année après l'avoir laissé au moins trois jours dans un récipient clos. Ce laps de temps était nécessaire, disait-il, pour que le goût mûrisse et que la masse du miel absorbe bien l'arôme. De plus, pour ce premier test, il employait certaine petite cuiller d'argent à long manche, car il fallait un métal noble, selon lui, pour n'altérer en rien le vrai goût du miel. Tout le monde pensait que c'était une lubie et que lui-même au fond n'y croyait pas, mais avec le temps ces habitudes étaient devenues pour lui une superstition et il y tenait obstinément. P. Rodakis, quand il décida de se consacrer lui aussi à l'apiculture, quoique nullement superstitieux (à ce qu'il croyait du moins), resta fidèle à la tradition des trois jours d'attente et de la cuiller en argent, pensant que si son père avait pu réaliser l'expérience, il aurait continué lui aussi de respecter strictement ces deux points. Il y avait là, pour P. Rodakis, comme un hommage rendu à la mémoire du premier inspirateur.

Vàya, à son tour, respecta la volonté du père et du fils. Et même ce fut elle qui rappela P. Rodakis à l'ordre : quand celui-ci sembla près de céder à son impatience de goûter la nouvelle récolte, elle le retint, lui disant d'un air sévère qu'il ne suffisait pas d'enseigner à Ròsa l'importance de la discipline, il devait aussi l'appliquer à lui-même.

Quand leur premier miel fut prêt, Vàya ne tarda pas à déclarer sans détour et sans discussion qu'elle pouvait améliorer largement sa qualité en modifiant un peu la composition des plantations de l'enclos. Elle pensa que même si elle se trompait, elle aurait assuré ainsi pour elle-même et à sa fille une année de tranquillité supplémentaire.

La deuxième année, suite aux changements dans les plantations, fut la plus décisive. Plus encore que la première, car c'est alors qu'on saurait quel crédit accorder à l'idée de S. Rodakis, et dans quelle mesure le changement dans la répartition des plantes pouvait avoir un retentissement sur le goût de la récolte. Pendant les trois jours où le miel devait rester en pots, Vàya, sachant tout ce qui était en jeu, vécut dans une angoisse terrible. Elle passa la plupart du temps à moitié saoule, ou en diverses tâches inutiles.

Quand arriva l'heure du test, tous deux étaient si bouleversés qu'il leur fut impossible de juger s'il y avait eu évolution et progrès d'une année sur l'autre. Comme si leur sens du goût se trouvait engourdi.

« Je ne sais pas, dit P. Rodakis, je n'arrive pas à sentir. Qu'est-ce que tu en penses ?

– Je ne sais pas, je n'en suis pas certaine, mais il me semble qu'il est différent. Meilleur peut-être. »

Plus tard Vàya redescendit à la cave où l'on entreposait les jarres avec un pot de miel de l'année précédente. Elle compara les goûts, mâchant un peu de mie de pain entre deux pour éviter les mélanges, s'efforçant d'être aussi calme et objective que possible. Elle constata plus facilement à présent qu'il y avait bel et bien une différence, que la nouvelle récolte était bel et bien meilleure et – c'était l'essentiel – que cette amélioration allait dans le sens recherché, vers une plus grande présence du sec, en limitant l'acide et le sucré. C'était là, sans conteste, un point très positif, se dit Vàya, mais sans exclure l'éventualité qu'il s'agisse d'une coïncidence.

La confirmation éclatante fut donnée par les clients. Ils venaient et revenaient et toute la production serait partie cette année-là, même en étant trois fois plus abondante. En raison de cette affluence, Vàya décida de mettre fin à son confinement sévère et de participer elle aussi à l'accueil des clients. Ce fut cet été-là que E. Rodaki apprit son existence et, sans trop savoir comment, emprunta le livre de Botanique. Peu de temps après, P. Rodakis recevait le choc de la disparition de son livre, mangé par le chien.

Après la deuxième année et son « admirable résultat », selon les termes de P. Rodakis, la question se fit pressante : existait-il une marge de développement et de progrès, ou fallait-il abandonner l'expérience et se limiter à la plus récente composition qui garantirait, on en avait la preuve, une excellente qualité ? La réponse de Vàya retentit dans la salle à manger, claire comme le cristal, catégorique et convaincante :

« Bien sûr qu'un progrès est possible. Moi, j'en suis persuadée. Cela vaut la peine d'essayer, j'en suis sûre. »

Face à une certitude à ce point inébranlable, P. Rodakis fut contraint d'accepter qu'on poursuive l'expérience l'année suivante. Les manipulations, cette fois encore, seraient confiées à la seule Vàya, vu son aptitude à s'orienter dans le labyrinthe des saveurs. La seule chose qui comptât pour elle, c'est qu'elle renouvelait ainsi le contrat pour un an. D'autre part, elle savait que sa crédibilité serait mise à l'épreuve et qu'elle devait faire de son mieux pour que se réalise, en partie du moins, le progrès qu'elle avait promis. Ce n'était pas une mince affaire : en plus du caractère abstrait et incertain de toute l'expérience, il n'y avait pas de défauts à corriger. Auquel cas le travail eût été plus simple. Il fallait que quelque chose de très bon devienne encore meilleur. Elle passa des heures, tandis que P. Rodakis et Ròsa étaient enfermés pour leurs leçons, à s'efforcer, les yeux fermés, une cuillerée de miel fondant lentement dans sa bouche, d'en décomposer la saveur et de réassocier ses éléments dans des combinaisons différentes.

Le résultat de la troisième année justifia Vàya dans ses choix et donna des ailes à son optimisme. Cette fois on pouvait même dire que la supériorité du produit était évidente au point de rendre inutile jusqu'au test : les deux apiculteurs la reconnurent à l'arôme qui se répandit quand la masse ondulante se mit à couler dans les pots. Cela seul suffit pour comprendre qu'un nouveau pas était franchi.

Cette année-là, pour la première fois, ils virent apparaître des clients d'autres régions. L'importance de la demande fut l'occasion d'imaginer un système de commandes permettant aux clients de réserver leur part dès avant la récolte. Cette solution se révéla un demi-succès, et ce uniquement pour la production de la quatrième année, car, dès que cette possibilité fut connue, tous se hâtèrent de commander (presque un an à l'avance), ce qui, selon beaucoup de gens, menait à des injustices et, bien sûr, à une nouvelle impasse. Ce que tous convoitaient, de plus, c'était ne serait-ce qu'un petit pot du tout premier miel de l'année, car – pour une raison inconnue – son goût surpassait tout le reste. Cette raison inconnue était, naturellement, connue de Vàya et de P. Rodakis. C'était seulement au début de la récolte, et pour une brève période hélas, que toutes les plantes étaient en fleurs, ce qui permettait d'appliquer intégralement la recette. Mais cet inconvénient inévitable ne remettait pas en cause l'essentiel.

La quatrième année ainsi que la cinquième, la cinquième surtout, on nota encore certains légers progrès, imperceptibles, dont les clients ne furent guère conscients, mais importants en ce qu'ils vérifièrent pleinement ce qu'on recherchait dans l'expérience. Vàya pouvait contrôler le travail, combiner les saveurs avec la même facilité qu'un peintre mélangeant les couleurs sur sa palette. Tout le monde faisait le lien entre elle et ce miel d'exception, puisque l'apparition de l'une et de l'autre avait été quasi simultanée. Personne ne savait rien en fait d'expériences et de recettes, mais tous pensaient que cette femme était responsable du grand succès de P. Rodakis, même s'ils ne pouvaient déterminer en quoi ni pourquoi.

Elle ne fut sûrement pas responsable du résultat décevant de la sixième année. La cause en était les fortes pluies incessantes, et surtout la grêle, qui ravagea presque totalement les plantes les plus fragiles au moment critique, réduisant à néant tous les projets de cette année-là. Des clients, impressionnés par les bruits parvenus jusqu'à eux, venaient sur l'île dans le seul but d'acheter une petite dose de miel, qu'ils avaient réussi à réserver au prix de mille difficultés, puis, mécontents, allaient dire dans les cafés du port qu'ils étaient les victimes de rumeurs excessives, qu'ils s'étaient imposé en vain les épreuves du voyage, pour ne rien dire de la dépense, tout en regardant d'un œil incrédule ceux qui soutenaient que cette année-là seulement la production n'était pas au niveau élevé des années précédentes.

Ceux d'entre eux qui s'accordèrent une deuxième chance furent dédommagés et même au-delà, car la récolte de la septième année fut la meilleure de toutes. P. Rodakis pria Vàya d'arrêter là l'expérience et de conserver désormais la dernière proportion de sec, de sucré et d'acide, sans autres interventions. Mais Vàya réagit.

« Je crois que là-dessus j'ai mon mot à dire moi aussi », s'écria-t-elle, furieuse en jetant par terre la serpillière qu'elle tenait.

P. Rodakis fut stupéfait. Malgré toutes ces années passées ensemble sous le même toit, jamais ils n'avaient outrepassé les bornes d'un comportement bienséant, s'interdisant de manifester tout contentement ou mécontentement intenses. Elle poursuivit, disant qu'ils ne pouvaient s'arrêter là, malgré tout l'enthousiasme qu'il montrait devant le résultat, que leur tentative resterait inachevée, qu'ils la trahiraient s'ils abandonnaient avant de parvenir au point où toute amélioration deviendrait impossible. P. Rodakis donna son accord une fois de plus, à contrecœur, mais sans pouvoir chasser de son esprit l'impression produite sur lui par Vàya, celle d'un joueur de cartes insatiable, savourant ses gains, qui ne veut plus quitter la table pour jouir de ses richesses, mais persiste à vivre l'angoisse du jeu.

Cependant, le résultat de l'année suivante, la huitième, vint démentir les attentes et les promesses de Vàya. Nul ne pouvait le nier, c'était là un miel d'une qualité rare, mais, comparé à celui de la septième année il s'avérait nettement inférieur. P. Rodakis se sentit justifié d'avoir insisté pour qu'on s'arrête alors, à l'apogée du succès, mais il garda le silence, ne voulant pas étaler son triomphe. Il attendait de Vàya un geste par quoi, d'une part, elle reconnaîtrait son erreur, et d'autre part elle annoncerait – ne serait-ce qu'avec retard – l'abandon des recherches.

Mais Vàya, au contraire, pleine d'enthousiasme et d'assurance, parla d'une inspiration divine qui était venue l'éclairer et qui donnerait à l'expérience un élan nouveau. P. Rodakis l'interrompit, sans même lui laisser décrire cette fameuse inspiration. Il exclut brutalement toute éventualité de poursuite d'une histoire qui avait perdu, après tant d'années, son intérêt initial, et dit qu'il préférait tourner son attention vers d'autres domaines, d'autres champs d'action. Il conserverait les ruches comme source de revenus seulement, et vendrait désormais son miel à un bon prix en suivant la recette appliquée la septième année.

« Ne t'en occupe pas, dit-elle alors, visiblement désespérée, je me chargerai de tout, même des plantes, toi, ne fais rien, occupe-toi des autres domaines. Laisse-moi continuer, c'est tout ce que je te demande. »

Et au bout d'un instant elle ajouta :

« Sauf si tu ne peux plus nous supporter, Ròsa et moi. Dans ce cas, nous débarrasserons le plancher tout de suite. »

P. Rodakis la fixa droit dans les yeux, d'un air très grave.

« J'ai contracté une obligation vis-à-vis de Ròsa. Je suis responsable de son éducation. Si tu crains que j'aie le projet de vous chasser, et je sais que tu le crains depuis longtemps, je te déclare que je n'en ai pas l'intention. Vous êtes libres de rester dans cette maison, comme vous l'avez fait toutes ces années, autant que vous voudrez. »

Après cette discussion, Vàya sentit s'éloigner sa peur la plus tyrannique et put prendre conscience avec sang-froid de deux choses. Primo, ce n'était pas l'expérience qui lui avait permis de garder sa place chez P. Rodakis, comme elle l'avait cru jusqu'alors, mais l'intérêt qu'avait fait naître Ròsa en lui. Elle s'étonna de ce que parfois on ne remarque pas les choses les plus simples. Secundo, l'expérience en question, peu à peu, avait cessé d'être uniquement le moyen d'assurer son séjour, mais avait pris pour elle une valeur extrême. Elle s'en apercevait maintenant que, la menace disparaissant, elle constatait avec quelle chaleur elle voulait œuvrer pour son développement, au point qu'elle était prête à livrer bataille pour obtenir qu'elle se poursuive, même pour un an.

Elle décida pourtant de ne pas y revenir tout de suite. Elle laissa passer quelques jours, et un soir, comme ils étaient à table tous les trois, sans préambule, elle déclara :

« Dommage que tu ne veuilles pas qu'on fasse un dernier essai. »

P. Rodakis comprit aussitôt l'allusion et répondit sur son ton le plus indifférent :

« Ah oui. Je me souviens d'une illumination nouvelle qui t'est venue et que tu voulais essayer. Mais tu n'as pas développé ton idée. »

Elle comprit tout de suite que le ton indifférent de sa voix était feint. Elle le connaissait bien après tant d'années et savait que pendant tout ce temps il avait brûlé d'apprendre ce qu'elle avait inventé, même si son orgueil l'empêchait de l'interroger.

« Développer mon idée ? Tu étais sur le point de me taper dessus. Tu te souviens bien que c'est toi qui ne m'as pas laissé développer. Dommage...

– Entendre ton idée ne m'aurait pas fait de mal. Cela n'a rien à voir avec ma décision de ne pas poursuivre l'expérience. Alors, cette illumination ?

– Oui, c'est bien ça. Une illumination. J'ai compris qu'il nous fallait quelque chose de nouveau. Que les combinaisons, les diverses combinaisons des mêmes plantes n'avaient peut-être plus grand sens, comme tu le disais toi-même. Alors je me suis souvenue d'une chose : il y a une espèce de bruyère qui pousse dans ma région, avec des fleurs blanches et un parfum qu'on ne trouve nulle part ailleurs, dans aucune fleur. Si nous avions cette bruyère... nous pourrions obtenir un miel à faire saliver les dieux de l'Olympe.

– Alors l'illumination, c'était ça ? fit-il, visiblement déçu. Ajouter une plante ?

– Cela peut te sembler sans importance. Mais si tu avais encore un peu confiance en moi...

– Une plante cachée va savoir où !

– Chez moi les pentes en sont pleines. Le soir, quand le vent souffle, leur parfum descend jusqu'à la mer. Moi, naturellement, je ne peux pas aller là-bas. Toi seul, si tu en avais envie. Mais tu ne veux pas.

– Je te l'ai dit dès le début. »

Ils se souhaitèrent une bonne nuit et se retirèrent dans leurs chambres. Peu après, Vàya entendit des pas près de sa porte. Elle se leva de son lit et vit par terre un bout de papier blanc. Un message qui disait :

« J'ai réfléchi et changé d'avis. Je t'attendrai à l'aube dans la cuisine pour que tu me décrives l'endroit en détail. Je voyagerai demain et tâcherai de rentrer le jour suivant. J'espère que tu es contente. »

Depuis quelque temps, dès que le vent devenait un peu fort, on entendait divers bruits à l'étage, comme des coups répétés. À la fenêtre de la salle de classe, une planche de l'auvent s'était détachée, qui remuait dans le vent et battait, faisant un bruit moins fort qu'insistant, comme un rappel régulier d'une affaire en suspens qui réclame l'attention. Ce qui ne gênait personne, à part Vàya. Elle avait demandé à P. Rodakis de s'en occuper, plusieurs fois mais lui ne faisait rien, sinon planter un clou de temps à autre, ce qui n'offrait qu'une solution provisoire, le bois étant largement pourri, si bien qu'en fait l'offensive des clous ne faisait qu'aggraver seulement les choses. Lui ne semblait pas gêné par le bruit, même à l'heure des leçons, et Ròsa pas davantage, que rien ne pouvait distraire une fois concentrée, même la plus violente explosion.

« Mais enfin, ça ne vous a pas gênés ?

– Quoi ?

– La fenêtre qui battait tout le temps pendant la leçon.

– Non. Je n'ai pas entendu », répondit-elle avec indifférence.

Son apathie était agaçante. « Puisque je suis la seule à être gênée par ce sale bruit, se dit alors Vàya, eh bien je vais m'en occuper. »

Ses nerfs étaient déjà pas mal tendus, car on se trouvait dans la période d'attente de trois jours et l'on saurait très bientôt si son insistance, un an plus tôt, quant à l'ajout une nouvelle plante, était justifiée ou non. Elle monta dans la salle de classe, décidée à déclarer totalement la planche abîmée, obligeant ainsi P. Rodakis à en mettre une autre. Ce battement continuel, en de pareils instants, c'était la dernière chose qu'elle puisse supporter.

« Et dire qu'autrefois c'était son travail à lui, pensait-elle en s'efforçant de déclouer la planche de l'auvent. Et maintenant il a la flemme de changer une planche. »

Elle décrocha sans trop de mal le bout de bois qui tenait encore et laissa la planche tomber dans le jardin. Satisfaite, elle parcourut du regard l'horizon dégagé. Le vent avait si bien nettoyé l'atmosphère qu'elle distinguait les maisons les plus lointaines, celles construites sur le port, à des kilomètres de là. Une atmosphère si pure était chose rare, à cette époque de l'année surtout.

Les fenêtres de l'étage étaient pour Vàya le seul moyen d'évasion et de communication avec le monde extérieur.

Pendant toutes les années passées dans cette maison, elle n'avait jamais franchi les limites du domaine ; son seul contact avec les humains se limitait aux quelques mots échangés l'été avec les clients, le strict nécessaire à l'accomplissement de la transaction. Au début, P. Rodakis avait cru que la cause en était sa peur de femme poursuivie, mais avec le temps il en vint à la conclusion qu'au fond elle aimait vivre retirée dans l'ombre, sans fréquentations, comme il aimait à le faire lui aussi.

Les yeux de Vàya s'étaient littéralement accrochés à ces maisons lointaines, dont certaines à cette heure-là, sous le soleil, se détachaient en relief, tandis que d'autres semblaient plus floues, comme sur le point de s'évaporer. Alors s'éveilla en elle, pour la première fois, un sentiment de curiosité à l'égard de ceux qui les habitaient, et un désir tout neuf : approcher ces lieux étrangers, marcher à nouveau dans la rue au milieu des gens, revoir la mer de près et découvrir de nouvelles images, autres que celles qui se déployaient devant elle par les fenêtres et qu'elle avait engrangées dans sa mémoire avec tous les détails, de même qu'autrefois elle avait appris par cœur les paysages des armoires et des tiroirs.

P. Rodakis était parti faire quelques achats. Ròsa, qui le plus souvent allait avec lui, pour une fois n'avait pas bougé. Interloquée, elle entendit Vàya lui dire (tout en nouant un fichu sur sa tête) qu'elle allait sortir et qu'il serait bon qu'elle l'attende bien sagement, sans faire de pagaille. Elle ne se souvenait pas d'avoir vu sa mère quitter une seule fois la maison et, bien qu'elle ne se soit jamais demandé pourquoi, de voir l'événement se produire créait à ses yeux une image étrange, presque irréelle.

« Ton père ne va pas tarder. Moi non plus. »

Elle s'éloigna. Presque aussitôt elle se rendit compte qu'elle avait perdu l'habitude de marcher longtemps, évoluant depuis des années dans un espace limité, d'où un manque d'assurance dans la démarche et l'impression que partout dans le sol se cachaient des pièges invisibles. Elle aspirait l'air avec angoisse et il entrait en elle, frais et bienfaisant, lui insufflant du courage pour cet acte qui lui semblait téméraire : abandonner le domaine. Son cœur battait vite et fort, alors que les zones habitées, elle le savait, se trouvaient encore assez loin.

Elle s'arrêta au grand arbre qu'elle voyait depuis la fenêtre de sa chambre se dresser tout seul entre les buissons et qui, comme le lui avait expliqué P. Rodakis, était la dot d'une femme qui ne s'était jamais mariée. (C'était une coutume de l'île que ces arbres de dot : à la naissance d'une fille, le père plantait un arbre dans le but de l'abattre vingt ans plus tard, au mariage de la fille, pour le vendre comme bois de construction, contribuant ainsi à la dot.) Ses yeux explorèrent les fissures et les variations de la couleur du tronc, détails inaccessibles à sa vue pourtant fine depuis l'endroit d'où elle le regardait jusqu'alors. Elle se demanda ce qui pouvait bien l'avoir empêchée pendant tant d'années de quitter ces quatre murs et d'oser au moins une petite promenade dans les espaces déserts alentour. L'écorce sombre et craquelée du tronc qu'elle regardait ne pouvait lui apporter de réponse.

Elle poursuivit sa route. Ses pieds peu à peu se familiarisaient avec le sol, les battements de son cœur s'apaisaient. Elle n'avait pas pris le chemin des terres brûlées. Autour d'elle, des buissons à demi desséchés, à sa droite la montagne et devant elle, au loin, les maisons qu'elle voyait depuis sa fenêtre, cachées à présent par les collines. Elle suivait exactement la direction prise par son regard un peu plus tôt à la fenêtre de la salle de classe.

Peu avant les premières maisons du village, qui était aussi l'un des quatre ports de l'île, se trouvait une chapelle abandonnée. C'est là que Vàya s'arrêta, s'adossant au mur en demi-cercle du sanctuaire. Plus bas commençait la zone habitée et le moment était venu de décider si elle allait rentrer chez elle, ou se laisser entraîner par l'impulsion imprévue de ce jour-là et remettre le pied dans le monde des humains, dont elle s'était exilée pendant cette longue dernière partie de sa vie.

Les dés furent jetés ; bientôt ses pas l'amenèrent face à la première maison du village, qui était aussi, dans un sens, la dernière. Une vieille maison, riche apparemment, avec une plante mauve en fleurs grimpant aux murs décrépits. Elle avança prudemment la tête vers la fenêtre donnant sur la route. Le soleil commençait à baisser, mais il y avait encore assez de lumière et elle distingua sans difficulté les trois personnes qui se trouvaient alors dans la pièce.

Un couple assis aux deux bouts d'une table étroite jouait aux cartes, observé par une femme âgée, assise un peu en retrait dans un fauteuil en bois muni de grandes roues, immobilisée, semblait-il, par quelque infirmité. Les joueurs étaient muets, impassibles, contrairement à la femme âgée dont le visage montrait un vif intérêt (alors que la distance l'empêchait de suivre la partie). À un moment, l'homme se leva et donna à la femme une forte gifle. Elle la reçut sans protester, malgré l'expression de douleur sur son visage, l'homme se rassit et la partie reprit normalement. Après quelques levées, la femme se leva, prit une baguette posée à côté d'elle sur une chaise et d'un seul geste assez violent frappa le bras de l'homme. Il frotta de la main le point douloureux, la femme se rassit et se mit à distribuer les cartes. De temps en temps, l'un d'eux (celui qui gagnait, semblait-il) se levait, allongeait un coup à l'autre et la partie continuait. Vàya remarqua que les parties dénudées de leurs corps étaient couvertes de marques rouges, de bleus ou d'enflures. La vieille infirme, chaque fois que l'homme se levait pour frapper, s'agitait, heurtait du poing le bras du fauteuil, ouvrait la bouche pour crier, ce que lui interdisait son infirmité, si bien qu'elle devait se borner aux coups de poing sur le fauteuil. Lorsque la femme à son tour frappait l'homme, au contraire, son visage reflétait une satisfaction et une joie profondes. Tout cela se déroulait sous l'œil bienveillant d'un très vieil homme qui leur adressait son sourire depuis son portrait accroché au mur d'en face.

Vàya, fascinée par ce spectacle bizarre, passa un bon moment à les épier, et elle y serait restée encore si l'infirme n'avait soudain levé le doigt, montrant la fenêtre où elle se tenait à demi cachée, s'efforçant par des expressions muettes d'attirer l'attention du couple sur elle. Mais eux poursuivaient leur partie, indifférents. Vàya, cependant, effrayée, s'éloigna aussitôt.

Un peu plus bas se trouvaient trois ou quatre bâtiments en enfilade qui n'étaient pas des maisons, mais servaient plutôt d'entrepôts ou de magasins – Vàya ne pouvait en savoir plus, les volets étant fermés. L'un d'entre eux seulement, au lieu de volets, avait de gros barreaux de fer qui pouvaient laisser croire qu'on gardait là des marchandises précieuses, mais la pièce était pleine d'oignons et d'ail séché, en tresses pendues aux murs ou entassées par terre. Fixé à la paroi, un gros anneau de fer rouillé, auquel un singe était attaché par une corde. Dès que l'animal, apparemment dressé, aperçut Vàya, il se mit à faire des culbutes, à gambader comme un fou, ramassant des oignons qu'il lançait en l'air avec des grimaces.

« Allons bon, murmura-t-elle, qu'est-ce qui m'attend après ça ! »

Après ces deux scènes étranges rencontrées à l'entrée du village, tout le reste lui parut normal. Les maisons étaient propres et soignées, les personnes qu'elle croisa vaquaient à leurs petites affaires quotidiennes et banales. Sa peur de se présenter devant des gens disparut quasiment quand elle vit le peu d'intérêt qu'elle suscitait. À peine s'ils lui jetaient un regard, puis ils détournaient les yeux, indifférents, au point qu'elle s'étonna. Comment pouvaient-ils accueillir avec une telle apathie la présence d'une personne étrangère, cette intrusion dans leur petite société ?

Elle se retrouva sur le port. Ce n'était pas là qu'on l'avait débarquée. L'autre port, autant qu'elle pouvait en juger, était le plus grand de l'île, alors qu'il n'y avait là qu'une anse abritant surtout des barques de pêcheurs. Par moments, voyant où elle se trouvait, l'envie la prenait de rentrer à toutes jambes. L'instant d'après elle pensait avoir fait la chose la plus naturelle et se reprochait de ne pas avoir eu l'idée plus tôt. Son esprit ballottait entre ces deux pôles. Elle parcourut ainsi trois fois la distance entre les deux extrémités du port.

La dernière fois elle aperçut, au rez-de-chaussée d'une maison à étage, un café aux rideaux sales de couleur indéfinissable. L'enseigne vermoulue qui pendait au-dessus de la porte portait ce nom : LA BONNE ÂME. En lisant ces mots, un frisson la parcourut : elle se souvint que cette expression, « bonne âme », s'adresse d'habitude à un mourant, ou du moins à quelqu'un qui n'a plus rien à attendre que la mort. À ce moment-là, il lui sembla que ces mots lui étaient destinés. Cependant elle pensa, ce qui la réconforta, qu'il s'agissait simplement d'une variation sur un nom très souvent donné aux cafés ou aux petites boutiques : LE BON CŒUR.

Elle s'approcha et regarda à l'intérieur. La salle semblait pleine, à peine s'il y avait une ou deux tables libres. Elle aurait tant voulu entrer, s'asseoir, commander un bon café bien amer. Mais il lui serait impossible, pensa-t-elle, de s'asseoir parmi tant de gens. D'un autre côté, l'affluence l'aiderait à passer inaperçue, à se fondre dans la foule.

Elle ouvrit la porte et chercha une table où s'asseoir. Personne ne tourna la tête vers elle, ce qui la réjouit. À toutes les tables on entendait des conversations animées. Les sujets étaient variés sans doute, mais l'intensité, la passion était la même, qu'elle s'exprime par de grands cris, des yeux exorbités, des joues rouges ou par des chuchotements de conspirateur et des regards lourds. Nulle part, à aucune table, elle ne vit d'hommes jouant à des jeux de hasard, comme c'est la coutume dans les cafés ; tous discutaient. Il y avait deux tables libres. L'une se trouvait au fond de la salle, à l'écart, mais quand elle s'en approcha, elle vit des affaires posées dessus, une fiole de pharmacie et un ouvrage de dame, signe que la table était prise. L'autre était en plein milieu de la salle. Ce qui lui déplut. Elle ne voulait pas se trouver assiégée par les regards. Cependant l'indifférence prolongée des clients fit taire ses craintes et elle finit par s'asseoir.

Presque aussitôt, sortant des profondeurs de la salle, une femme s'assit à la table de la fiole et de l'ouvrage. Dès que son œil eut repéré l'arrivante, elle se leva et s'approcha à petits pas pressés.

« Qu'est-ce que je te sers ? » demanda-t-elle.

Vàya commanda un café sans sucre et, regardant la femme s'éloigner, se demanda s'il s'agissait de la bonne âme annoncée par l'enseigne. Le temps qu'arrive le café, elle souleva le bas de sa jupe et défit l'ourlet d'où elle tira une pièce pour payer. Elle avait cousu dans tous ses vêtements de l'argent qu'elle prélevait tous les étés en cachette sur les ventes du miel, afin de l'avoir sous la main pour ses premiers besoins si par malheur elle se trouvait soudain, pour une raison quelconque, à la rue et sans ressources.

Sa table était encadrée par quatre autres et la distance entre elles était plutôt mince ; derrière, des dizaines d'autres, disposées selon une perspective géométrique, laquelle, malgré cette affluence populaire, donnait une impression de régularité. Vàya, une fois son café bu, commença de se sentir un peu mieux dans cette foule qui d'ailleurs ne lui prêtait nulle attention. Elle remarqua cependant que leur indifférence ne la concernait pas seulement elle, comme elle l'avait cru d'abord, mais qu'il n'y avait aucune communication entre les tables. Les groupes semblaient être isolés et s'ignorer totalement, personne ne connaissant ses voisins, tous absorbés dans leurs propres histoires – une image qui aurait mieux convenu à un lieu public d'une grande ville qu'à un café de village.

À la table devant elle était assise une femme (la seule dans toute la salle, apparemment, la patronne mise à part) avec deux hommes. À la table de droite, deux hommes. L'un mangeait dans une assiette creuse (le café servait aussi des repas, semblait-il) et l'autre buvait du vin. Le buveur, un mouchoir dans la main, essuyait de temps à autre ses yeux en larmes. Cette image d'un homme qui pleure devant tant de monde attira l'attention de Vàya, qui s'efforça de suivre leur discussion, l'isolant du mieux qu'elle put du bruit qui régnait dans la salle.

« Tu t'y feras, dit le mangeur, la bouche pleine. Au début tu souffriras, en rentrant chez toi la maison te semblera vide. Mais tu t'y feras.

– C'est elle qui devra s'y faire, dit le buveur en s'essuyant de nouveau les yeux, c'est pour elle que ça change le plus.

– Alors ça !

– Parfaitement. »

Le mangeur dit encore autre chose, mais comme il avait la bouche pleine, Vàya n'entendit pas – et le buveur non plus, probablement, tant que l'autre n'eut pas avalé.

« ... comme quand moi j'ai perdu la mienne. Je croyais la voir devant moi, tout éveillé, pas dans mon sommeil. Aujourd'hui, avec le temps, je me dis que peut-être je dormais et me croyais réveillé. Puis je ne l'ai plus vue, ni réveillé ni dans mon sommeil.

– Dommage.

– C'est mille fois mieux. Les vivants avec les vivants et...

– Tu crois que moi je vais la voir ? La mienne ? demanda le buveur avec un soupçon d'espoir sur son visage.

– Cela n'arrive pas forcément à tout le monde. Qu'est-ce que tu crois, mieux vaut ne pas la voir.

– Et les morts avec les morts.

– Allez, à ta santé. »

Ils restèrent un instant silencieux, l'un devant son assiette, l'autre devant son verre.

Vàya tourna son attention vers la table de l'autre côté, sur sa gauche. Les trois hommes assis là parlaient à voix basse, pas vraiment comme pour garder un secret, mais à la façon de gens absorbés par un sujet très important. Malgré ses efforts, elle resta longtemps sans comprendre de quoi ils parlaient. La seule chose évidente, c'est que l'un soutenait une idée que l'autre contestait, tandis que le troisième entre eux regardait tantôt l'un, tantôt l'autre, les yeux exorbités. Plus tard seulement, elle entendit une phrase qui résumait peut-être la discussion, dans la bouche de celui qui doutait :

« Tu as beau dire, tu ne me feras jamais croire que sur l'île on trouve encore des lions. »

C'était, semble-t-il, ce qu'affirmait l'autre, qui essayait de convaincre ses compagnons. Il soutenait même que les lions n'avaient jamais disparu de l'île depuis l'Antiquité, du temps où les habitants les représentaient en effigies de toutes tailles qu'on retrouvait maintenant en labourant et qu'on devait remettre au maire.

« Et qu'est-ce qu'ils mangent ? Des pigeons ?

– Des animaux. Comme ceux qu'on va chasser nous autres.

– Et pourquoi on ne les voit pas ?

– Beaucoup de gens les ont vus. Mon frère qui est mort disait les avoir vus, et aussi la sœur du boulanger qui après est devenue folle.

– Tous ceux qui les ont vus sont morts ou bien fous.

– Et la nièce du capitaine, elle est quoi ? Morte ou folle ?

– Folle à lier ! C'est elle qui a dit que le soir elle se change en chat et grimpe aux arbres. »

Vàya écoutait, stupéfaite, et ne savait lequel des deux

lui semblait plus convaincant. Un qui devait se trouver dans la même situation, c'était l'homme aux yeux exorbités qui recevait les tirs des deux bords. Un instant, elle éprouva une légère peur et se demanda s'il n'était pas dangereux de traverser ainsi seule et sans protection toute cette étendue déserte, mais cela dit elle était sûre de n'avoir rencontré aucun lion en chemin.

« Il y a des lions. Et un jour ou l'autre ce sera prouvé aux yeux de tous.

– Eh bien, attendons d'abord que ce soit prouvé. »

Cette conversation se poursuivit avec de nouveaux arguments des deux côtés, mais à voix plus basse encore, et Vàya faisait de gros efforts pour entendre. Au point qu'ils s'imprimèrent sur son corps, qui inconsciemment se mit à pencher, de façon peu naturelle, vers la table voisine, et sa tête, quoique baissée, semblait avoir poussé hors d'elle une oreille énorme. Elle se reprit seulement quand elle aperçut un instant les yeux exorbités du troisième, qui avaient cessé leur va-et-vient, fixés sur elle. Elle fit aussitôt l'indifférente, leva même son verre d'eau et en but innocemment la moitié, ce qui amena les yeux exorbités à reprendre leur mouvement précédent.

« Il est encore trop tôt, dit le mangeur à l'autre table, attends d'abord les quarante jours, fais la cérémonie des quarante jours et après tu verras. Et même là, c'est encore tôt. Attends plutôt trois mois après sa mort. Alors tu verras.

– Trois mois, c'est bien long, répondit le buveur.

– Laisse tomber les décisions hâtives. Fais la cérémonie

des trois mois, et après tu décideras. Si à ce moment-là tu veux encore quitter l'île, eh bien pars... »

Alors il arriva quelque chose qui attira l'attention de tous aux tables voisines. La femme assise entre deux hommes à la table en face de Vàya se leva brusquement avec un geste qui trahissait son indignation. L'un des deux hommes la prit par le poignet et la rassit de force en disant d'un ton conciliant :

« Bon, d'accord, tu prendras aussi le portrait.

– Et les trois statuettes en bronze », ajouta-t-elle d'un air décidé.

Les deux hommes se regardèrent et approuvèrent de la tête.

La femme reprit, plus calmement :

« Et maintenant, pour la commode... »

Vàya eut l'impression qu'il s'agissait de frères et sœur qui tentaient de se partager un héritage. Seulement, la répartition ne concernait pas des maisons et des terrains, mais des objets de valeur infime. Ils avaient plutôt l'air d'enfants qui se disputent leurs jouets, ce qui rendait la scène comique au point que Vàya faillit se mettre à rire. Elle commençait à apprécier de se retrouver parmi des gens (peu après en avoir éprouvé de la terreur) et tout ce qu'ils se disaient l'intéressait, y compris les choses les plus insignifiantes.

« Rappelle-toi le garde champêtre, dit quelqu'un à la table de gauche, à haute voix pour la première fois.

– Non, encore cette histoire !

– Le garde champêtre que les chacals ont déchiqueté ? demanda timidement l'homme du milieu.

– Oui, celui qu'on a retrouvé dévoré. Des chacals, tu dis ? Ceux qui ont vu son corps, ou ce qui en restait, ont tous dit que des morsures pareilles...

– Encore cette histoire ! dit l'autre.

– Que des morsures pareilles ?

– Des morsures pareilles, seul un grand carnivore... »

L'homme du milieu cacha ses yeux exorbités dans ses mains. Les autres se turent un instant.

« Et le poêle en faïence ? et la lampe ? Non, ça je ne l'accepte pas. Il faudra que tu choisisses, dit un des hommes de la table d'en face à l'autre.

– Il faudra que tu choisisses », répéta la femme.

L'autre les regarda, l'air pensif.

« Et dire que quand je l'ai rencontrée, dit le buveur après un long silence, elle m'a paru très laide. Je me suis dit, épouser cette femme, pas question. Mais à mesure que le temps passait elle changeait. Elle s'est mise à avoir de belles mains, de beaux yeux, une belle bouche, de belles oreilles. À la fin, je me suis dit que j'avais beaucoup de chance qu'on me propose une femme si belle. L'autre jour je la voyais sur son lit de mort je me suis dit que j'avais vu mourir la plus belle femme de l'île. Hier j'ai rassemblé ses affaires. Toutes ses affaires, les vêtements, tout. Et puis voilà que j'ai vu l'un de ses cheveux pris dans le pied d'une chaise. J'avais remué toutes ses affaires, les vêtements, tout, et ça ne m'avait rien fait. Mais quand j'ai vu ce cheveu... Dès que j'ai vu ce cheveu à elle... »

Il se couvrit le visage de son mouchoir et se mit à pleurer sans bruit. Le mangeur en face de lui (qui avait terminé) essuyait son assiette, l'air gêné, avec un bout de pain.

Soudain, aux trois tables, il y eut un bref silence. Le brouhaha continua aux tables voisines qui accueillaient d'autres gens et d'autres discussions. C'était un petit silence local, un trou noir au milieu de la salle bruyante. À la table de gauche, les trois interlocuteurs, renonçant à trouver la vérité, regardaient chacun dans une direction. À la table d'en face, les frères et la sœur réfléchissaient sans un mot, chacun pour son compte, au compromis le plus avantageux. À la table de droite, l'homme pleurait sans bruit.

Puis, comme si les trois tables s'étaient donné le mot, comme si une présence invisible leur avait donné le signal, tous se mirent à parler en même temps. Vàya termina son café et continua encore un peu de récolter des bribes de conversations, ayant perdu le contact avec sa réalité. Elle y fut ramenée par une phrase de la femme à la table d'en face (le partage une fois terminé, les trois personnes discutaient maintenant de choses et d'autres) :

« Demain matin en me levant, je ferai des petits pains au miel. »

Cette phrase produisit en elle une coupure. Elle se rappela le premier miel de l'année, depuis trois jours enfermé dans les jarres en terre, qui attendait d'être goûté le lendemain. Elle se rendit compte qu'elle était partie depuis des heures. Elle se demanda ce que P. Rodakis penserait de ce départ sans préavis. Ròsa s'inquiétait sans doute. Et le temps était à la pluie. Elle serait bien restée encore, mais il fallait partir. Elle se leva et traversa de nouveau la salle sans éveiller, cette fois encore, l'intérêt de qui que ce soit. En fin de compte, se dit-elle, ce n'était pas seulement P. Rodakis qui ne voulait pas frayer avec les autres, tout le monde sur l'île était bizarre comme lui. Elle ouvrit la porte et sortit. Elle vit qu'une pluie fine tombait, mais peu importe, la soirée était chaude et elle-même avait été élevée à la dure. Elle pressa le pas pour arriver avant la nuit.

Le premier soin de P. Rodakis – dès le lever du jour – fut d'aller voir si Vàya était rentrée. Ròsa savait seulement qu'en partant elle avait dit qu'elle ne tarderait pas. La veille, pourtant, il l'avait attendue jusque très tard, en vain. « Quelle femme étrange ! » pensait-il. Elle avait sans doute été retardée par cet orage de deux heures, qui l'avait peut-être forcée à passer la nuit quelque part. Ce qui n'apportait pas de réponse, bien sûr, aux autres questions : pourquoi ce départ, où allait-elle ? Car P. Rodakis le savait, seul un événement grave pouvait amener Vàya à quitter le domaine.

Il descendit et alla tout droit vers sa chambre. Il ouvrit la porte sans bruit et vit Ròsa qui dormait seule. Aucun doute, Vàya n'était pas rentrée. Il s'approcha du lit ; l'enfant dormait profondément, ayant sans doute attendu jusque tard dans la nuit. Son épaule droite, découverte, luisait faiblement, blanche et ronde. Il la toucha. Ròsa ne bougea même pas.

À midi, Vàya n'était pas encore là. P. Rodakis fut pris d'un agacement qui augmentait sans cesse. Il n'était pas inquiet, mais agacé par cet événement qui venait troubler le cours normal de la vie. Et puis ce n'était pas là un jour comme les autres. C'était le jour du test. Cette disparition augmentait son impatience d'aller voir le résultat de cette année, la dernière – ainsi l'avait-il décidé – de l'expérience. Il voulait attendre Vàya pour faire le test avec elle, comme chaque fois, pendant tant d'années.

Ròsa était aux cent coups, tout en s'efforçant de ne pas le montrer. Un pressentiment désagréable lui serrait l'estomac et, quand vint l'heure du déjeuner, elle ne put avaler une seule bouchée des petits pois préparés par Vàya la veille, juste avant de s'éclipser. Plus tard seulement, l'après-midi, elle fut littéralement forcée de s'asseoir devant son assiette, cédant aux injonctions sévères de P. Rodakis et à ses arguments qui pour l'instant faisaient tout sauf alléger l'atmosphère.

« Et si ta mère ne revient jamais, dit-il plusieurs fois, tu vas rester sans manger pour toujours ? » Il n'y eut pas de réponse.

Le même argument cependant finit par s'appliquer à lui-même. Si elle ne revenait jamais, laisserait-on pour toujours le miel sans le goûter ? Il surmonta donc ses scrupules et décida de goûter le miel tout seul. En fin de compte, ce n'était pas sa faute à lui, le retard de Vàya était impardonnable.

C'est alors qu'eut lieu l'épisode de la cuiller d'argent disparue, qui le força de vider deux tiroirs sur le sol de la cuisine avant de retrouver l'objet précieux emmailloté dans la poche de la vieille robe de chambre. Ce lamentable incident électrisa un peu plus encore une atmosphère déjà tendue.

La cave était plongée dans la pénombre, mais il n'avait guère besoin de lumière. Il avait besoin de la cuiller, c'est tout, et on l'avait retrouvée. P. Rodakis s'arrêta devant les trois jarres contenant la première récolte de l'année. Avec des gestes calmes, il ôta le couvercle de l'une d'elles et plongea la cuiller.

Le goût arriva dans sa bouche comme un choc. À cause de son intensité. Mais il y eut aussi un choc en retour. Dès que P. Rodakis mit la cuiller pleine dans sa bouche, il se sentit assailli par une force impétueuse, absolue, qui le foudroya et le laissa ébloui dans un brouillard. Puis sortit du brouillard un petit chérubin remuant qui voletait en tous sens, tandis que parvenaient de loin les premiers sons d'une marche triomphale. Le parfum se déversait hors de la jarre ouverte, submergeant l'endroit comme un gaz qui s'échappe soudain de sa bonbonne, et sa présence était si manifeste que P. Rodakis crut même le voir ; peut-être était-ce là le brouillard qui l'avait enveloppé ?

Dès le premier instant, il sut que tout cela n'était qu'une hallucination. Aussi maintenait-il ses yeux et ses oreilles grand ouverts. Il ne fallait pas laisser perdre le moindre détail de cette image fictive, mais divine, dont il savait que bientôt, très bientôt, elle devait s'évaporer. Et cela ne tarda pas. Le brouillard se dissipa, avalant le remuant angelot, tandis que le triomphe des trompettes laissait place au bruit d'une chaise que Ròsa traînait à l'étage du dessus. Lui-même se trouvait assis par terre, serrant dans ses bras la jarre ouverte.

Toutes choses avaient retrouvé leurs dimensions réelles. Il n'avait pas vécu cela depuis si longtemps. Formant les mots sur ses lèvres, mais sans bruit, sans les dire, il s'interrogea : « Pourquoi cela revient-il maintenant ? »

Il savait la réponse. Il savait que, depuis la fin de son enfance, l'apparition du phénomène hallucinatoire était liée à une impression psychique intense, laquelle en ce jour n'avait pu être provoquée que par l'essai du miel. Il replongea la cuiller, le manche cette fois.

Ce n'était pas simplement le meilleur miel qu'il eût jamais goûté. Cela sans aucun doute. C'était en même temps un goût qui, d'une façon étrange, semblait agir directement sur son humeur. Il ne revit pas d'anges, n'entendit pas d'autres musiques, mais cette deuxième fois encore il sentit l'inonder une émotion et une exhalaison de sensations anciennes. Sensations imprécises, comme celles qui vivent quelques secondes à peine dans un rêve et qu'il est difficile de décrire, et même de se rappeler par la suite, et qu'on ne peut que par hasard retrouver dans un autre rêve. C'était assurément bien plus qu'un goût agréable ou un parfum réussi. Cependant il voulait l'avis de quelqu'un d'autre, et c'est alors que l'absence de Vàya se fit de nouveau pesante. Mais Ròsa était là.

Il remonta avec la jarre, impatient de voir sa réaction. Sur les dernières marches, il entendit sa voix et comprit qu'elle parlait à quelqu'un. « Enfin, elle est rentrée », pensa-t-il, et il s'avança, croyant apercevoir Vàya. Surprise : c'était Ròsa en discussion avec le pope et le maire. À la vue de ce duo, il ne put que se souvenir du jour où ils étaient venus, ensemble, dans le but de lui confier la garde de Vàya.

« Ah, voilà ton père, dit le maire.

– Toi, tu vas monter là-haut lire ton livre, d'accord ? dit le pope à Ròsa d'un ton sans réplique.

– Lequel ? demanda-t-elle, avec une perplexité non feinte.

– C'est toi qui choisiras, ma fille.

– Va, dit sèchement P. Rodakis, et elle fit aussitôt demi-tour et partit.

– On peut entrer ? » dit le maire.

P. Rodakis les emmena dans la grande pièce, comme la première fois.

« Nous n'avons pas de bonnes nouvelles, marmonna le pope.

– Que se passe-t-il ?

– Vàya n'est pas là ?

– Non. Elle est absente depuis hier. C'est curieux, elle a quitté la maison hier. »

Le pope et le maire échangèrent un regard.

« Elle a une infirmité au pied ? » demanda le maire ; et, avec une vague lueur égrillarde dans l'œil, il ajouta : « Tu dois le savoir.

– L'un de ses pieds n'a plus d'orteils.

– Mon enfant, cette femme est morte », dit le pope.

P. Rodakis, sans voix, posa la jarre sur la table.

« Hier soir, pendant l'orage. Elle a pris la foudre, la

malheureuse. Des bergers l'ont trouvée ce matin et ont appelé le maire. Sous un arbre, oui.

– J'avais un léger doute, dit le maire, mais après ce que tu m'as dit de ses orteils...

– Veux-tu que je parle à la petite ? » demanda le père Chrỳsanthos.

P. Rodakis fit non de la tête.

« Eh bien, occupe-toi de lui parler comme tu le sais et moi je me charge du reste. L'enterrement et tout cela. Mon enfant, Dieu est grand. Et sa volonté inconnue.

– Oui, dit P. Rodakis d'une voix atone.

– Nous y allons. Le plus dur t'attend. »

Ils partirent, le pope devant, suivi du maire.

P. Rodakis lava la cuiller d'argent, la sécha soigneusement. Il prit la jarre et monta.

« Comme elle est innocente », pensa-t-il, voyant Ròsa dans la salle de classe en train de lire un livre, tout comme le lui avait suggéré le pope.

« Ils sont partis ? demanda-t-elle en le voyant.

– Ils sont partis », répondit-il, et elle ferma le livre comme si l'obligation avait pris fin. Elle regarda la jarre avec curiosité.

P. Rodakis s'assit à côté d'elle.

« Je veux que tu goûtes », dit-il.

Il remplit la cuiller et la lui mit dans la bouche. Ròsa fit tourner longtemps la masse épaisse dans sa bouche ; son visage demeurait impassible, mais elle touchait ses joues du bout des doigts, comme si elle s'en servait pour tenter de saisir exactement ce qui se passait.

« Eh bien, demanda P. Rodakis en voyant sa gorge bouger, signe qu'elle venait d'avaler, qu'en penses-tu ? »

Elle le regarda droit dans les yeux, l'air sérieux.

« C'est... » Elle s'interrompit un instant. « C'est la nourriture des anges. »

P. Rodakis sourit.

« C'est beau ce que tu dis là. »

Il se pencha et embrassa le duvet à la racine de ses cheveux. Puis il lui dit que sa mère était morte.

La prévision du pope, quant au plus dur qui l'attendait s'avéra juste ; cette nuit-là fut rude. Lorsque au petit jour la fatigue terrassa la douleur et que Ròsa s'endormit, P. Rodakis alla faire un tour seul dans le domaine. Sans cesse, dans sa mémoire, il voyait Vàya revenir, son visage à demi éclairé par le reflet d'une lampe, les yeux plantés dans les siens comme des lances. Mais il ne pouvait se souvenir quand ni pourquoi elle lui jetait ce regard de rapace, de quel moment du passé cette particule s'était décollée pour se traîner jusqu'au présent. Il se souvint avec émotion des moments d'enthousiasme au début de l'expérience, mais plus tard aussi, chaque fois qu'ils franchissaient un nouveau pas. « Dommage, pensa-t-il, qu'elle n'ait pas vécu un jour de plus pour elle aussi goûter à son ultime triomphe. À son exploit. »

Le chagrin causé par sa mort, qui était surtout chagrin du chagrin de Ròsa, passait pour lui, en fait, au second plan. Car ce qui régnait dans son cœur, ce qui brillait comme un soleil dans la noirceur de la triste nouvelle, c'était la joie indicible de la découverte qui avait eu lieu quelques heures plus tôt dans sa cave. Il voyait clairement que tôt ou tard la blessure due à la mort de Vàya se refermerait, on le savait d'avance, tandis que le reste, le plus important, l'or contenu dans les trois jarres (et qui en remplirait tant d'autres), mais aussi la recette qui menait à l'or, cela resterait, cela était éternel, et plus encore : PUISSANT. Quelle était au juste cette puissance et que pourrait-il en faire, ce n'était pas clair encore, mais il était sûr d'une chose : il tenait dans ses mains une clé magique, inestimable. Chacun de ses pas dans la terre humide était une confirmation de son pouvoir. À chaque respiration, il se gonflait de grandeur.

À la lumière de ces pensées, le regard tourné droit vers le soleil levant, il longea les bornes de son domaine. Jusqu'au bout, puis revint. Et il n'aurait pas perdu une seule parcelle de cette grandiose exaltation si, au dernier moment, juste avant d'arriver à la porte, il n'avait senti le sol se dérober sous lui, son pied buter, une vague de terre granuleuse lui entrer dans les yeux, le nez, la bouche. Étourdi encore par sa chute, il vit, entre ses pieds, une planche à demi pourrie avec des clous dessus qui dépassaient et avaient déchiré son pantalon, le faisant saigner. Machinalement, il leva la tête et aperçut un vide sous l'auvent d'une fenêtre à l'étage.

Il se releva, cracha, se secoua. Puis il rentra, prit de grands clous, le marteau, monta là-haut et recloua la planche pourrie à sa place.

La Bâtie

En franchissant l'entrée de la villa, St. Rosenmann tenta d'imaginer la réaction du baron quand il prendrait dans ses mains le cadeau qu'il lui apportait. Ensuite, comme il attendait dans la grande salle, contemplant par la baie vitrée l'étang artificiel avec ses canards et ses oies, la même pensée lui occupait l'esprit. Et c'est à elle sans doute qu'était dû le sourire que le baron vit installé sur ses lèvres.

« Vous vous sentez heureux ?

– J'ai toujours des raisons de l'être, même en réserve, dit St. Rosenmann, et son sourire devint rire.

– Eh bien, soyez le bienvenu. Mais vous rentrez plus tôt que prévu, n'est-ce pas ? demanda le baron, remarquant la grande et large boîte recouverte de cuir que le visiteur tenait sous le bras.

– Oui, c'est vrai. Je prévoyais de rester plus longtemps, mais j'ai soudain été pressé de rentrer.

– Vous avez fait bon voyage ?

– Je n'ai pas fait attention. Je suppose que oui.

– Et pourquoi cette hâte ?

– Oh, pour rien, l'humeur du moment.

– Je n'insiste pas », dit le baron, jetant un nouveau coup d'œil à la boîte.

St. Rosenmann s'en aperçut et, souhaitant jouer avec la curiosité de son ami, il mit la boîte sous son autre bras.

« Si vous ne voulez pas, reprit le baron, me révéler ce qui vous a fait rentrer si vite et vous a troublé au point de vous rendre insensible aux circonstances du voyage, c'est bon. Je vous l'ai dit, je n'insiste pas. »

St. Rosenmann rit comme ces pères qui trouvent charmante la frimousse de leur petite fille boudeuse.

« Mais ce que je vous dis est vrai, j'ai suivi mon humeur. D'un seul coup je ne tenais plus en place, j'avais envie de rentrer.

– Oui, mais quelque chose a provoqué cette humeur. Et c'est ce quelque chose que vous voulez tenir secret. Enfin, je vous le redis : je n'insiste pas.

– Quelque chose a provoqué cette humeur..., répéta St. Rosenmann, affectant un air songeur, et le paquet repassa sous l'autre bras. Vous avez peut-être raison.

– Mais pourquoi vous embarrasser de ce paquet ? Posez-le donc quelque part.

– Ah, le paquet, dit-il, feignant de se rappeler soudain son existence, il est pour vous. Un cadeau. Mais ne l'ouvrez pas ici. Nous pourrions nous installer au jardin, c'est une si belle journée. »

Le baron étendit la main, montrant la porte vitrée qui donnait sur le jardin. Ils s'assirent sous le kiosque. Alors seulement St. Rosenmann lui remit le paquet ;

mais de nouveau, tandis que le baron tirait sur la ficelle pour ouvrir la boîte, il l'arrêta, posant résolument la main sur le couvercle.

« Avant de vous laisser ouvrir, mon cher baron, je voudrais vous avouer que vous aviez raison d'insister tout à l'heure quant à cette chose qui se serait produite lors de mon voyage et qui aurait changé mon humeur, provoquant mon retour anticipé. Mais je vous annonce que cette chose est agréable et en rapport avec le contenu de cette boîte, dit-il en frappant du doigt le couvercle.

– Agréable ?

– Je dirais que le mot est plutôt faible. Ouvrez-la. »

Le baron écarta en hâte le couvercle. L'intérieur de la boîte, pour la plus grande part, était vide et tapissé d'une étoffe luisante et plissée. Au centre, calée dans un socle, une petite bouteille de parfum.

« Du parfum ? Merci beaucoup. Je ne savais pas, je dois le dire, que le pays dont vous revenez était réputé pour ses parfums. »

St. Rosenmann l'observait avec un sourire énigmatique.

« C'est donc ce parfum qui a bouleversé vos projets ? demanda le baron en sortant la petite bouteille de son socle. Et qu'y a-t-il d'écrit sur l'étiquette ? Excusez-moi, mais je ne connais pas l'alphabet de cette langue.

– Ce n'est pas du parfum », dit St. Rosenmann tout bas, sans remuer les lèvres, montrant ainsi ses dons de ventriloque.

Les yeux du baron se remplirent d'étonnement.

« Vous avez parlé ?

– Ce n'est pas du parfum, mon cher baron, reprit l'autre, cette fois en bougeant les lèvres.

– Je ne comprends pas. Alors qu'est-ce donc ?

– Du miel. »

Le baron dissimula sa surprise à grand-peine ; mais son regard le trahit.

« Du miel. Merci encore. Je vous promets de faire honneur à votre cadeau demain à mon petit déjeuner. Ce qui me frappe, et j'espère que vous n'y verrez nulle impolitesse de ma part, c'est que vous m'en apportiez une si faible quantité. Car enfin, je me demande si j'en aurai assez pour deux tartines. »

St. Rosenmann eut un rire si bruyant que les oies de l'autre côté lui répondirent par des cris furieux.

« Ah non ! Je ne vous laisserai pas commettre une horreur pareille. Des tartines, vous vous rendez compte !

– Je ne vous comprends pas aujourd'hui, dit le baron, piqué. Vous êtes plein de mystères. Le miel, pour ma part, je le mets sur mon pain sans qu'il me soit jamais venu à l'esprit qu'il y avait là un acte condamnable.

– Vous ne me comprenez pas, quoi de plus normal. Mais dès que je vous aurai expliqué, vous verrez aussitôt tous les mystères se dissiper. Je ne sais si vous auriez envie d'un petit tour du côté des oies.

– Aucune envie, je vous assure. Ces derniers temps, je ne sais pourquoi, ils sont devenus agressifs. Figurez-vous que l'autre jour, à l'instant même où je leur jetais des bouts de pain, trois d'entre eux m'ont attaqué. En même temps. L'un d'eux m'a même blessé.

– Blessé ?

– Mais oui. Il m'a pincé la jambe. Depuis, j'ai l'intention de les supprimer pour mettre des poissons rouges. Mais commencez. Je brûle d'entendre ce que vous avez à me dire. »

Alors St. Rosenmann déroula devant le baron les événements de son voyage.

« Au début de mon périple dans ces îles, ma seule idée, ma seule envie, était de passer le plus de temps possible près de la mer en profitant de toutes ces beautés naturelles dont j'entendais parler – et qui semblent si exotiques chez nous –, et, tout au plus, avec un peu de chance, de soudoyer un habitant pour qu'il me vende une antiquité sympathique, bout de marbre ou pièce de monnaie. Je ne vous cache pas qu'au début je pensais vous rapporter un cadeau de ce genre.

– Ha, ha ! fit le baron, déçu que la pièce de monnaie se soit changée en deux gouttes de miel.

– Dans la première île où j'ai abordé (j'oublie tout le temps son nom, mais ses sonorités me rappellent une épice), je ne suis resté que deux jours, n'ayant pu trouver de logement à mon goût. Dans la deuxième, de ce point de vue, j'ai eu beaucoup de chance. J'ai loué pour quinze jours tout l'étage de la demeure d'un ancien propriétaire de bateaux d'où je ne voyais que les rochers, la mer et les oiseaux. Le jour, je faisais des promenades à pied ou j'allais en barque vers des criques et des grottes inaccessibles par les terres et que le marin qui m'emmenait connaissait mieux que les lignes de sa main. Il est vrai que le soir, la plupart du temps, je m'ennuyais, je n'avais pas envie de lire – j'aurais eu l'impression de n'être pas sorti de chez moi – et restais d'habitude sur ma terrasse carrée à compter tantôt les étoiles, tantôt les vers luisants. Sauf deux soirées où le marin m'a invité sur la jetée où l'on donnait une sorte de fête avec des poissons grillés au charbon de bois et des instruments populaires. Je dois vous dire aussi, naturellement, que les deux fois, alors qu'ils attendaient plus de deux cents personnes, en fin de compte il n'en est venu qu'une trentaine, à savoir, en fait, les organisateurs et leurs familles. Et ce, comme je l'ai compris peu à peu par moi-même, parce que les gens de là-bas ne sont guère sociables, ils aiment mieux rester chez eux. Lors de la deuxième soirée, donc, un homme m'aborde, un pêcheur selon toute apparence, et dans un fatras de gestes et de mots en plusieurs langues, il me fait comprendre qu'il voulait me vendre, en échange de ce que je voudrais, un plan. De la façon dont il menait la négociation, j'ai conclu que ce n'était pas la première fois qu'il faisait affaire et qu'il devait approcher ainsi, de manière systématique, tous les étrangers débarquant sur l'île.

– Et qu'y avait-il sur ce plan ?

– C'était un croquis pas très clair qui menait à une maison isolée. Il m'est venu l'idée que là-bas, peut-être (je ne sais pourquoi, j'ai tout de suite pensé à quelque chose d'illégal), je pourrais acheter une antiquité, mais après plus mûre réflexion j'ai vu qu'il me tendait ce papier sans crainte ni précaution, qu'il n'y avait là rien de secret, qu'il aurait pu aussi bien me vendre un sac de patates. J'avais beau ne pas savoir ce que c'était, je l'ai acheté. Je lui ai donné une très faible somme et pourtant, à en juger par ses remerciements, il était satisfait.

« Le lendemain, j'ai montré le plan au marin et il a compris aussitôt de quoi il s'agissait. Il m'a répété certains mots et certains noms, mais malgré tous ses efforts pour m'expliquer, par gestes surtout, je n'ai rien compris. Comme vous vous en doutez sûrement, vous qui me connaissez si bien, ma curiosité était excitée au plus haut point. Je suis parti aussitôt, suivant l'itinéraire indiqué sur le plan (il était marqué en rouge et je dois dire qu'en fin de compte le plan était assez précis). Et de fait, près de trois heures de marche plus tard, j'aperçois la maison, une maison très bizarre, qui semblait dessinée par un architecte ivre. En m'approchant, je vois un petit groupe de gens assis patiemment à l'ombre des arbres. Le problème évidemment, vous comprenez, c'est que tous ces gens se trouvaient là pour une raison précise, alors que moi je ne savais pas ce que je venais chercher. Que faire, je me suis assis moi aussi sous un arbre, à côté d'une grosse femme avec son panier, et j'ai attendu comme tout le monde. Après moi d'autres sont arrivés. Chacun des nouveaux arrivants sonnait une cloche pendue quelque part, et les autres alors hochaient la tête, l'air de dire que cet appel était totalement vain.

« Au bout d'un moment, j'ai vu sortir de la maison une jeune fille brune aux longs cheveux bouclés, qui s'est adressée à tous d'un ton sec et sans réplique, ce qui a eu pour effet que beaucoup de gens se sont levés pour partir. D'autres semblaient hésiter – certains, la plupart, sont finalement partis, d'autres sont restés de pied ferme à leur place. Je suis resté moi aussi. Un bon moment plus tard, la jeune fille est ressortie de la maison et cette fois, sans rien dire, elle a pointé le doigt vers la grosse femme assise à côté de moi et lui a fait signe ; la grosse m'a presque renversé en se levant le plus vite possible pour la suivre. Ce choix de la grosse femme a semblé décevoir les présents, qui se sont levés les uns après les autres et sont partis. Moi qui ne savais pas encore pourquoi je me trouvais là et ce que j'attendais, je suis resté, et bientôt je vois ressortir la grosse, son panier dans ses bras. Quand elle m'a vu, elle m'a souri, tout heureuse, en agitant sa main libre. Quand elle est partie je suis resté complètement seul.

« Le soleil commençait à baisser et je me suis dit que si je ne voulais pas être surpris par la nuit dans la montagne, il fallait partir. Même si, à vrai dire, cette idée ne m'effrayait pas outre mesure, car je m'étais muni d'une lampe torche, d'une longue-vue et d'une boussole. Me le rappelant, j'ai sorti la longue-vue pour examiner les lieux qui m'entouraient et, tandis que j'essayais de repérer les divers points du plan que j'avais rencontrés en venant, la jeune fille ressort et se remet à parler, du même ton sévère, mais cette fois en s'adressant exclusivement à moi. Pas besoin d'être grand clerc pour comprendre qu'elle me disait de partir, mais brusquement elle a cessé de parler et là j'ai remarqué ses yeux fixés, pleins de curiosité, sur ma longue-vue.

– Vous n'avez pas, je suppose, laissé filer une telle occasion, dit le baron que le récit de St. Rosenmann commençait à captiver.

– Je me suis empressé de la lui montrer et lui ai proposé d'y mettre un œil. Je ne saurais vous décrire les cris de joie primitive qu'elle a poussés dès qu'elle l'a fait. Figurez-vous que son père, effrayé, est venu voir ce qui se passait. Lui aussi a utilisé la longue-vue assez longtemps, puis il m'a invité à entrer.

« Au début, nous avons eu du mal à nous comprendre, mais par bonheur il savait quelques mots de français et d'italien, et peu à peu nous avons pu mettre au point un code de communication. Il m'a fait visiter fièrement sa bibliothèque, impressionnante, je l'avoue, pour une maison de paysan, et m'a montré quelques livres d'astronomie, lesquels, à son avis, puisque j'étais muni d'une longue-vue, ne pouvaient manquer de m'intéresser. Le père et la fille étaient tous deux très satisfaits et, malgré l'obstacle de la langue, très expansifs. Quand ils m'ont demandé quel était mon métier, surtout, et qu'ils ont su que j'étais professeur, j'ai constaté à quel point cet élément accroissait leur estime pour moi. Ce fut le prétexte pour sortir des rayons d'autres livres, cette fois en rapport avec ma spécialité. Mais l'heure avançait et, au bout d'un moment, j'ai voulu prendre congé. Ils ont été intraitables. Pas question de me laisser partir à pied en pleine nuit. La fille surtout, avec une spontanéité qui m'a stupéfié, m'a pris la main en me suppliant presque de rester.

– Elle qui auparavant n'attendait qu'une chose, que vous débarrassiez le plancher, c'est bien cela ?

– Oui, j'ai accueilli leur bienveillance comme un

grand privilège. Mais je ne savais rien encore sur ce qui faisait affluer les gens à leur porte.

– Poursuivez donc.

– La petite avait préparé une soupe délicieuse au yaourt aigre et à la menthe et nous nous sommes mis à table. Pendant tout le repas, j'ai tenté de découvrir un indice qui m'aide à dissiper le mystère, à deviner ce que faisaient ces gens, mais en vain. La réponse, comme je vais vous le raconter, est venue plus tard toute seule.

« La soupe a été suivie de petits pains chauds à l'huile et au sucre. Quand nous avons eu tout mangé, la petite a desservi et le père et moi avons entamé une discussion sur les divers lieux qu'il avait visités, autant qu'il nous était possible de discuter, bien sûr, mais j'ai été fort surpris du nombre d'endroits que cet homme avait vus, à moins qu'il ne m'ait raconté des mensonges et qu'il n'ait tout appris dans ses livres. À un moment, il a fait un signe à sa fille, qu'elle a compris aussitôt, et elle est allée chercher ce qu'il demandait. Elle est revenue avec un tout petit plateau où étaient posés un verre étroit comme une éprouvette, plein de miel, et trois bâtonnets taillés au couteau. En posant le plateau sur la table, elle s'est mise à parler avec colère, sur un ton qui m'a rappelé ses précédentes apparitions dans le jardin. Le père, voulant m'expliquer, m'a montré le verre de miel en disant : "*Tutto giorno problema !*"

Et là, comme dans un éclair, j'ai compris que toutes ces histoires tournaient autour de ce miel, ce qui m'a étonné. Rodakis (car tel était son nom) a goûté le premier, en plongeant un bâtonnet dans le verre. Sa fille a fait de même, et moi aussi, en dernier, avec le troisième bâtonnet. Et alors... »

St. Rosenmann s'arrêta et sourit d'un seul côté, ce qui fit remonter l'une de ses oreilles.

« Alors ?

– Alors, mon cher baron, très simplement, toutes mes questions ont trouvé leur réponse, comme vont le faire aussi les vôtres. Autrement dit, j'ai compris pourquoi se rassemblaient tous ces gens, pourquoi on vendait des plans qui menaient à cette maison, pourquoi la grosse femme était si souriante et heureuse en repartant, pourquoi le verre était si étroit.

– J'en conclus qu'il s'agissait là d'un miel fort savoureux.

– Oh oui, fort savoureux, même si pour ma part je ne choisirais pas ce mot pour le décrire. L'une de vos oies, rôtie au four, pourrait elle aussi devenir savoureuse.

– Alors, quel mot vous paraît plus juste ?

– Je me le suis demandé moi aussi, pour aboutir à cette conclusion : le seul mot qui pourrait caractériser dignement ce produit, c'est le nom que son créateur lui a donné, le nom qui est inscrit sur l'étiquette.

– Je vous l'ai demandé tout à l'heure et vous ne m'avez pas répondu. Qu'y a-t-il sur l'étiquette ? »

St. Rosenmann prononça le mot :

« Angelico. »

Le baron répéta et demanda :

« Et que signifie Angelico ?

– Angélique.

– Ah, je vois. Fait par les anges, ou pour les anges. C'est d'une poésie sans doute un peu excessive.

– Sur l'île, vous savez, reprit St. Rosenmann, on ne lui donne jamais le nom de miel. On appelle miel ce qu'on met sur les tartines ou dans les gâteaux. Mais celui-là, on l'appelle toujours Angelico.

– Et vous l'avez payé à prix d'or ? Pardonnez mon impolitesse, on ne doit pas demander le prix d'un cadeau, mais en l'occurrence je crois que j'ai de bonnes raisons.

– Laissez-moi poursuivre. Après le dîner et son issue inattendue, j'ai tenté de poser quelques questions à Rodakis quant au mode de production de l'Angelico. Il s'est efforcé de me répondre mais, en raison des difficultés de la langue, je ne suis pas sûr d'avoir tout compris ; l'idée générale est que cet homme, voilà quatre ans, a réussi à trouver une combinaison de plantes destinée à nourrir les abeilles, laquelle donne ce résultat. Sa production annuelle est très réduite, ce qui fait de l'Angelico, vous vous en doutez, un produit rare et hors de prix. Comme je l'ai appris plus tard par les gens du coin, sa renommée s'est étendue jusqu'en dehors de son pays et Rodakis devient chaque jour plus riche. »

Le baron à présent regardait la petite fiole dans sa main avec d'autres yeux.

« Vous a-t-il révélé cette combinaison magique, puisqu'il a tant de sympathie pour vous ?

– Vous plaisantez, dit en riant St. Rosenmann, cette combinaison n'est inscrite que dans son cerveau (comme il me l'a fait comprendre en se frappant le front de la main) et personne d'autre ne la connaît. »

À cet instant, on entendit les cris perçants de deux oies qui se disputaient.

« Quelles créatures insupportables, dit le baron, agacé. Je vais les supprimer sans faute, c'est décidé. Et je mettrai des nénuphars dans l'étang. Mais quel dommage...

– Que voulez-vous dire ?

– ...qu'il faille le goûter avec tant de modération. Au bout d'un bâtonnet.

– En fait, voyez-vous, je ne crois pas que ce soit là un inconvénient sérieux. L'Angelico n'est pas un aliment qu'on mange pour calmer sa faim. Le plaisir que son goût apporte peut naître d'une seule goutte. Et supposons que vous mettiez une cuiller pleine dans votre bouche, que se passerait-il alors ? Vous en avaleriez presque aussitôt la plus grande partie, qui serait donc perdue, et le plaisir ne viendrait que d'une quantité infime restée collée à votre palais. C'est un plaisir purement gustatif. Il ne concerne ni le gosier, ni l'estomac. Normalement, avec la fiole que je vous ai apportée, vous pourrez tenir quelques mois. Et d'ailleurs, l'impression produite est de longue durée, croyez-moi. Je peux vous paraître excessif, mais le lendemain matin, au réveil, j'ai senti traîner encore dans ma bouche comme un écho de ce goût.

– Vous avez finalement passé la nuit là-bas ?

– Mais oui. Le matin je me suis levé très tôt, mais mes hôtes étaient déjà debout. Je les ai remerciés chaleureusement pour leur hospitalité et il m'a semblé que le moins que je puisse faire en échange était d'offrir ma longue-vue à la petite. Elle sauta de joie et m'a donné une fiole d'Angelico qu'elle avait déjà préparée pour moi.

C'était à mon tour de faire des bonds, mais je me suis retenu. J'ai gardé la moitié de la fiole pour moi et transvasé le reste pour vous dans le flacon que vous tenez là. J'ai rédigé moi-même l'étiquette. »

St. Rosenmann, tout en prononçant ces derniers mots, prit dans ses mains le couvercle de la boîte et sortit d'une fente cachée à l'intérieur une longue aiguille d'argent.

« Eh bien, vous ne voulez pas goûter ?

– Je suis impatient, mais pas ici. Pas avec ce bruit affreux dans mes oreilles », dit le baron, montrant l'étang d'un mouvement de la tête.

Les deux hommes se levèrent et se dirigèrent vers la villa. Avant d'atteindre la porte, le baron demanda :

« Au fait, vous ne m'avez pas dit quelle est cette île où vous avez vécu une aventure si troublante. »

St. Rosenmann murmura le nom sans remuer les lèvres.

« Vous avez parlé ? demanda le baron stupéfait.

– Moi ? Non », répondit l'autre innocemment. Et il ajouta : « Le nom de l'île, mon cher baron, m'échappe malheureusement pour l'instant. Mais cela me reviendra. »

Malgré cette réponse, le baron aurait donné sa tête à couper qu'il avait entendu un murmure. Un mot.

L'enrichissement soudain de P. Rodakis ressemblait en bien des points, pourrait-on croire, à celui de S. Rodakis quelques décennies plus tôt. Le point commun essentiel étant la source de cette richesse. Mais il y avait aussi une différence importante. Elle tenait à l'influence de cet élément nouveau sur la vie de chacun d'eux. Car tandis que S. Rodakis avait employé son argent à s'assurer une existence plus confortable, achetant des terres, construisant une grande maison, mariant sa fille, apportant ainsi à sa vie des changements substantiels, P. Rodakis ne pensa pas un seul instant à se lancer dans des agrandissements, ou du moins à remplacer certaines choses par d'autres ; si bien que l'irruption de la richesse dans sa vie ne modifia en rien ses sacro-saintes habitudes.

Pourtant, il ne ratait pas l'occasion, chaque année, d'accompagner la hausse de la demande, faisant monter les prix de l'Angelico en conséquence, au point qu'à la fin tous le traitaient de spéculateur et d'exploiteur – ce qui n'était pas entièrement faux, car, pour se procurer la quantité la plus infime, on devait payer une somme démesurée. Lorsque le pope, le père Chrỳsanthos, lui en toucha deux mots un jour, il lui répondit que nul n'était obligé d'acheter s'il n'en voyait pas l'avantage et qu'en fin de compte l'Angelico n'était pas un produit de première nécessité dont il aurait détenu le monopole. Le pope, qui était allé le voir, envoyé par plusieurs personnes indignées, repartit bredouille, n'emportant qu'une petite somme pour l'entretien de ses orphelins.

La seule rénovation dont décida P. Rodakis concerna la remise de derrière, l'unique endroit de la maison qui eût résisté depuis le début à l'imposition d'un ordre tyrannique et qui montrait toujours un air d'abandon.

Il pensa qu'il fallait utiliser l'endroit d'une façon ou d'une autre, pour y installer peut-être une collection de pierres (qui pour l'instant n'existait pas mais qu'on pourrait acquérir) ou un atelier de recherches (sans que l'objet d'études soit pour l'instant déterminé, mais on verrait plus tard). La seule chose claire dans sa pensée : ce lieu-là devait abriter une nouvelle activité. Il se disait qu'une fois l'endroit débarrassé de tout son fourbi, et sommairement rénové, l'inspiration lui viendrait plus facilement pour décider de l'activité en question.

Quand il alla jeter un premier coup d'œil à l'intérieur (après on ne sait combien d'années sans y avoir mis les pieds), il constata qu'on pouvait à peine ouvrir la porte, qui lui laissa juste assez d'espace pour passer en s'écorchant le nez. Quant au reste, il s'attendait à l'image de pourriture qu'il découvrit, et même à la puanteur de cadavre qui parvenait par vagues à ses narines.

En commençant de vider la remise de ce qu'elle contenait, il ne s'imaginait pas tomber sur quelque chose digne d'attention. Il fut détrompé quand derrière un gros tas de fagots apparut l'une des deux malles. L'autre, transportée dans la chambre de Vàya, servait à ranger ses habits et ceux de Ròsa. Celle-ci était restée là, vide sans doute, comme il lui sembla quand il la tira par la poignée. Mais la malle n'était pas tout à fait vide. Au fond, un vieux drap sur quoi reposaient en paix deux mille-pattes défunts. Sous le drap, divers papiers – des lettres, comme le constata P. Rodakis, les unes avec leurs enveloppes, les autres sans, et un livre intitulé *Les Épines bien-aimées.* Un bref coup d'œil lui suffit pour se rendre compte qu'il s'agissait d'un de ces romans à l'eau de rose qu'il détestait, écrit par une Française, et dont l'héroïne était une femme qui adorait collectionner les épines (lesquelles avaient, bien sûr, un sens allégorique, symbolisant les souffrances qu'elle allait subir dans sa vie). Il ne voyait rien de commun entre la fermeté du caractère de Vàya et ce livre, qui cachait de plus entre ses pages une foule de petites fleurs et de feuilles séchées... L'idée que Vàya lisait les larmes aux yeux les malheurs d'une demoiselle maladive le fit presque rire.

Il passa à la correspondance. Vàya étant morte et les lettres décachetées, il n'éprouva aucune hésitation. La plupart des lettres étaient signées Nektarìa. P. Rodakis se souvint aussitôt de la cousine et confidente de Vàya qui l'avait cachée un moment chez elle, et de la porte où l'on avait trouvé gravée la phrase : JE VIENS. Dans une lettre il lut :

« Je suis tellement heureuse que tu aies enfin trouvé un refuge et si, comme tu l'écris, cet homme est bon, alors nous pouvons dire Dieu soit loué. Mais sois très prudente, à mon avis tu ne dois avoir de relations avec personne. Ici les deux gendarmes sont revenus me voir et j'ai redit que je ne savais pas où tu es. Ils finiront par se lasser. Toi, tu ne dois penser qu'à l'enfant. »

Dans d'autres lettres, il lut :

« Pour l'instant, le plus sage est de faire ceci : continue de m'écrire à l'adresse convenue, de façon toujours anonyme. Et moi je te ferai passer mes lettres par le pope. Puisque tu t'es confessée à lui, il ne peut pas parler. J'espère seulement qu'il ne lit pas mes lettres en cachette avant de te les donner. Mon père, si en ce moment tu lis ces lignes, que puis-je dire ? Que Dieu te pardonne. »

« Je suis toute bouleversée en t'écrivant. Aujourd'hui, l'autre est venu ici. Par bonheur, il parlait calmement. Il a dit avoir perdu un enfant mais trouvé un autre à la place. Si tu l'acceptais, il serait prêt à venir vous voir, toi et l'enfant, là où vous êtes cachés, et il jure de ne pas vous dénoncer à la police. C'est ce qu'il a dit, mais je ne sais si tu peux lui faire confiance. Moi, toujours la même chanson. Je ne sais rien de rien. Hier aussi j'ai eu la visite de l'avocat dont je t'ai parlé. Il a insisté pour que je ne touche rien à la porte avant qu'un expert de la police ne vienne étudier l'inscription et constater de quand elle date car, comme dit l'avocat, c'est une circonstance atténuante pour toi s'il est prouvé que tu t'es enfuie une fois menacée par lui. »

Ailleurs P. Rodakis lut :

« Quand tu m'as raconté pour la première fois cette histoire de miel, j'ai trouvé tout cela tellement idiot ! Je me suis dit : Est-il à ce point naïf, cet homme ? Mais tu me dis que l'affaire est en bonne voie. Le ciel t'entende. On dit que la fin justifie les moyens. Tu m'interroges sur ma santé. Je vais bien mais je dois boire beaucoup d'eau pour mes reins. »

« Je crois en tout cas que si tu restes au loin encore un an au moins, les choses vont suffisamment se calmer. Déjà maintenant la police ne s'est pas montrée depuis des mois. Je ne te dis pas, bien sûr, de venir ici. Mais nous pourrions trouver une petite maison dans une autre ville pour t'installer avec l'enfant. Quand l'affaire sera davantage encore oubliée. Mais puisque d'après toi tu as la possibilité de rester encore sur l'île, restes-y. »

« Six ans déjà ont passé ! Tu te rends compte ! Dis-moi, tu n'as pas d'autre relation avec cet homme que le fait d'habiter ensemble ? Écris-moi ce qu'il en est. »

Ces extraits, et d'autres aussi, amenèrent P. Rodakis à conclure que pendant toutes ces années Vàya lui avait caché la vérité. Ce n'était pas son mari qui la poursuivait pour avoir noué une relation sacrilège avec son beau-père, comme elle le lui avait dit, mais la police, et le beau-père lui-même : Vàya, apparemment, avait tué son mari. Telle était du moins la seule conclusion raisonnable qu'on pouvait tirer de ces lettres. Ce qu'il pensait savoir de sa vie à elle s'en trouvait profondément bouleversé. La seule chose qui semblait correspondre à la réalité, c'est que le père de Ròsa était – comme elle le lui avait avoué – le beau-père et non le mari.

Il y avait aussi trois lettres de Vàya ; à ce qu'il crut comprendre après un bref coup d'œil, c'étaient trois des trente-trois lettres envoyées au beau-père, qu'il avait renvoyées. Celles-là, P. Rodakis ne les lut pas.

Il se dit que jamais, pendant toutes ces années, tant qu'ils avaient vécu ensemble, il n'avait réussi à gagner sa confiance au point qu'elle lui dise la vérité. Au fond, ils étaient toujours restés deux étrangers. Il pensa aussi que le seul à savoir peut-être la vérité, ou ne serait-ce qu'un petit bout, et à pouvoir l'éclairer, c'était le pope. Il s'en alla donc le trouver pour réclamer les renseignements nécessaires, auxquels il avait droit. Mais, pour finir, à mi-parcours, il se ravisa et rentra chez lui.

À quoi bon ? Ce qu'elle avait réellement vécu n'était pour lui qu'un simple enchaînement de circonstances. Des circonstances qui avaient fini par l'amener devant sa porte. Une machination du destin qui s'achevait par sa mort, tout en le laissant, lui, gagnant et fort.

La Bâtie, de même que toute la zone qui l'entourait et portait son nom, avait acquis, dans la conscience des gens de l'île, l'image d'un lieu sacré. Mais ce caractère sacré, loin d'apporter sérénité ou recueillement, répandait une vague frayeur et une foule de superstitions. C'est pourquoi elle n'attirait guère de pèlerins ; ou alors dans des cas particuliers, comme ces gens allant déposer des ex-voto pour la guérison d'un parent qui avait perdu la raison, ou restait paralysé, ou dans des cas d'envoûtement, de possession.

C'était un riche monastère dont la prospérité matérielle croissait au fil des siècles (contrairement au nombre de moines qui diminuait). Cela était dû, et nul ne l'ignorait, au penchant particulier des higoumènes successifs pour la gestion des ressources de la communauté. Rares étaient ceux qui croyaient que cette richesse prouvait uniquement la bienveillance de Dieu. Cette fortune comprenait, d'une part, des objets sacerdotaux en or ciselé avec des pierres précieuses, des évangiles d'une grande valeur historique, des icônes, des papyrus, et d'autre part, sur l'île, de vastes étendues cultivées par des paysans qui reversaient en nature un fort pourcentage de la récolte. On gardait la part nécessaire aux besoins du monastère et le reste était commercialisé, pour le compte de l'higoumène, par des grossistes qui gardaient à leur tour un petit pourcentage sur les ventes. Ces commerçants affirmaient que les négociations avec les responsables du monastère, et surtout avec l'higoumène en personne, étaient parmi les plus difficiles de leur métier, et ce non seulement à cause des exigences du monastère, toujours élevées, mais parce que l'ambiance lourdement métaphysique du lieu des discussions, les regards perçants tant des moines que des images peintes, exerçaient sur eux une pression psychologique propre à les faire presque toujours fléchir.

On chuchotait aussi que le monastère, en plus de ces transactions commerciales avouées, se livrait à d'autres plus secrètes. C'est en méditant l'une d'elles que P. Rodakis se présenta au pied de la colline de la Bâtie. Ayant décidé depuis longtemps de ne proposer sous le nom d'Angelico que le miel de l'époque où toutes les plantes étaient en fleur, car c'était alors seulement que la formule se trouvait appliquée comme il se doit (ce qui justifiait l'adoption du prix fort mais réduisait du même coup en quantité la production), il se trouva confronté à cette question : comment augmenter la production pendant ce temps limité ? Il n'y avait qu'une solution. Augmenter le nombre des ruches. Ce qui impliquait un agrandissement de l'espace, tant pour l'installation d'autres ruches que pour les nouvelles plantations.

P. Rodakis, naturellement, avait les moyens de s'acheter toutes les terres qu'il voulait, dans le lieu qu'il voulait.

Mais pour certaines raisons il préférait acquérir un terrain voisin de celui qui lui avait servi toutes ces années. L'une des raisons était qu'il craignait qu'en changeant de lieu sa bonne étoile ne le quitte. L'autre raison était pratique, liée au fait que ces terrains se trouvaient au milieu des terres brûlées où ne poussaient que des mauvaises herbes, ce qui assurait la concentration des abeilles sur les plantes et les fleurs du domaine.

Le terrain que P. Rodakis voulait acheter appartenait au monastère de la Bâtie. Après le grand incendie, le monastère s'était proposé pour racheter – en signe de philanthropie – une grande partie des terres brûlées dont les propriétaires ne pouvaient plus exploiter le bois. P. Rodakis pensait qu'il ne serait pas difficile de convaincre l'higoumène de lui vendre une parcelle de terre brûlée, étant par ailleurs décidé à céder devant toutes ses exigences financières.

Un moine le conduisit à l'arrière du monastère, où l'higoumène était assis au frais sur un balcon, recroquevillé dans un fauteuil de bois à haut dossier qui donnait l'impression qu'en s'asseyant dedans on devait souffrir plutôt que se reposer.

Ses paupières étant baissées, P. Rodakis crut qu'il dormait, aussi garda-t-il le silence, mais presque aussitôt il entendit la voix rauque du vieillard :

« Tu as fait vite. Je t'attendais, mais tu es venu plus vite que prévu. »

Sûr que l'homme se trouvait encore entre sommeil et veille et qu'il s'adressait à son interlocuteur du rêve plutôt qu'à lui, P. Rodakis fit une légère pause avant de dire :

« Je suis le fils Rodakis.

– Je sais, je te connais.

– Je ne sais pas si je viens au bon moment, je voudrais que nous discutions.

– Tu crois donc que nous avons de quoi discuter ? »

P. Rodakis comprit mal ces mots et les attribua au réveil brutal de l'higoumène.

« Cela m'a toujours intéressé, poursuivit celui-ci, d'écouter les raisons auxquelles croient ceux que j'appelle auprès de moi, les raisons dont ils croient qu'elles les amènent ici. Les uns ont soudain ressenti, disent-ils, le besoin de faire un pèlerinage, d'autres disent que c'est un rêve qui les a incités à venir, d'autres – comme toi – sont pris soudain d'une inspiration qui les pousse à discuter avec moi sur les sujets les plus bizarres.

– Mon cas est différent. Moi, je dois vraiment discuter avec toi, d'une chose qui n'a rien a voir avec mon imagination – ou une inspiration.

– Tu as répondu à mon appel, toi aussi, et c'est pourquoi tu es là », dit tranquillement l'higoumène ; et sans qu'il y eût la moindre trace d'hostilité dans le ton de cette voix, P. Rodakis sentit se dresser entre eux un mur d'entêtement qui ne favoriserait guère les échanges à venir. Aussi, au lieu de s'opposer, préféra-t-il demander, tout surpris :

« Tu m'as appelé ? »

L'higoumène garda le silence.

« Si j'avais vraiment reçu cet appel, je n'aurais en

aucun cas prétendu être venu pour autre chose. Sincèrement. Pourquoi l'aurais-je fait ?

– Parce que tu n'es pas conscient de mon appel. Il se fait mentalement, arrive mentalement à l'autre et tout ce qu'il ressent, c'est une force qui l'attire ici. Alors chacun se trouve un prétexte et croit que c'est cela qui l'amène.

– Donc je dois croire que si je me trouve ici, c'est à cause de ton appel, et non pour le sujet dont je veux discuter avec toi ?

– Sans aucun doute.

– Seulement voilà, dit P. Rodakis, donnant au ton de sa voix la couleur la plus neutre possible, ce sujet, ou ce prétexte, mettons, ne date pas d'aujourd'hui, ce n'est pas une brusque inspiration. Il me préoccupe depuis un an. Bien avant ton appel, comme tu dis, c'est sûr.

– Moi, je t'ai appelé hier soir.

– Alors comment expliques-tu ça ? demanda P. Rodakis, certain d'avoir balayé l'extravagante affirmation de l'higoumène.

– Et toi, comment expliques-tu que ce sujet te préoccupe depuis un an et que tu décides de venir m'en parler le lendemain précisément du jour où je t'appelle ? Tu vois là une coïncidence ? Ou tu penses que je me trompe en disant que je t'ai appelé hier soir ? demanda l'higoumène, devinant les deux pensées successives qui avaient traversé l'esprit de P. Rodakis.

– Non, bien sûr. »

Tous deux se turent un instant.

« On pourrait tout de même, reprit enfin P. Rodakis,

s'accorder sur un compromis. Disons que j'ai réellement quelque chose à discuter avec toi, mais que le fait d'avoir choisi ce jour, et non un autre, est dû à ton appel.

– Comme tu le souhaites », répondit l'higoumène, sachant bien que l'homme en face de lui ne voulait qu'une chose : en finir sur ce thème et passer à ce qu'il avait en tête.

P. Rodakis rencontra pour la première fois le regard du vieillard. Alors, soudain, il eut l'impression d'avoir déjà vu ce visage, récemment, que cela était tout frais dans sa mémoire, mais qu'un trou dans celle-ci l'empêchait de se rappeler quand il l'avait vu. Pourtant, juste avant, il avait été absolument certain, il en aurait mis la main au feu, d'avoir vu cet homme une seule fois, bien des années auparavant, quand il était monté à la Bâtie, tout petit enfant, avec son père et sa sœur. Cette impression soudaine (assez semblable au sentiment qu'on éprouve parfois, quand à la vue d'une personne de connaissance on se souvient brusquement de l'avoir vue la nuit d'avant, dans un rêve totalement oublié jusqu'à cet instant), cette impression soudaine, donc, l'ébranla, et le fit se demander si l'higoumène ne lui serait pas bel et bien apparu dans un rêve ou une vision qu'il aurait aussitôt oubliée, et si, en fin de compte, ce ne serait pas cela pour de bon qui l'aurait amené au monastère ce jour-là. Cette pensée freina son élan initial, son envie de régler la question du terrain au plus vite et de rentrer sans plus tarder. Ce qui désormais l'intéressait davantage, c'était d'apprendre la raison de cette invitation transmise de cette façon à ce point métaphysique – dans la mesure, naturellement, où il pouvait y croire. Mais l'higoumène le devança.

« Eh bien, dit-il, je t'écoute, que veux-tu ?

– Je veux acheter un terrain. Qui appartient au monastère.

– Acheter un terrain ! Qu'est-ce qu'on peut inventer ! Où se trouve-t-il ?

– Dans les terres brûlées. Je veux une parcelle voisine de mes terres.

– Là où sont tes ruches ?

– Oui.

– Tu as besoin d'espace ?

– Précisément.

– Prends-le. Je te l'offre. »

À ces mots, P. Rodakis frémit. Sachant l'higoumène fort peu réputé pour sa générosité, il soupçonna, caché derrière cette offre magnanime, quelque chose d'autre qu'il ignorait encore.

« Je ne veux pas un cadeau, dit-il. Je veux l'acheter.

– Si tu ne veux pas le recevoir en cadeau, je peux te le prêter. Fais-y ce que tu veux, tout le temps que tu veux. Mais si tu veux l'acheter, achète-le. Et fixe le prix toi-même. »

P. Rodakis préféra la dernière solution. Leur discussion fut interrompue par un moine au front protubérant qui se pencha vers l'higoumène et lui dit quelques mots à l'oreille, comme s'il lui rappelait une obligation. Celui-ci hocha la tête, puis, se tournant vers P. Rodakis, lui dit :

« Nous en reparlerons plus tard. Pour l'instant, si tu

le souhaites, le frère ici présent peut te faire visiter les lieux, pour que tu voies comment avancent nos travaux. »

Il se leva et s'éloigna avec une souplesse et une vivacité qu'on n'aurait pu soupçonner en le voyant assis. Le moine emmena P. Rodakis vers la colline où avaient lieu les travaux (c'est-à-dire à la Bâtie proprement dite), sans manquer de souligner combien il était rare qu'on accorde une telle faveur à quelqu'un, et quelle bienveillance l'higoumène manifestait ainsi à son endroit.

Les premiers travaux sur la colline de la Bâtie avaient commencé au moins deux cents ans plus tôt. À cette époque il n'y avait rien là-haut, sinon une petite grotte au flanc de la colline, un creux dans le rocher en fait, qui fournissait un abri aux serpents et à d'autres animaux. C'est là que se réfugia un ermite, décidant de se consacrer à Dieu et de passer le restant de sa vie dans ce lieu désert, le plus désert qu'il put trouver sur l'île. En plus de la prière continuelle – ou plutôt, en même temps –, il s'adonna à une autre activité : ouvrir une deuxième salle au fond de la grotte, plus petite que la cavité naturelle, un peu comme le sanctuaire à l'intérieur d'une église. Le sous-sol de la colline étant rocheux, il fallait progresser en cassant le rocher pierre par pierre. Les seuls outils dont il disposait étaient un bout de fer pointu, à peine travaillé, et des cailloux.

La grande difficulté du travail, l'extrême lenteur de la progression ne découragèrent pas l'ermite, au contraire :

elles lui semblaient renforcer la discipline et la concentration dont il avait besoin. Cependant les conditions défavorables et les privations s'avérèrent les plus fortes et, au bout de quelques années, l'ermite affaibli rendit l'âme. Il était alors tout près de terminer son œuvre. Le résultat de ce travail, pourtant inachevé, était en tout point digne d'admiration. On gagnait la salle qu'il avait ouverte par un petit couloir, pas plus long qu'une enjambée, pas plus large que les épaules de l'ermite qui l'avait creusé. Ce petit vestibule protégeait un peu l'intérieur contre les éléments naturels, même si cela n'empêcha pas le froid de tuer l'ermite, en cet hiver fatal. Les quatre murs de la salle semblaient avoir été travaillés avec une patience infinie. Sur leur surface irrégulière, on lisait la trace de milliers de coups de l'outil primitif, tels de rudes coups de pinceau sur un tableau, qui révèlent avec précision la taille et la nature du pinceau. Restait une surface rugueuse, pleine de creux et de bosses : la partie qu'il n'avait pas eu le temps de finir. Le plafond était légèrement voûté, ce qui avait dû poser de gros problèmes à l'ermite, lequel avait sûrement travaillé hissé sur un support ; malgré ces difficultés, il était parvenu à tailler une courbe très harmonieuse, comme une coupole, au centre de quoi était gravée une croix. Sur le sol, contrairement aux murs et aux plafonds, il s'était efforcé de produire une surface parfaitement lisse, mais n'avait pas, à vrai dire, totalement réussi. C'est là, sur ce sol, que des années plus tard on retrouva les ossements de l'ermite. Un chasseur les découvrit par hasard.

Ce chasseur raconta avoir été mené jusqu'à la grotte par son chien (qui s'arrêta au seuil de la deuxième salle) et avoir vu, plein d'effroi, à côté de deux icônes et d'un tas d'herbes sèches, les restes d'un squelette humain. Mais le plus troublant, ce fut la découverte qu'il fit en s'éloignant de la grotte. Son oreille, qui était sourde à la suite d'une bataille – l'homme était canonnier –, entendait à nouveau. Il s'en aperçut quelques mètres plus bas en distinguant le bourdonnement d'une abeille sauvage qui avait tenté, semble-t-il, de goûter le cérumen de son oreille. Après quoi la rumeur se répandit, et bientôt la conviction, que dans cette grotte se trouvaient les restes d'un saint. Aussitôt, les notables de l'île prirent la décision de construire à côté de la grotte une église où l'on pourrait déposer les saints ossements, pour les rendre accessibles aux pèlerins.

Vers la même époque apparut sur l'île un groupe de moines qui avait quitté la communauté monastique d'une île voisine pour diverses raisons – pas uniquement pour des questions de dogme, comme ils le soutenaient. Ce groupe était à la recherche d'un nouveau lieu, vierge et pur, propre à ranimer chez ses membres la foi et l'amour de la vie monastique. Le site où se trouvaient la grotte et la colline, qui en raison de ses particularités géologiques semblait isolé du monde, à la frontière du néant, libre de souvenirs (bons ou mauvais), lié uniquement à la figure d'un moine ermite – lequel était devenu sans aucun doute un saint –, apparut comme la réponse à leurs prières.

Personne n'aurait imaginé alors que ces moines aux

visages maigres, aux robes sales et usées, arrivés un jour dans un rafiot pourri, cachaient dans leurs baluchons un authentique trésor. Des objets précieux, des livres, des instruments du culte, qu'ils étaient prêts à défendre au péril de leur vie, mais aussi des pépites d'or destinées à couvrir leurs dépenses. Leur aisance matérielle devint évidente quand ils entamèrent la construction de leur église, et en même temps de leur nouveau monastère à côté. Ils embauchèrent des maçons, achetèrent des matériaux.

Quand les travaux eurent pris fin et que la vie des moines eut trouvé un rythme régulier, l'un d'eux soumit à l'higoumène la requête suivante : qu'on l'autorise à tailler la partie de mur laissée inachevée par l'ermite. Le moine en question ne craignait qu'une chose : l'ermite après sa mort ayant été déclaré saint – officieusement, il est vrai –, l'higoumène pourrait décider que nul n'avait le droit d'intervenir sur sa création. L'higoumène, qui, en fait, nourrissait des doutes sérieux quant à la sainteté de la dépouille installée au milieu de l'église dans un coffre incrusté d'or, donna son accord au moine sans trop y réfléchir. Dès que ce dernier se fut mis au travail, un autre moine présenta à l'higoumène une requête semblable : qu'on l'autorise à poursuivre l'œuvre de l'ermite en ouvrant une nouvelle cellule du côté du mur inachevé. L'higoumène, après y avoir réfléchi un peu plus longtemps, donna son approbation, à condition que le projet soit accepté par l'autre moine, dont les coups de marteau avaient déjà commencé de troubler le silence paisible de la colline. Celui-ci, à l'annonce du projet, fut mécontent, mais il changea bientôt d'avis et les deux moines se lancèrent ensemble dans le travail du percement. Leur exemple fut envié par beaucoup d'autres, si bien qu'en fin de compte ce furent tous les frères, ou quasiment, qui demandèrent à se joindre aux difficiles, mais séduisants travaux.

L'higoumène donna son agrément à tous sans exception, pensant pouvoir exploiter ce zèle soudain et collectif afin de créer quelques salles où seraient entreposés leurs trésors en toute sécurité, ou encore des cellules plus petites où un moine pourrait trouver la paix dans l'isolement, ou subir le châtiment de l'incarcération. De plus, on aurait du même coup un refuge dans le cas d'une attaque de pirates.

Les moines se jetèrent avec ardeur sur la roche dure. Perçant le mur inachevé, ils ouvrirent au cœur de la colline un petit tunnel en guise de couloir. Puis chacun suivit sa propre route. Les uns voulaient travailler en groupe, les autres à deux, les autres seuls. Chacune des équipes agissait de façon autonome (sauf pour le tunnel qui fut creusé en commun), sans obéir à un plan d'ensemble, choisissant librement la forme de son lieu et de son travail. Personne ne contrôlait la décision de l'autre, s'il allait faire une salle petite ou grande, ronde ou carrée, située à un niveau plus haut ou plus bas. Cette liberté, qui aiguillonnait l'imagination et la créativité de tous, métamorphosait ce labeur, qui aurait pu sembler plus rude que les pires travaux forcés, en vraie source de joie. La plupart des moines de cette première fournée n'abandonnèrent marteau et burin que le jour où leurs vieilles mains refusèrent d'obéir. Mais ils avaient passé le relais aux plus jeunes.

L'idée qu'en arrivant dans ce monastère ils auraient l'occasion de travailler dans les profondeurs de la colline, loin de la surface terrestre, était peut-être même un attrait aux yeux de certains jeunes hommes qui, pour diverses raisons, décidaient de s'éloigner du monde. La tradition fut maintenue sans interruption par les générations de moines suivantes et, à l'époque de P. Rodakis, il y avait là sous la colline un ensemble complexe, une espèce de fourmilière géante, qui avait pris le nom de la Bâtie. Nom inexact, puisqu'il s'appliquait en fait à un lieu non pas bâti, mais creusé.

Malgré l'absence de coordination qui prévalait dans l'avancement des travaux, il existait un point que tous devaient respecter et qui constituait une règle immuable : la question de la sécurité. C'est ce qui les empêcha d'ouvrir une deuxième entrée et fit que toutes les sources d'air et de lumière étaient inaccessibles du dehors. Quant à l'entrée de la grotte, sans modifier son aspect naturel, on l'égalisa très minutieusement pour y placer une forte grille à deux battants qu'on fermait tous les soirs avec de lourdes chaînes. La Bâtie devenait alors une forteresse imprenable.

Comme l'avait dit l'un des higoumènes, réputé pour la sagesse de ses formules, le résultat du labeur de tous ces hommes, pendant toutes ces années, n'était pas seulement un chef-d'œuvre d'adresse et de patience ; c'était aussi une carte où l'on voyait immortalisés les paysages mentaux de ceux qui avaient travaillé là, les caractères de chacun dessinés en relief. La persévérance du saint ermite et son abnégation. La vanité de celui qui avait d'abord taillé vingt-cinq marches avant de se mettre à creuser une salle, le manque de volonté chez certains qui préféraient suivre les conseils ou reprendre l'œuvre laissée en plan par d'autres, le perfectionnisme de celui qui avait pour but de faire des murs absolument lisses, le goût des arts d'un autre qui, au lieu de creuser sa propre salle, préférait décorer celles des autres en sculptant des symboles chrétiens, des motifs géométriques ou des fleurs aux murs et aux plafonds. Toutes ces empreintes spirituelles restaient inaccessibles aux regards des étrangers, la Bâtie n'ouvrant jamais ses portes à personne. Sauf en des circonstances particulières.

P. Rodakis entrait dans cette catégorie. Son entrée à la Bâtie en témoignait. C'est d'ailleurs ce qu'avait souligné dès l'abord le moine au front protubérant chargé de lui faire visiter les lieux.

L'errance dans les entrailles ténébreuses de la colline fut longue. Le moine ne montrait nulle hâte ; il était tout disposé, au contraire, à répondre aux questions de P. Rodakis et à débiter toute l'histoire de toutes les salles et des travaux. Il lui annonça même que bientôt on ne creuserait plus le rocher et que les travaux cesseraient à jamais, car dans le cas contraire la solidité de l'ensemble risquait d'être menacée. Le nombre de moines travaillant dans la Bâtie était déjà limité, et ceux-ci creusaient à ce moment-là, d'après leurs calculs, quelques mètres sous le sommet de la colline.

L'image de la Bâtie que P. Rodakis s'était formée différait de la réalité qu'il découvrit. Ce qui l'étonna le plus, ce fut l'absence de projet d'ensemble. À partir d'un certain point, les parcours que l'on pouvait suivre étaient nombreux ; les uns menaient à des impasses, tandis que d'autres, après quelques détours, se rattachaient pour finir à d'autres couloirs. En tout cas il n'y avait pas d'artère centrale permettant d'aller d'un bout à l'autre. Ce qui l'impressionna aussi, ce fut l'absence de tout meuble, à part quelques bancs dans certaines salles – lesquels n'étaient rien d'autre que des gros blocs de pierre taillée mis ensemble, qui semblaient le prolongement naturel du lieu.

Les objets précieux et les instruments du culte étaient gardés dans des endroits protégés par de lourdes grilles, qui ne s'ouvrirent pas, même pour ce visiteur ; il dut se contenter de leur jeter un bref coup d'œil à travers les barreaux. Ces salles étaient les plus grandes et les plus soignées, les plus artistement décorées, avec des puits à lumière étroits et ronds qui, perçant plusieurs couches de rocher, apportaient par faisceaux une faible lumière laiteuse. L'ouverture de ces puits était recouverte d'une espèce de tamis qui empêchait le passage d'insectes ou de petits animaux. L'une de ces salles était la bibliothèque du monastère qui attira aussitôt, bien entendu, l'attention de P. Rodakis, même si le nombre de livres, sur les rayons creusés dans le roc, ne dépassait pas la centaine. Des grilles fermaient l'entrée de certaines cellules plus petites, qui « servaient à divers usages », comme l'expliqua le moine de façon résolument vague.

Plus ils s'avançaient et s'élevaient à l'intérieur de la colline, plus on entendait les coups de marteau des moines qui travaillaient à ce moment-là. Quand ils parvinrent sur le lieu des travaux, P. Rodakis put distinguer, à la lumière de leurs lanternes mais aussi de la lampe à huile que tenait le guide, les silhouettes de cinq moines. Deux d'entre eux, montés sur des échelles, fignolaient le contour du plafond d'une salle circulaire, tandis que d'autres en étaient à l'ébauche de deux cellules en vis-à-vis donnant sur cette même salle. Le cinquième, à peine visible dans le fond, travaillait à une nouvelle cage d'escalier.

« Ce seront les dernières marches, dit le moine, et elles mèneront à une salle en forme de rotonde. Cette salle sera la dernière, et la première, a être édifiée par tous les frères ensemble sur un projet commun ; nous remercierons ainsi le Seigneur qui nous a permis de mener les travaux à bien. Si nos calculs sont justes, le plafond de la rotonde sera un peu au-dessous du sommet de la colline, ce qui nous a donné l'idée d'ouvrir une grande lucarne ronde au centre du plafond. Cette rotonde sera un lieu de prière ; celui qui priera pourra regarder le ciel en face. »

Pendant qu'il disait ces mots, le moine qui travaillait à la construction de l'escalier, et qui jusqu'alors tournait le dos aux deux arrivants, se retourna pour voir d'où venaient les chuchotements qui arrivaient jusqu'à lui. Son visage, laissé dans l'ombre par la lanterne qui se trouvait juste derrière, demeurait presque invisible, mais P. Rodakis crut reconnaître la silhouette de son ancien aide, Pascàlis. Il avança d'un pas dans sa direction, mais son guide lui fit comprendre d'un geste qu'il fallait partir. Un peu plus tard il lui expliqua qu'on n'avait pas le droit de déranger un moine pendant le travail, celui-ci étant toujours associé à la méditation.

Quand ils ressortirent de la Bâtie à la lumière du jour, le moine dit qu'il devait retourner à ses tâches, mais que le visiteur pouvait attendre dans le jardin du monastère que l'higoumène l'appelle pour reprendre leur discussion.

Deux ou trois heures plus tard, un autre moine vint le prier de dîner avec eux. L'higoumène cependant ne vint pas s'asseoir à la table. P. Rodakis chercha des yeux le moine qui lui avait rappelé Pascàlis, mais à aucune des trois tables où mangeaient les moines il ne vit son ancien aide ou quelqu'un qui lui ressemble. À la fin du repas, le moine au front protubérant s'approcha et lui dit que, l'higoumène ayant été pris de vertiges, leur rencontre était reportée au lendemain matin.

Puis il proposa de l'héberger pour la nuit à l'hôtellerie, ce qu'au début, pensant qu'il allait laisser Ròsa seule ce soir-là, et qui plus est sans prévenir, P. Rodakis refusa. Mais quand il eut réfléchi à l'importance de la rencontre, sachant aussi que s'il partait il devrait revenir et refaire tout ce long trajet, il décida de rester.

Il fut conduit à l'hôtellerie par un jeune novice au visage sympathique.

« Ne nous en veux pas si le lit sent un peu le moisi, dit-il, nous n'avons pas beaucoup de visites. »

Il lui souhaita de bien se reposer, puis, en partant, se retourna et dit :

« L'eau dans la cruche, en tout cas, est fraîche. »

P. Rodakis ôta ses vêtements, but un peu d'eau et s'endormit.

Aux premières heures du matin, il fut réveillé par une désagréable impression de froid. Il chercha la couverture à tâtons pour s'en couvrir, mais ses doigts plongèrent dans de l'herbe sèche. Dans la totale obscurité il se rendit compte qu'il n'était plus dans le lit où il s'était couché la veille. En plus des herbes sèches, ses mains rencontrèrent la surface d'un grand bloc de pierre, ce qui lui fit penser qu'il se trouvait, qu'il s'était retrouvé sans savoir comment, à l'extérieur. Il leva la tête mais ne put distinguer ni lune, ni étoiles. Sa vue ne l'aidant pas, il poussa un cri, pour déduire de la façon dont il traverserait le silence le genre d'endroit où il se trouvait.

L'écho lointain qui retentit le conduisit à une autre hypothèse, et cette hypothèse se vérifia quand, après quelques pas qu'il fit les mains tendues devant lui, il heurta le métal froid d'une grille, comme celles qu'il avait vues quelques heures plus tôt dans des cellules de la Bâtie. Fermée à clé.

Un poids sur le front et les paupières, une faiblesse dans tous ses membres et un léger engourdissement de la plante des pieds lui firent soupçonner qu'on l'avait drogué pour le transporter, et peut-être bien l'enfermer dans la Bâtie. Le somnifère, se dit-il, pouvait avoir été versé dans le repas qu'on lui avait servi, ou dans l'eau qu'avait apportée le novice à l'hôtellerie. Mais la raison de tout cela restait encore profondément obscure.

La première lueur de l'aube traça, faiblement d'abord, une ligne horizontale sur le mur face à la grille. P. Rodakis en s'approchant vit qu'il y avait là une fente au volet d'un puits à lumière. Il ôta le volet et sentit la lumière, ainsi que l'air du matin, lui frapper le visage. La longueur du puits (un petit tunnel en fait) était de quatre ou cinq mètres et, tandis que son ouverture carrée dans le mur de la cellule était assez large, il se rétrécissait vers l'extérieur pour s'achever par une lucarne ronde dont le diamètre ne dépassait pas vingt centimètres, ce qui la rendait inaccessible du dehors, même pour un petit enfant.

La lumière qui s'introduisait, de plus en plus forte, apporta quelques réponses à P. Rodakis. L'herbe que sa main avait rencontrée au réveil, c'était le matelas de foin sur quoi on l'avait déposé. Ses vêtements se trouvaient à côté de lui, pliés. Il découvrit aussi une lanterne remplie d'huile qu'il aurait pu allumer s'il l'avait vue plus tôt.

La cellule se composait de deux parties : deux petites salles communiquant par une ouverture étroite et voûtée. P. Rodakis alluma la lanterne et entra dans la deuxième salle qui, n'ayant pas de puits à lumière, était plongée dans l'obscurité. Elle aussi avait une grille, fermée à clé naturellement. Il se souvint alors que la veille, lors de la visite, le moine au front protubérant lui avait parlé de ce lieu, mentionnant même son nom : la « salle de l'erreur ». Il s'agissait de deux cellules indépendantes à l'origine, creusées en même temps parallèlement par deux moines ; mais par suite d'une erreur d'appréciation – d'un seul ou des deux – les deux voisins s'étaient rencontrés, cassant la paroi intermédiaire. Au lieu de corriger l'erreur, ils préférèrent donner une forme voûtée à cette brèche involontaire, formant ainsi une salle double. Plus tard la coutume s'imposa d'en faire un lieu d'isolement et de prière pour les moines ayant commis quelque faute. Le faisaient-ils de leur propre chef, ou la pénitence était-elle imposée ? Ce qui est sûr, c'est que le choix de cette salle précise à cette fin fut influencé par le nom qu'elle avait reçu.

Au milieu d'une foule de pensées qui semblaient enfermées elles aussi dans une prison de pierre, se cognant à de dures parois et retombant, sans progrès, sans issue, condamnées, P. Rodakis entendit bientôt une clé tourner dans la serrure de fer à la porte de la chambre obscure. Trois ombres entrèrent vivement et un quatrième derrière eux referma aussitôt. Tandis que les trois moines passaient un à un par l'ouverture voûtée pour entrer dans la chambre éclairée, P. Rodakis put distinguer leurs visages. Le premier n'était autre que le fameux guide de la veille. Le second était l'higoumène et le troisième, il s'en souvint, celui qui l'avait invité à dîner et se trouvait assis à côté de lui pendant le repas (il pouvait donc avoir mis le somnifère dans son assiette).

Tous restèrent un instant silencieux, les trois regardant P. Rodakis et P. Rodakis regardant successivement leurs trois visages. Son regard s'arrêta sur les yeux de l'higoumène qui lui semblaient refléter une sombre sérénité.

« On m'a dit que tu étais malade. Tu vas mieux aujourd'hui ? demanda P. Rodakis.

– J'ai passé une très mauvaise nuit, mais aujourd'hui, oui, je vais mieux.

– J'ai passé une drôle de nuit moi aussi. Je me suis endormi quelque part et réveillé ailleurs.

– Je sais.

– Comment suis-je arrivé ici ? Mais non, laissons tomber le comment. Pourquoi suis-je ici ?

– Avant tout, je te demande pardon pour ce transfert, la façon dont il s'est effectué, et je reconnais que j'en suis le seul responsable. J'ai peut-être commis une erreur et je t'en demande à nouveau pardon, mais je voulais, vois-tu, m'assurer que tu ne partirais pas sans que je te voie et que nous discutions.

– Mais c'est moi le premier qui ai voulu venir te voir et qui ai fait tout ce chemin.

– Oui, oui, nous en avons déjà parlé.

– Mais on dirait que ton message à toi est plus important que le mien. Eh bien, j'écoute. »

L'higoumène avança et s'assit sur le matelas de foin sous la lucarne, surprenant de nouveau P. Rodakis par la vivacité de son corps, tant il avait gardé sa vigueur juvénile sous l'enveloppe de chair vieillie. Puis il fit signe aux deux moines de passer dans l'autre salle (non pour protéger le secret de la discussion, car ils entendraient même à côté, mais plutôt pour faire de la place). Ils restèrent assez longtemps silencieux. P. Rodakis craignait, s'il n'ouvrait pas la bouche, que le silence ne s'éternise. Il exprima sa pensée sans détour :

« Je suis enfermé dans une salle que vous appelez "salle de l'erreur", où vous emprisonnez vos moines qui ont commis des fautes. Que dois-je en conclure ? Que j'ai commis moi aussi ce que vous considérez comme une erreur et que moi aussi je dois aller en prison ? »

L'higoumène baissa les yeux. Puis les releva, décidé à parler sincèrement lui aussi.

« Non, tu ne l'as pas commise : tu vas la commettre.

– Tu prévois l'avenir, père vénérable ? Tu as des facultés divinatoires ?

– Sans être devin, je prévois souvent.

– Et quelle est l'erreur que je vais commettre ?

– Je ne veux pas t'influencer.

– D'accord. Dis-moi donc pour quelle raison tu m'as appelé. Je soupçonne que nous allons aboutir au même point », dit P. Rodakis. Et alors, pour la première fois, un vague soupçon se forma en lui, que les paroles de l'higoumène confirmèrent sans tarder.

« Je t'ai appelé parce que je veux discuter avec toi. Je veux que tu cèdes au monastère la recette de fabrication du miel. »

Pendant quelques instants, il n'y eut d'autre bruit, dans la salle de l'erreur, que les lourdes respirations des moines qui attendaient dans l'obscurité, mais ce bruit-là cessa aussi tandis qu'ils tendaient l'oreille, s'efforçant de comprendre ce qui se passait à côté dans la chambre silencieuse. Enfin on entendit la voix de P. Rodakis :

« C'était donc ça. Et l'erreur que je m'apprête à commettre, c'est mon refus, n'est-ce pas ? »

L'higoumène garda le silence.

« Il n'y a vraiment pas besoin d'être devin pour prévoir ma réponse. Je refuse, bien sûr. Pourquoi accepterais-je ? Et j'imagine que du coup tu vas me refuser le terrain. Mais cela n'a pas tant d'importance. Tout ce que je veux maintenant, c'est partir. Ma fille va s'inquiéter. »

L'un des moines apparut dans l'ouverture et interrogea l'higoumène du regard comme s'il attendait des instructions, mais l'autre lui fit signe d'attendre à côté.

« Tu risques de commettre l'erreur de croire que tu es le seul maître de ce succès, ce grand succès qui t'a été donné.

– On ne m'a rien donné. Ce que j'ai réussi, je l'ai réussi tout seul. En dix ans de travail acharné. Oui, je suis le seul maître de ma réussite. Si elle n'appartient pas à moi, alors à qui ?

– Rien ne nous appartient : non seulement le fruit de notre travail, mais aussi notre ardeur au travail, notre habileté, notre inventivité, tout nous est offert, donné par le Seigneur. C'est pourquoi on appelle ces choses-là des dons. Mais ils ne sont même pas donnés, si tu veux mon avis. Seulement prêtés. Un jour vient le moment de les rendre.

– Je reste sans voix, dit P. Rodakis. Jamais je n'ai entendu pareilles absurdités. »

L'higoumène sourit.

« Si je te racontais certaines choses, tu les trouverais

encore plus absurdes. Bien des choses, vois-tu, sont inaccessibles à l'esprit de l'homme.

– Mais enfin, tu parles sérieusement ? Tu me demandes d'offrir au monastère ce que j'ai fait de plus important dans ma vie, en t'efforçant de me convaincre, pardessus le marché, que cela ne m'appartient pas ? Et en m'enfermant dans cette geôle pour m'intimider ?

– J'espère te convaincre, te faire comprendre que la cession au monastère du secret de la recette serait l'acte le plus important de ta vie. Plus important que la découverte elle-même.

– Et pourquoi ?

– Parce que tu auras sacrifié ton intérêt personnel au profit d'une cause bien plus noble : rehausser la gloire du Seigneur.

– Ou plutôt l'enrichissement du monastère, dit P. Rodakis, copiant le ton serein adopté par l'higoumène pendant toute la durée de la discussion.

– L'enrichissement du monastère, reprit l'autre sans s'offusquer, vise justement à la gloire du Seigneur ; mais tu es dans l'erreur, je t'assure. Notre but n'est pas la richesse. Ce que nous voulons, c'est autre chose.

– Autre chose !

– J'entends parler du miel que tu produis depuis longtemps. On en dit bien des choses, mais je ne croyais pas tout et, pour être sincère, je trouvais qu'on exagérait. Nous avons du miel nous aussi, et de premier choix. Mais il n'avait jamais provoqué tant de bruit. Alors j'ai envoyé Ànthimos », dit-il en montrant du sourcil l'endroit où les deux moines invisibles attendaient, sans que P. Rodakis comprenne duquel des deux il s'agissait, « pour qu'il m'en ramène un peu. Il a eu du mal et dépensé beaucoup d'argent, mais il a trouvé, si bien que j'ai pu me faire une opinion.

– Tes impressions ?

– Ton miel a une particularité qui le distingue, toute question de goût mise à part. C'est ce que j'ai conclu du jugement des autres, mais aussi en le goûtant moi-même. Je ne peux l'expliquer avec précision, mais ce miel peut nous influencer, changer notre humeur, et même faire naître des sentiments. Il agit sur nous, voilà ce qui le distingue. De façon différente sur chacun, sans doute. Ànthimos, par exemple, quand il l'a goûté, s'est souvenu soudain de sa grand-mère qui le nourrissait de miel dans son enfance et il a eu les larmes aux yeux. Tu te souviens ? » cria l'higoumène, et le moine qui s'était montré plus tôt réapparut par l'ouverture, faisant oui de la tête.

« D'autres, poursuivit l'higoumène tandis qu'Ànthimos replongeait dans les ténèbres, ont dit ressentir en le goûtant une euphorie unique, une noble élévation de l'âme, et c'est alors que m'est venue l'idée, en discutant avec un frère, qu'il était peut-être possible de mettre cette influence positive au service de la foi. Afin de la rendre également utile.

« Je ne te cache pas que cette idée nous a dicté une expérience. Nous avons quitté l'île quelques jours pour entrer en contact avec des inconnus, des gens qui n'auraient pas entendu parler de toi, des gens simples de la campagne surtout. Nous leur avons donc fait goûter ton miel en leur disant qu'il était sanctifié. Récolté dans un lieu où avait vécu un saint ermite.

– Deux mensonges coup sur coup », soliloqua P. Rodakis.

L'higoumène, qui n'entendait jamais ce qu'il ne voulait pas entendre, poursuivit :

« Ces mots ont fait une forte impression. Les uns s'agenouillaient pour se signer, d'autres demandaient aussitôt à se confesser, d'autres disaient se repentir d'avoir quitté les chemins de Dieu. Tous ces gens ont cru que ta remarquable création était une preuve tangible de l'existence de Dieu, que grâce à la petite gouttelette que nous avions mise dans leur bouche, Il leur était apparu et qu'ils avaient ainsi reçu la communion. Alors nous avons vu que cette force pouvait être canalisée dans la bonne direction. Qu'elle pouvait renforcer, inspirer la foi en Dieu. »

Et l'higoumène poursuivit :

« Le nom que tu lui as donné, Angelico, est tout à fait juste et bon. Toutes les créations humaines, quand elles parviennent à la perfection, ont quelque chose de divin. Elles renferment une parcelle de Dieu Lui-même. Et toujours, d'une certaine façon, elles remontent à Lui. Souviens-t'en.

– Et vous n'auriez pas mauvaise conscience de renforcer, comme tu dis, la foi des gens tout en les trompant ? Nous savons bien tous deux que l'Angelico n'est pas un miel sanctifié. C'est un miel exceptionnel, peut-être le meilleur qu'on ait jamais produit, mais il n'a rien de sacré.

– Non, je n'aurais pas du tout mauvaise conscience.

Si j'ai un morceau d'or pur à vendre et que l'acheteur doute de sa qualité, si pour le convaincre j'use d'un stratagème, d'un mensonge et qu'à la fin il l'achète, je ne l'aurai pas trompé. N'est-ce pas ? Du moins sur l'essentiel. »

P. Rodakis qui, un instant, avait cessé de suivre le discours de l'higoumène, se leva brusquement et vint se planter devant lui. L'autre, toujours assis sur le matelas de foin, leva la tête, l'air surpris.

« Je t'ai écouté avec attention, dit P. Rodakis, et je te promets de réfléchir à tout cela une fois seul. Maintenant, je veux partir. Dis-leur de m'ouvrir. »

Dans l'ouverture entre les deux cellules apparurent les têtes des deux moines. L'higoumène saisit la main de P. Rodakis et se leva lui aussi.

« Si tu pars maintenant, tu ne reviendras jamais. Tu commettras l'erreur de ne jamais revenir. Mais que tu réfléchisses tout seul, là oui, je suis d'accord. Je repasserai te voir demain », dit-il, et il se dirigea vers la chambre obscure.

P. Rodakis fit mine de le suivre, mais aussitôt Ànthimos entra, l'empoigna et le serra contre lui, à lui en couper le souffle, tandis que l'higoumène se glissait dans l'autre salle. De là, suivi du moine au front protubérant, il sortit à la lumière du jour après qu'eut retenti le bruit de la clé dans la serrure. Dès que ce bruit se fut répété, signe qu'on avait refermé la grille, Ànthimos libéra P. Rodakis de son étreinte.

Depuis un certain temps déjà, le pope du village passait des nuits agitées. La journée, toujours bien remplie par la charge des orphelins, mais aussi par ses devoirs de prêtre, coulait sans laisser de temps pour les pensées et les dilemmes. Le soir, cependant, quand tout s'apaisait et qu'un calme profond encourageait les errances de l'esprit et les vacillements de l'âme, le père Chrŷsanthos, après deux ou trois heures de sommeil troublé, se levait et partait rôder dans les ruelles du village comme un fantôme.

Le besoin de prendre une décision, dont dépendait le sort d'autres personnes, se faisait sans cesse plus urgent, ce qui mettait en lui un poids que rien, sinon la marche solitaire la nuit, ne pouvait alléger. Il rentrait chez lui à l'aube, fatigué avant même que le jour commence, mais aussi soulagé, sachant que la lumière du jour chasserait de sa pensée la sombre figure de l'homme qui venait troubler sa conscience. Ou plus précisément, le peu qui lui restait en mémoire de cette figure, deux sourcils qui tantôt se rejoignaient, tantôt se séparaient, sans jamais perdre leur forme arrondie. Le reste du visage était absent. Rien de bien étonnant, puisqu'ils ne s'étaient vus qu'une seule fois. D'autant que leur rencontre avait eu lieu le soir dans l'église, où la lueur des veilleuses jetait sur ce visage moins de lumière que d'ombre, ne faisant ressortir que la paire de sourcils.

Cet homme, des années plus tôt, avait débarqué sur l'île et demandé dans les cafés du port si l'on avait vu ou entendu parler d'une femme avec un enfant (garçon ou fille, il ne savait pas) qui serait venue trouver refuge vers chez eux. La réponse qu'il ne cessa d'entendre fut que les gens de cette île, aimant la tranquillité, n'observaient pas les allées et venues des autres. Cependant ils lui indiquèrent le pope comme la personne la plus à même de le renseigner. Le pope qui officiait dans le village du port dit qu'il n'était pas au courant, mais on pouvait toujours, ajouta-t-il, demander aux prêtres des autres villages.

Le soir même, l'homme arriva devant la porte du père Chrỳsanthos, qui comprit dès le premier coup d'œil qu'il avait devant lui le véritable père de Ròsa, à savoir le beau-père de Vàya. Le secret de la confession lui imposait le silence. Mais ce n'était pas tout. Si, invoquant la loi du secret, il disait ne pas pouvoir parler, cela équivaudrait à une trahison. L'homme comprendrait que Vàya se cachait sur l'île et la repérer ne serait plus qu'une question de temps, même si elle se terrait dans le coin le plus reculé. Cette confession-là exigeait plus que du silence. Il fallait mentir.

« Aucune étrangère n'est passée dans ce village. Si c'était le cas, j'en aurais été le premier informé », dit le père Chrỳsanthos, s'apercevant au même instant que c'était la première fois depuis la nuit des temps qu'il mentait. Cependant, croyant que dans ce cas précis le mensonge était sans doute imposé par la loi divine, il s'enfonça plus encore dans le péché, le sachant pardonné d'avance :

« Une étrangère avec un enfant ! Ici, chez nous ? Est-ce possible ? Que viendrait-elle faire par ici ? Dans ce village, tout le monde sait tout. Quarante-quatre maisons.

Pas une de plus. Et moi je sais tout ce qui s'y passe, dans le moindre détail. Une chose pareille, une étrangère avec un enfant, ça ne se fait pas ici. Ça ne s'est jamais fait. Et ça ne se fera jamais, je peux te le dire. Nous n'avons pas d'auberges, pas de maisons vides. »

Et après une pause, décochant les mots droit sur le point entre les sourcils de l'homme, il demanda :

« Et pourquoi tu la cherches, si je peux me permettre ?

– Cette femme est avec mon enfant. Et elle est recherchée pour homicide », répondit l'homme en fronçant les sourcils.

Le pope à ces mots feignit une extrême surprise et pria l'étranger de lui laisser en partant une adresse où il pourrait lui écrire au cas, fort improbable, où il apprendrait quelque chose.

Tout cela s'était produit plusieurs années auparavant ; et le pope alors n'avait pas perdu le sommeil une seule nuit, étant absolument certain d'avoir bien agi. Il n'avait même pas informé Vàya ou P. Rodakis de cette rencontre, jugeant qu'une fois le danger passé, il n'y avait plus de raison de les inquiéter.

Mais voilà que les données changeaient. Vàya était morte. Et si sa mort (qui pourtant, dans une certaine mesure, le délivrait du secret de la confession) ne l'avait pas incité à communiquer avec le vrai père, les derniers événements, eux, cette disparition soudaine et inexplicable de P. Rodakis, jetaient une lumière nouvelle sur l'affaire. Ròsa voyait pour la deuxième fois l'un de ses parents ouvrir la porte et sortir pour ne plus jamais réapparaître. Et si, concernant sa mère, l'angoisse avait bientôt pris fin, de la pire façon il est vrai, s'agissant de son père les choses étaient bien plus obscures. Des semaines avaient déjà passé depuis que la terre l'avait englouti sans qu'il donne le moindre signe de vie ; certains disaient qu'il avait été victime d'une bande de brigands qui se montrait parfois sur l'île, d'autres qu'il avait sans doute été déchiqueté par les lions. Quelle que fût la vérité, cela ne changeait rien au fait : P. Rodakis était introuvable et très probablement mort.

À la lumière de ces nouveaux faits, le père Chrỳsanthos devait réexaminer toutes les éventualités et surtout répondre à cette question : avait-il le droit de priver cette fille de son vrai père, de la laisser orpheline ? Le poids de la décision, quelle qu'elle fût, tenait le pope éveillé tous les soirs. Jusqu'à cette nuit où, marchant dans une ruelle vers le monument aux morts en ruines, il parvint à une décision.

Malgré sa promesse de revenir le lendemain, l'higoumène avant de se montrer laissa passer quatre jours. Pendant tout ce temps, P. Rodakis demeura enfermé dans la salle de l'erreur, avec Ànthimos pour compagnie. Le moine, blotti dans un coin de la chambre obscure, ne tenta pas une seule fois d'engager la conversation, se bornant à passer la tête par l'ouverture de temps à autre pour s'assurer que son compagnon allait bien. Dès que P. Rodakis s'en apercevait, il agitait nerveusement la main et Ànthimos s'effaçait à nouveau dans les ténèbres. Mais parfois c'était P. Rodakis qui mettait la tête dans l'ouverture pour demander à Ànthimos s'il savait quand reviendrait l'higoumène ou pour protester contre cet emprisonnement insensé. L'autre lui répondait alors par des mots sans suite et des phrases dont on ne pouvait tirer aucun sens, aucune information.

Plusieurs fois par jour un autre moine ouvrait la porte de la chambre obscure, poussait à l'intérieur le plateau du repas et emportait les pots de chambre des deux reclus. Quand il entendait la clé, Ànthimos barrait l'ouverture de son corps large et solide, écartant tout projet d'évasion.

Le seul dialogue entre eux deux pendant ces premiers jours commença un soir lorsque Ànthimos, qui dormait sur le sol de pierre – sans même le rudimentaire matelas de foin –, entendit dans la salle voisine un halètement étrange, comme un râle ou un sanglot asthmatique, angoissé, répugnant. Il alluma en hâte une grosse bougie (la seule chose qu'il eût avec lui, avec un psautier) et entra dans la salle où dormait P. Rodakis pour voir ce qui se passait.

« Ça va, Rodakis ? demanda-t-il en lui tapotant l'épaule.

– Laisse-moi tranquille, répondit brusquement l'autre en se réveillant.

– On m'a dit de veiller sur toi et de m'assurer que tu vas bien. Ça va ?

– Quand va-t-il venir, ton higoumène ? » Cela seul l'intéressait.

– Il va venir, demain peut-être, je ne sais pas. Pourquoi tu respirais comme ça ? Tu es malade ?

– Non, je ne suis pas malade. Va-t'en maintenant. Ne crains rien, je ne vais pas mourir. En rêve parfois j'ai le souffle coupé, mais j'arrive toujours à survivre. Allez, dégage ! »

Ànthimos regagna son coin et éteignit la bougie. Bientôt, dans l'obscurité totale, on entendit la voix de P. Rodakis.

« Que serait-il arrivé si ce jour-là j'avais décidé de partir ? »

L'écho de ses paroles fut suivi d'un silence et un bon moment passa avant qu'Ànthimos de l'autre côté réponde.

– Quel jour ?

– Ce jour maudit où j'ai posé le pied ici. Ce soir-là, j'ai dû choisir entre rester ici et partir. Que serait-il arrivé si j'avais décidé de partir ?

– Tu ne serais pas parti. Dès que tu es arrivé, on a fermé la grande porte et nous étions tous en alerte. C'est simple, on ne t'aurait pas laissé partir. La salle de l'erreur était prête et t'attendait depuis longtemps. »

P. Rodakis alluma sa lanterne et entra, cette fois c'était son tour, dans la salle voisine, laquelle, une fois la nuit tombée, n'était pas plus obscure que l'autre.

« Et jusqu'à quand crois-tu que vous pouvez me garder ici ? Moi je suis décidé à ne pas ouvrir la bouche, et si je ne l'ouvre pas, personne n'aura le moyen d'obtenir ce que ton higoumène brûle tant d'attraper dans ses griffes. Qu'est-ce qu'il va faire ? Me garder en pension ici jusqu'à ma mort ?

– Je ne sais pas quoi te répondre », dit Ànthimos, et en cet instant il semblait sincère.

« Ma fille me cherchera.

– Elle sait que tu devais venir ici ? »

Mais, avant que P. Rodakis réponde, l'autre poursuivit :

« En fait, peu importe. On peut bien venir te chercher, l'higoumène saura très bien noyer le poisson. Il dira qu'en effet tu es venu il y a longtemps pour lui acheter un terrain. Que tu es resté tard et as dîné avec nous. Il dira aussi qu'il t'a supplié de passer la nuit ici, mais que tu as insisté pour partir parce que tu t'inquiétais pour ta fille et que tu es donc parti dans la nuit noire. Dieu sait ce qui a pu t'arriver en chemin à une heure pareille... Qui ne voudra pas croire notre higoumène ? Tu es venu à pied ?

– À dos de mulet.

– On l'a sûrement lâché dans la montagne. Qu'il soit retrouvé vivant ou mort, tout le monde pensera que tu n'es plus de ce monde. Sans compter que personne ne soupçonnera jamais que tu es ici. Là où nous sommes, aucun étranger ne met jamais le pied. Tu as beau crier, on n'entend rien. L'higoumène a pensé à tout.

– Un saint homme, en vérité », ironisa P. Rodakis, mais sans pouvoir libérer même en partie ce qui bouillonnait en lui.

Ànthimos le regarda et dit, l'air très sérieux :

« Oui, notre père vénérable est un saint homme. Il se bat pour le bien et accepte pour cela de sacrifier jusqu'au salut de son âme. Mais toi tu ne sembles pas comprendre, tu ne te doutes même pas du mal que tu lui fais.

– Le mal que je lui fais ? Le mal que moi je lui fais ? s'écria P. Rodakis, les yeux écarquillés.

– Bien sûr. Si tu acceptais de faire un pas en arrière, d'oublier un instant ton égoïsme, le malheureux ne serait pas contraint de t'emprisonner, de faire un faux témoignage (ce qui pourrait se produire en cas de besoin), d'imaginer un tas de ruses et de charger ainsi son âme de tant de péchés. Lui et nous aussi. Mais lui d'abord. »

P. Rodakis fit quelques pas ; son ombre géante le suivit en glissant sur le mur.

« Au lieu de saisir l'occasion, poursuivit Ànthimos, l'occasion que nous t'offrons de mettre ta découverte en valeur comme il faut, de sorte qu'elle profite aussi à ton âme, toi tu préfères te retrancher dans ton égoïsme. Si tu avais l'esprit un peu plus ouvert, tu verrais par toi-même combien il est préférable que la recette aille au monastère et que nous la mettions au service d'un idéal plus élevé. Comme tu serais plus fier, toi aussi, sachant que par tes qualités tu as favorisé l'œuvre du Très-Haut ! Que ta découverte a trouvé sa vraie voie ! »

« Ils sont tous fous à lier », se dit P. Rodakis, désespéré.

« Mais il n'est jamais trop tard pour changer d'avis. Pour demander pardon et faire le bien. »

P. Rodakis prit sa lanterne posée par terre et rentra dans sa cellule. Il se sentait impuissant devant ce délire qui, se vêtant d'une apparence de logique, se présentait comme une vérité intangible.

« Il y a autre chose que tu ne sais pas. »

Ànthimos était là derrière lui, l'ayant suivi.

« Quoi donc ?

– Cela s'est passé il y a quelques mois. Notre higoumène, avant de se résoudre à t'appeler, a tenté de s'informer par un autre moyen. Et il s'est sacrifié, là aussi, en prenant sur lui des péchés. »

À cet endroit, Ànthimos s'arrêta, comme s'il regrettait d'avoir abordé le sujet, comme s'il regrettait même, peut-être, toute la discussion précédente. P. Rodakis comprit son hésitation.

« Parle, ne crains rien. Mon opinion sur l'higoumène ne sera pas changée par quelques péchés en plus. Qu'a-t-il fait d'autre ?

– Je vais te le dire. Car j'ai des raisons de le faire. Il a envoyé quelqu'un. Un frère qui maintenant n'est plus avec nous.

– Où l'a-t-il envoyé ? demanda P. Rodakis avec impatience, voyant le moine s'arrêter encore.

– Sur le terrain où tu as tes ruches. Il l'a envoyé noter toutes les plantes que tu avais là-bas.

– Mais comment ? Puisque j'avais...

– Tu avais posté un garde. Je sais. Un petit jeune, l'un des orphelins du pope. Honnête, incorruptible et solide en plus. Tu étais là le matin et lui le soir, c'est ça ?

– Oui, mais je ne comprends pas...

– Tu ne comprends pas, car tu ne sais pas que le jeune homme a un point faible. Ne cherche pas, c'est la boisson. Un soir, notre frère (qui n'est plus avec nous, je te l'ai dit) est venu vers lui, disant qu'il passait la nuit en prière dans la solitude. Le garçon avait appris à aimer, à respecter l'habit religieux, il ne s'est pas méfié. Le frère a sorti du vin de son sac et lui a donné à boire, soi-disant pour se donner du cœur au ventre, et l'autre, qui ne demandait que ça, a vidé la bouteille. Quand une fois saoul il s'est mis à brailler des hymnes byzantins, le frère a sauté dans le jardin, mais il a vu que le travail serait long et qu'il devrait revenir plusieurs fois. Il est revenu deux autres soirs, a saoulé le garçon et sauté dans le jardin, mais il avait du mal dans le noir à bien distinguer les plantes, si bien que ces trois nuits-là, il n'a même pas pu noter le tiers. Pourtant il comptait bien poursuivre jusqu'au bout.

– Et qu'est-ce qui l'a empêché de mener à bien cette pieuse mission ? »

Ànthimos se pinça les lèvres.

« La mort l'a devancé. Il n'est plus auprès de nous, je te l'ai dit. Un matin qu'il apportait des seaux d'eau pour l'arrosage, un serpent l'a mordu. En quelques heures il est mort. Une horrible vipère. Nous n'avons pas réussi à le sauver. C'est bien triste. Il avait un cœur d'or. Mais celui que cette mort a bouleversé le plus, c'est notre père vénérable. Il y a vu un signal. Les signes crient, dit-il souvent, et nous ne devons pas rester aveugles et sourds devant eux !

– Mais alors, pourquoi, au lieu d'écouter, d'abandonner toute cette histoire, a-t-il poursuivi de plus belle ?

– Erreur. L'higoumène a tenu compte du signal. Il a compris qu'il devait s'informer d'une autre façon. Il n'a plus envoyé personne sur ton terrain, mais a décidé de t'appeler ici pour apprendre ton secret de toi-même. »

Et il poursuivit :

« Un homme a perdu la vie. Et c'est peut-être son châtiment pour avoir espionné. On ne peut plus risquer d'autres malheurs. Tu comprends ce que je te dis ? Donne à l'higoumène ce qu'il te demande. Cesse de refuser, obéis à la volonté de Dieu. Car Dieu veut que la recette secrète de l'Angelico passe entre les mains du monastère. Je n'ai rien d'autre à te dire.

– Si c'est vraiment la volonté de Dieu, qu'Il trouve donc un moyen de se débrouiller, Lui qui est tout-puissant. Car s'Il attend de moi que j'ouvre la bouche, Il attendra dans les siècles des siècles. »

À ces mots, Ànthimos alla se recroqueviller dans son coin sans savoir si en fin de compte il avait fait avancer ou reculer les choses. Une seule certitude : il avait enfreint l'ordre de l'higoumène – garder ses distances et ne pas engager le dialogue avec leur hôte. Mais il n'avait pu résister à la tentation d'essayer, lui aussi.

Le lendemain après matines, l'higoumène arriva. Cette fois il fut terriblement taciturne et son visage naguère plein de vie resta étrangement froid et sans expression. Il demanda à P. Rodakis s'il était revenu sur sa décision et, lorsqu'il entendit son refus ferme et total, baissa la tête et se retira.

Le père Chrỳsanthos, avant d'exécuter sa décision : écrire à l'homme qui recherchait Vàya et lui annoncer qu'il savait où se trouvait sa fille, jugea nécessaire d'informer Ròsa quant à certains des événements concernant sa véritable origine. La jeune fille, plongée dans le chagrin à la mort de celui qu'elle prenait pour son père, ne montra nulle émotion en apprenant la renversante nouvelle, à savoir que cet homme-là n'était pas son père, ni même un lointain parent. La seule chose qu'elle souhaitait, c'était qu'on le retrouve et qu'il revienne.

Mais quand le pope lui dit que dans un autre coin du pays vivait son véritable père, qu'elle n'avait jamais connu, une vague étincelle d'intérêt passa dans son regard. Le pope lui dit aussi qu'il ne pouvait se faire une opinion sur cet homme, ne l'ayant vu qu'un bref instant, mais que rien ne pouvait changer ce fait : il s'agissait de l'homme qui lui avait donné la vie. Ròsa ne s'opposa pas à l'idée de rencontrer ce nouveau père et peut-être même de s'installer un jour auprès de lui.

Peu après, le père Chrỳsanthos fit par correspondance les arrangements nécessaires et, après avoir soigneusement fermé à clé la maison de Rodakis, il prit le bateau avec Ròsa, un jour de mer agitée, en direction de la ville où vivait Stèphanos Tr.

La vision de la grande ville n'effraya guère la jeune fille ; elle avait l'habitude, P. Rodakis l'ayant emmenée plusieurs fois quand il partait s'approvisionner. Au contraire, les rues pleines de mouvement, les gens qui se bousculaient, les magasins et plus que tout le grand marché, ses fruits, ses volailles égorgées, ses barils de poisson salé, réveillèrent sa joie de vivre. Le pope, attentif à Ròsa plus qu'aux plaques portant le nom des rues (ce qui leur valut de faire le tour de certains quartiers plusieurs fois), remarqua ce changement d'humeur et se sentit confirmé dans sa décision.

La maison de Stèphanos Tr. se trouvait dans le centre de la ville. Avant de frapper à sa porte, le père Chrỳsanthos se signa et, d'une voix que l'émotion faisait trembler – autant que l'essoufflement d'avoir marché si longtemps –, il dit à Ròsa que ce jour-là ouvrait une nouvelle page dans sa vie. Alors elle le regarda d'un air grave et lui demanda de s'engager par serment à la ramener sans faute sur l'île au cas où P. Rodakis réapparaîtrait vivant. Le pope, au lieu de prêter serment, donna sa parole et actionna le heurtoir. On entendit des pas traînants mais pressés et la porte s'ouvrit sur un homme âgé aux cheveux blancs. Il contempla quelques instants, les yeux pleins de larmes, la jeune fille devant lui, la serra dans ses bras puis, tombant à genoux, reconnaissant, baisa la main du pope.

Ils montèrent à l'étage. Ròsa ne détachait pas les yeux de Stèphanos Tr. Elle était stupéfaite que son père soit si vieux. Les deux hommes, lors de cette première rencontre, veillèrent à éviter les points épineux de l'histoire, ne mentionnant pas une seule fois Vàya et P. Rodakis. Ils discutèrent de l'île, de la vie là-bas, si différente de celle des grandes villes, et d'autres sujets anodins. (Ce qui n'empêcha pas Stèphanos Tr. d'essuyer à plusieurs reprises une larme au coin de l'œil.) À un moment seulement, Ròsa demanda pourquoi son père était resté caché tant d'années et pourquoi elle avait connu un autre père à sa place, mais le pope, qui jusqu'alors avait évité toute explication détaillée, se hâta de répondre d'un ton sans réplique qu'il y avait des circonstances dans la vie où ce n'était pas nous qui décidions, mais Dieu seul.

Une femme entre deux âges, la gouvernante de Stèphanos Tr., vint leur offrir de l'eau fraîche et des fruits. Plus tard, elle montra leurs chambres à Ròsa, puis au pope, qui n'allait pas rentrer aussitôt sur l'île, mais comptait rester une journée, peut-être deux, le temps que la jeune fille s'adapte à son nouvel entourage. La chambre de la jeune fille était grande et carrée, avec une fenêtre donnant sur une petite place en triangle. Elle communiquait avec une autre chambre, mais on avait fermé sa porte à clé et placé devant elle une haute table, faisant office de secrétaire, où était posée une madone en porcelaine aux mains croisées, aux yeux baissés.

Elle aima beaucoup son lit, l'épais matelas, les trois oreillers moelleux, ainsi que le plafond décoré de guirlandes en plâtre. Elle se sentait plutôt heureuse de vivre dans une nouvelle maison, de s'éloigner de son ancien décor hanté par les fantômes de ses parents disparus. La seule chose qui la gênait vaguement, c'était que son père soit si vieux.

En partant, le pope lui promit que dans deux semaines il reviendrait lui rendre visite et voir si tout allait bien pour elle dans sa nouvelle famille. Il lui chuchota même à l'oreille qu'elle devait de son côté s'efforcer de bâtir une relation chaleureuse avec son père. Elle hocha la tête comme pour le lui promettre.

Stèphanos Tr. nageait dans le bonheur. Il faisait tout pour contenter sa fille, son seul enfant dans cette vie. Il l'emmenait dans tous les beaux coins de la ville, lui proposant des expériences et des plaisirs nouveaux, repas dans des restaurants où l'on servait des mets aux noms étrangers et des fruits inconnus, promenades dans de grands parcs et au zoo, soirées au théâtre ou chez des amis. Ròsa, avec sa beauté, son charme spontané, récompensait Stèphanos Tr. par sa seule présence.

Aussi, lorsque quinze jours plus tard le père Chrŷsanthos revint visiter, comme promis, ceux que sa propre initiative avait réunis, l'image qu'il découvrit le rassura et même le remplit d'aise. Ròsa, resplendissante, vêtue de neuf, s'efforçait de faire tenir dans des mots les mondes nouveaux qui s'ouvraient devant elle. À un moment, Stèphanos Tr. prit à part le pope et l'informa qu'il avait chargé un avocat du problème de sa paternité et que, s'il ne parvenait pas à se faire reconnaître comme véritable père de la jeune fille, il était décidé à l'adopter afin qu'elle hérite un jour de sa fortune.

« J'approuve totalement », dit le pope, qui jugea dès lors sa mission accomplie. Il repartit en disant que cette fois il reviendrait peu avant les fêtes, qui auraient lieu dans deux mois.

« Aime-le, il est bon », chuchota-t-il à Ròsa en lui faisant ses adieux. Ce même soir, comme tous les soirs sans sortie prévue, Stéphanos Tr. se retira après le dîner dans le salon où il passait un moment dans son cher fauteuil à somnoler, avant d'aller poursuivre son sommeil classiquement dans son lit. Ròsa, à cette même heure, s'affairait à de menues tâches ou conversait avec la gouvernante, puis, avant d'aller se coucher, entrait tout doucement dans le salon pour souhaiter bonne nuit à son père. Ce qu'elle fit ce soir-là aussi.

Stèphanos Tr. n'eut guère besoin, pour s'éveiller, que du léger grincement de la porte, ce bruit délicieux qu'il attendait, quoique assoupi, impatiemment. Ròsa s'approcha pour lui dire bonne nuit. Il avança la main et lui caressa les cheveux affectueusement, comme il faisait toujours avant qu'elle n'aille dans sa chambre. Mais ce soir-là Ròsa ne s'en allait pas, elle restait là, fixant les sourcils épais de son père, lequel, la voyant hésiter, comprit qu'elle avait quelque chose à dire. Il lui sourit pour l'encourager.

« Père, dit-elle avec douceur, je veux que tu saches que je t'aime. »

L'émotion le submergea. Il eut du mal à contenir ses larmes. Il sourit encore, de gratitude cette fois.

Ròsa s'assit sur ses genoux, comme elle s'asseyait sur les genoux de P. Rodakis. Elle approcha son visage du sien, posa sa joue contre la sienne. Stèphanos Tr. accueillit ce contact avec plaisir. Puis elle tourna la tête et appuya sa bouche sur la ride profonde qui creusait sa joue. Ensuite elle fit marcher ses lèvres jusqu'à rencontrer les siennes et, les pressant, passa la langue entre elles. Ses paumes trouvèrent les deux vieux mamelons de Stèphanos Tr., lequel était resté immobile, comme si l'on avait injecté dans ses veines une substance paralysante. Ròsa descendit du fauteuil et, s'agenouillant par terre, frotta le visage contre ses genoux qui aussitôt se crispèrent pour se défendre, puis le visage remonta pour s'arrêter au renflement mou qu'il trouva au bout du parcours.

Alors seulement Stèphanos Tr. retrouva le contrôle de son système musculaire ; il lui attrapa les bras avec toute la force qu'il put concentrer dans ses doigts et la repoussa au loin. Un mélange de répulsion et d'horreur chassa d'un coup tout autre sentiment qu'il eût jamais pu nourrir pour cette créature, qui tombée par terre le fixait l'air étonné.

« Va dans ta chambre, tout de suite. » Ce fut tout ce qu'il put dire, d'une voix rauque.

Ròsa se releva, le corps endolori par la chute, ouvrit la porte du salon et sortit. Elle se dirigea vers sa chambre avec une envie de pleurer. Que l'on accueille si brutalement son affection, c'était pour elle inconcevable.

Elle s'assit au bord de son lit et convoqua dans sa mémoire la figure de P. Rodakis. Non qu'elle l'eût oublié pendant tout ce temps, mais en cet instant elle ressentait le besoin profond de se trouver, ne serait-ce que par la pensée, près de lui. Elle se souvint avec quel plaisir il accueillait, lui, ses caresses, comme il fermait les yeux et s'abandonnait pour savourer ses petits gestes tendres. Et plus tard, une fois les petites mains lasses de frotter, de pétrir, comme il commençait de montrer son affection en l'embrassant sur le visage et dans le cou. Comme il attrapait entre les dents – jouant au chien furieux, avec de brefs jappements qui la faisaient se tordre de rire – ses deux seins, sans jamais lui faire mal, sachant exactement quelle force imprimer à ses mâchoires pour frôler le seuil de la douleur sans le franchir. Enfin elle se souvint de la langue chaude parcourant le trou de son nombril, les plis de ses cuisses, les os de son bassin.

Elle laissa couler ses larmes. La dureté que lui avait opposée Stèphanos Tr. pour la première fois la blessait profondément. Et ce à l'instant même où – poussée par les conseils du pope – elle s'était efforcée d'oublier l'âge avancé de cet homme, de ne pas voir la faiblesse et la vieillesse de son corps, sa dentition décimée, sa tête chauve.

« C'est sans doute dans son caractère, il n'aime pas les gestes tendres », se dit-elle pour finir, tâchant de lui trouver des excuses. Cette pensée l'apaisa un peu.

Elle essuya les larmes refroidies sur ses joues et s'efforça de trouver le sommeil. Elle tenta de se bercer en évoquant les siestes où elle s'endormait dans les bras de P. Rodakis, le nez dans son aisselle, humant son odeur fine, un peu acide.

Ròsa n'eut sans doute pas trop de peine à surmonter le choc de cette soirée ; pour Stèphanos Tr,. il en alla autrement.

La déception qu'il éprouva, l'effondrement du rêve qui après une traque de tant d'années avait pris chair dans la figure idéale de cette jeune fille, était ce qui pouvait lui arriver de plus dévastateur au déclin de sa vie. Il aurait voulu désormais ne l'avoir jamais entreprise, cette recherche désespérée de son enfant, n'avoir jamais débarqué sur cette île maudite, n'avoir jamais rencontré le pope, n'avoir jamais reçu la lettre. Mais tout cela s'était produit et rien ne pouvait inverser le temps. Tout ce qu'il pouvait faire, c'était préparer l'avenir.

Dès qu'il entendit Ròsa fermer la porte de sa chambre, il se leva de son fauteuil et appela la gouvernante. La femme, sur le point de se coucher elle aussi, saisie par la nuance d'urgence qu'elle devina dans sa voix, accourut en hâte, vêtue de sa chemise de nuit. Les yeux ronds de curiosité, comme une pie affolée, elle demanda ce qu'il voulait.

« Par malheur cette fille est malade, dit Stèphanos Tr. Malade. Elle souffre du même mal que sa mère. Elle a hérité de la même cellule infectée.

– C'est grave ? demanda la gouvernante inquiète.

– Ecoute, dit Stèphanos Tr. en lui serrant le poignet, ce que nous dirons doit rester ici, entre ces murs, compris ? »

Le silence de la femme était garanti. Aussi continua-t-il :

« Elle a le diable en elle. C'est une nymphomane. »

Il avait du mal à dire de tels mots.

« Elle cherche l'homme, le mâle. N'importe lequel.

– Cette fille ? demanda la gouvernante interloquée. Notre fille, elle est comme ça ?

– Je ne sais comment elle a été élevée sur l'île. Dans la nature, d'habitude, les gens laissent aller plus librement leurs instincts. Je frémis en pensant à tous les bergers, tous les pêcheurs qui ont dû lui passer sur le corps. Ici, apparemment, elle a dû se sentir limitée. Et quand son désir a débordé... elle s'est tournée vers moi...

– Je ne comprends pas. Je ne te comprends pas.

– Mais si, tu comprends. Ne m'oblige pas à donner les détails. Je te dis qu'elle s'est tournée vers moi.

– Je ne peux pas y croire ! Tu ne t'es pas trompé ? »

Stèphanos Tr. fit non tristement de la tête.

« C'était peut-être une erreur ?

– Je sais très bien ce qui m'arrive. Je sais distinguer les caresses, les baisers. Ce que je ne sais pas, c'est comment faire face à la situation.

– Mais qu'est-ce que tu peux faire ? Si c'est la vérité, personne ne peut rien faire. Ni les médecins, ni personne.

– Même si je ne peux pas la soigner, je peux du moins empêcher le pire. Alors, ouvre tes oreilles, écoute-moi bien. Règle absolue : elle ne doit plus jamais sortir d'ici toute seule. C'est comme si on envoyait l'agneau dans la gueule du loup. Elle pourrait se faire enlever par le premier venu. Tu as compris ?

– De toute façon elle ne sort jamais seule. Elle est avec toi, ou avec moi au marché. Sauf...

– Sauf quand ?

– Je l'envoie parfois faire une commission dans le quartier. Mais elle ne tarde jamais. Elle y va et revient comme une flèche.

– Elle n'ira plus. Je ne veux pas qu'elle soit un seul instant sans surveillance.

– Très bien, elle n'ira plus.

– Dès aujourd'hui, la porte d'entrée sera fermée à clé. Que tu sois dedans ou dehors. Fermée à clé. Et Ròsa ne sortira qu'avec moi. »

La gouvernante poussa un profond soupir.

« Je ne peux pas y croire. Cette enfant innocente. Quand cela s'est-il passé ?

– Mes instructions prennent effet maintenant. Dès cet instant. Va fermer à clé, dit-il, et soudain sa voix se brisa. Des larmes jaillirent de ses yeux.

« Mon pauvre, dit la femme en lui serrant la tête contre son sein. Comme tu souffres, mon bon ami ! »

Stèphanos Tr. accueillit avec gratitude la chaleur émanant de ces larges seins (si familiers depuis les étreintes amoureuses d'autrefois) et laissa couler sur eux des larmes brûlantes.

« Je la surveillerai, ne t'inquiète pas, mon cher. Et tu verras. On va lui trouver un homme comme il faut, la marier, ça va la calmer. La rassasier. Tout va s'arranger.

– Va vite fermer à clef, je t'en prie. »

La gouvernante se leva du bras du fauteuil où elle était assise depuis qu'elle lui tenait la tête entre ses bras et descendit fermer à clé.

Quand ses pas retentirent dans l'escalier, il pensa l'appeler pour lui rappeler de fermer aussi la porte de la cuisine qui donnait sur la cour par un escalier de fer. Mais ce qui sortit de sa bouche, au lieu du nom de la femme, fut un cri aigu, inarticulé. Sa mâchoire pencha d'un côté, inerte, impuissante, sa langue anormalement molle s'efforçait en vain de former des consonnes. Pourtant le son qui sortit était si fort et perçant que la gouvernante, abandonnant ses tours de clé, se hâta de regagner le salon. Dès qu'elle aperçut Stèphanos Tr., toujours dans son fauteuil, sa main s'agitant de façon incompréhensible, ses sourcils montant et descendant mécaniquement telle une machine folle, elle comprit qu'il fallait courir chez le médecin de la maison voisine.

Les jours de grand soleil, quand les rayons, traversant le puits à lumière, venaient lécher la salle de l'erreur, P. Rodakis avait l'occasion d'observer attentivement les murs de sa cellule et s'efforçait, à partir des traces laissées par l'outil, de deviner l'humeur, les pensées du moine tandis qu'il travaillait la dure surface. La plus grande partie des parois était travaillée avec beaucoup de soin et d'habileté, comme en témoignaient les fines rayures verticales correspondant chacune à un coup de marteau. Des coups portés avec précision, contrôlés, chacun d'entre eux accompagné d'une prière, sans doute, comme quand on dit son chapelet. Mais, en certains endroits, l'œil de P. Rodakis rencontra de petits creux imperceptibles, venant de coups un peu plus forts que nécessaire, qui suscitèrent en lui diverses hypothèses : un événement ou une indisposition, par exemple, avaient pu troubler un instant l'humeur du créateur et le rendre moins attentif. Ces endroits-là toutefois étaient rares, et l'observation précise de ces traces aurait permis de conclure que le responsable de la salle, voué corps et âme à son œuvre, avait en travaillant l'esprit pur et serein.

Dans l'autre salle, toujours obscure même aux jours de grand soleil, il n'était guère facile de tirer des conclusions à première vue. Pourtant il ne fallait pas beaucoup de lumière pour distinguer la différence bien nette entre les deux salles quant à la qualité du travail. L'impression que donnait la salle obscure, à l'observer plus attentivement, était qu'on y avait travaillé de façon hâtive, négligée, sans goût. Les murs, loin d'être parfaitement verticaux, semblaient bizarrement penchés, leur surface creusée grossièrement de petits et grands cratères. P. Rodakis se dit que le moine qui avait créé cette salle n'en avait pas la moindre envie, qu'il s'était fait un point d'honneur de se conformer à l'esprit dominant ; ou alors, au contraire, qu'il s'était lancé dans son œuvre avec une vraie passion, mais que la passion en fin de compte avait nui à la minutie du travail. Pourtant, si la deuxième hypothèse était juste, ne fallait-il pas tôt ou tard qu'il revienne sur son œuvre pour la parachever, la remettre aussi parfaite que possible ? À moins que ne l'ait interrompu entre-temps un événement propre à briser son ardeur. Peut-être la tragique erreur qui avait eu pour conséquence d'unir les deux salles voisines ? Pouvait-on expliquer ainsi l'inachèvement de la salle obscure ? Il n'y avait plus personne pour répondre aux questions de P. Rodakis. Les réponses étaient enfouies profondément dans la poussière du passé.

Il passait des heures à étudier les marques sur les murs. Il pouvait ainsi résister à son pire ennemi : l'inaction (et non la solitude, à quoi il était depuis longtemps accoutumé). Cette observation pouce par pouce, la formation d'hypothèses et la production de conclusions étaient un moyen – lui semblait-il – de maintenir son esprit en éveil et son âme en paix. Les pires journées étaient celles où les grands froids de l'hiver le forçaient à fermer le puits à lumière avec son volet en bois, ne conservant que la faible lueur de la lanterne et le vague rougeoiement d'un brasero que l'higoumène avait eu la courtoisie de lui fournir.

Depuis cinq mois et demi, P. Rodakis était enfermé dans la salle de l'erreur. Ànthimos n'habitait plus avec lui depuis longtemps, mais il continuait à venir le voir tous les jours pour lui apporter sa nourriture et s'assurer que tout allait bien. Lorsque P. Rodakis demandait quand viendrait l'higoumène, le moine disait toujours qu'il fallait d'abord livrer le secret ; à quoi bon se rencontrer, si l'on n'avait rien de neuf à se dire ? Pour le reste, c'était lui, Ànthimos, la personne compétente, et c'est pourquoi d'ailleurs il venait le voir quotidiennement.

Un jour, P. Rodakis demanda du papier et de l'encre. Le moine revenant aussitôt avec de quoi écrire, il lui ordonna d'aller attendre dehors. Une heure plus tard, il lui dit que la recette était écrite sur le papier entre ses mains, mais qu'il ne la donnerait qu'en échange de sa libération immédiate. À ces mots, Ànthimos partit en courant.

Il pensait voir bientôt l'higoumène arriver. Mais celui-ci ne se montra qu'après plusieurs heures. Il entra, suivi d'Ànthimos, par la porte de la chambre obscure et s'arrêta devant l'ouverture, pâle comme un fantôme, l'air glacial, mécontent, comme si on l'avait traîné là par la force.

« Je t'écoute, Rodakis », dit-il seulement.

L'autre lui tendit le papier.

« Je suis prêt, dit-il. Vous me faites sortir, et la recette est à vous.

– Ne t'inquiète pas, dit l'higoumène, quand tu nous donneras ce que nous cherchons, nous n'aurons plus de raison de te garder. Je serai le premier à me réjouir de te voir quitter cette affreuse cellule et retourner à ta vie d'avant, à ta maison, à ta fille. Il suffit que tu nous donnes ton secret, et tout redeviendra comme avant. »

P. Rodakis, le regardant droit dans les yeux, lui tendit le papier.

« Eh bien voilà. Je te fais confiance. Prends-le. »

L'higoumène s'approcha et tendit lui aussi la main. Dans le silence total, on entendit un craquement dans son épaule. Ses doigts osseux se saisirent du papier et, sans même le regarder, il le serra dans sa main, puis, en ayant fait une boule, le jeta dans le brasero allumé. On entendit derrière lui un cri de déception étouffé. C'était Ànthimos caché qui suivait la scène.

« On dirait, mon enfant, que tu n'as pas encore compris quelle est la volonté de Dieu, ce qu'Il te demande et attend de toi. Quand tu le sauras, tu abandonneras ces ruses imbéciles qui ne font honneur ni à toi, ni à moi. De mon côté, j'attendrai. »

C'est alors que s'éteignit la langue de feu qui dévorait la boule de papier et qui, tandis que l'higoumène parlait, avait jeté des lueurs tremblantes sur ses joues. Phrase et flamme s'arrêtèrent ensemble, comme si la durée de l'une avait été calculée d'avance pour coïncider avec l'autre. L'higoumène tourna le dos et partit.

P. Rodakis resta de nouveau seul. Comment l'autre

avait-il donc compris que la recette n'était pas la bonne ? Son esprit rusé avait-il prévu la manœuvre ? Mais enfin, même en supposant qu'on ne lui livrerait pas si facilement le secret, qu'on tenterait de le duper, comment avait-il pu jeter ainsi le papier au feu, sans nulle hésitation ? Alors P. Rodakis pensa que l'higoumène avait peut-être par ce moyen mis sa bonne foi à l'épreuve. Ne pas avoir protesté face au rejet, c'était avouer la supercherie, confirmant ce qui n'était sans doute jusque-là qu'un soupçon. D'autre part, l'higoumène savait que, même si la recette qu'il jetait au feu était la vraie, le dommage n'était pas irréparable, puisqu'on pouvait toujours la réécrire. Ainsi, P. Rodakis aboutit à l'idée que s'il avait réagi avec plus d'intelligence, de sang-froid, de présence d'esprit face au geste de l'higoumène, il serait peut-être libre à présent.

Sans perdre un instant, il prit une nouvelle feuille et réécrivit – quelque peu modifiée – la recette. Ses coups violents contre la grille furent suivis d'effet. Un moine, sans doute l'un de ceux qui travaillaient à la construction de la rotonde, vint devant la porte et demanda pourquoi il frappait ainsi comme un possédé.

« L'higoumène, s'écria P. Rodakis, dites à l'higoumène que je veux le voir. Dites-lui que j'ai changé d'avis, que cette fois je ne veux pas le rouler. »

Au bout d'un long moment, au lieu de l'higoumène, ce fut Ànthimos qui se présenta. Il annonça, l'air dédaigneux, que l'higoumène n'avait nullement l'intention de se laisser duper et que ce n'était pas la peine de faire tout ce chemin jusque-là pour jeter au feu un bout de papier. P. Rodakis eut beau jurer ses grands dieux que cette fois il avait écrit la vraie formule et que les moines auraient grand tort de laisser passer leur chance, Ànthimos resta de marbre et s'en fut, indifférent aux serments et aux supplications qui résonnaient derrière lui dans la salle de l'erreur.

Deux autres fois jusqu'au printemps, P. Rodakis tenta de duper l'higoumène en lui faisant savoir qu'il avait décidé de révéler la vraie recette de l'Angelico, mais l'autre ne se donnait même pas la peine de se fâcher, faisant répondre par Ànthimos que tôt ou tard viendrait pour lui l'heure d'obéir à l'injonction divine. P. Rodakis se sentait de plus en plus dans l'impasse. Il finit par se demander s'il retrouverait jamais le monde extérieur, ou s'il devait terminer sa vie enfoui dans les entrailles de pierre de la Bâtie. Une nouvelle peur le tourmentait. Même si (ne voyant pas d'autre issue) il décidait de livrer la vraie formule, n'allait-il pas cesser d'être crédible, après tous ces petits jeux ? Il resterait alors prisonnier jusqu'au Jugement dernier. À moins que l'higoumène ne soit doté vraiment d'un instinct si puissant qu'il lui révélait avec une précision infaillible si on lui mentait ou non.

Sur la dernière feuille vierge il écrivit, pour la première fois, la vraie répartition des plantes, la seule qui conduise à l'Angelico. Lorsque Ànthimos vint lui apporter à manger ce soir-là, il entendit P. Rodakis lui dire – une fois de plus – qu'il voulait voir l'higoumène pour lui remettre sa découverte en mains propres. Ànthimos hocha la tête, visiblement incrédule.

« Quand je le verrai, je le lui dirai », dit-il sans empressement, puis il ajouta : « Si j'y pense...

– N'oublie pas, répondit P. Rodakis, ce serait une faute énorme. »

On avait déjà entendu ça. Il ferma la porte à clé et s'en fut. Il rencontra l'higoumène presque aussitôt, par hasard, dès qu'il eut passé la porte d'entrée de la Bâtie. Il lui transmit le message. Tandis qu'il répétait les mots échangés avec le prisonnier un peu plus tôt, l'higoumène devenait de plus en plus blême, avant de laisser là soudain Ànthimos et de s'enfoncer dans le trou obscur de la colline, d'un pas ailé qui évoquait moins un être humain qu'une meule de foin emportée par le vent.

La clé tourna en un clin d'œil. Quand il entra, hors d'haleine, échevelé, les yeux noyés de sueur, P. Rodakis crut voir devant lui un personnage mythologique inconnu, tiré des livres de son enfance.

« Que veux-tu ? demanda-t-il au vieillard, stupéfait, comme si ce n'était pas lui-même qui l'avait appelé juste avant, comme si cette visite était la chose la plus inattendue.

– Ànthimos m'a dit... Donne-moi ça... »

Sa voix lui échappait. Il fit un pas vers le prisonnier. Il vit la feuille de papier dans sa main.

« Donne... »

P. Rodakis s'écarta. Il n'avait pas du tout l'intention de livrer son secret. L'higoumène se rapprocha. Il avança la main et l'aurait sûrement touché si l'autre n'avait réussi à se glisser dans la salle voisine.

Il se rua derrière lui. Ses doigts crochus attrapèrent

son épaule et après une pression d'un instant, le bras de P. Rodakis fut paralysé, sa main s'ouvrit et le papier tomba. L'higoumène se précipita, mais P. Rodakis lui barra la route avec son dos ; il s'ensuivit un corps-à-corps, sans les mains, l'un s'efforçant de s'approcher, l'autre de le repousser. Ànthimos, qui avait suivi, les observait à distance, pétrifié, se demandant s'il devait intervenir. Jusqu'à ce qu'il entende son nom sortant des mâchoires serrées du vieillard qui l'appelait.

Alors il ouvrit ses grandes pattes et en deux enjambées rejoignit les deux corps emmêlés qui haletaient. La bataille eût été perdue si P. Rodakis n'avait réussi entre-temps à ouvrir son pantalon et à diriger son urine sur le papier tombé devant lui. Ànthimos l'empoigna par le cou et le jeta dans un coin, l'higoumène s'agenouilla, prit dans ses mains le papier déjà trempé, ouvrit grand les yeux pour lire – comme s'il était possible, en une seule lecture, d'apprendre par cœur toute une longue liste de chiffres et de noms de plantes, comme s'il était possible d'arrêter les bavures que provoquait sur les lettres fines le contact avec le liquide, les faisant s'étaler, s'unir les unes aux autres jusqu'à former toutes ensemble une seule et même tache d'encre diluée.

À la fin du printemps un changement important eut lieu. Les portes de la salle de l'erreur s'ouvrirent et le prisonnier fut libre désormais, non pas de sortir dans le monde extérieur, bien sûr, mais de se déplacer sans entraves sur le territoire de la construction souterraine quelques heures par jour, en fin d'après-midi le plus souvent, avant la tombée de la nuit. Même si, naturellement, la grille du portail extérieur demeurait toujours verrouillée. C'était là, venant de l'higoumène, un geste de bienveillance, qui pouvait cependant cacher cette fois encore un message de mauvais augure : comme si, son séjour à la Bâtie promettant d'être long, on avait jugé bon de l'adoucir un peu.

Tandis qu'il évoluait librement dans les couloirs obscurs, nul ne l'accompagnait, il pouvait aller où il voulait (sauf dans les salles fermées en permanence). La première fois qu'il marcha hors de sa cellule, il découvrit avec déception que la grille qui barrait l'entrée de la grotte n'était pas la seule ; une autre, dont il ne se souvenait pas, isolait la deuxième salle (celle ouverte par l'ermite) de celles qui suivaient. Cette grille le privait donc de tout contact avec le dehors, même à travers des barreaux de fer. Cependant, ce qui fut clair pour lui dès le début, c'est qu'il n'y avait dans la Bâtie aucune possibilité d'évasion.

Lors de ses errances le long des galeries irrégulières, il rencontrait souvent des moines qui passaient devant lui, indifférents, sans jamais le saluer, comme s'il était invisible ou comme s'ils avaient reçu des ordres stricts en ce sens. P. Rodakis supposa que ces moines allaient rejoindre ou venaient de quitter la rotonde où tous travaillaient tour à tour, chacun contribuant à l'achèvement de l'œuvre. Le peu de lumière, les robes identiques et les barbes empêchaient P. Rodakis de bien distinguer les physionomies ; toutes les figures se ressemblaient et seuls quelques traits marqués – des yeux très bleus, un immense nez crochu, le fameux front protubérant, un grain de beauté planté juste entre les sourcils – parvenaient à s'imprimer dans sa mémoire.

Un jour, tandis qu'il rejoignait sa cellule, montant une volée de cinq ou six marches, au début du couloir en courbe qui menait à la salle de l'erreur, il croisa un moine qui descendait en hâte. Il vit seulement la manche de sa robe et c'est à peine s'il sentit sur sa joue le courant d'air produit par son passage. Quand il eut monté la dernière marche, une vague impulsion le fit tourner la tête vers le moine qui s'était arrêté lui aussi, levant les yeux.

Au premier coup d'œil, il reconnut le regard de Pascàlis, entouré par l'ovale blême que laissaient à découvert la barbe et les cheveux, fendant tout droit la faible distance qui les séparait. C'était la deuxième fois qu'il le voyait (la première fois, comme c'est curieux, il y avait aussi un escalier, quand il l'avait vu travailler à la rotonde), et il était maintenant certain qu'il s'agissait de son ancien aide. Pour la première fois, il lui vint à l'esprit qu'il existait sans doute un lien entre Pascàlis et sa détention dans la Bâtie. Réfléchissant à toute allure, il s'efforça de trouver ce lien.

« Tu es donc là, toi aussi, dit-il.

– Depuis bien plus longtemps que toi, répondit Pascàlis.

– Et moi, tu sais pourquoi je suis là ?

– Si je le sais ! Nous le savons tous.

– Et quel est ton avis sur la question ?

– Mon avis ?

– Tu ne crois pas que je suis victime d'une injustice ?

– Des injustices, il y en a tout le temps dans la vie, ce n'est pas nouveau. Elles nous gênent quand nous en sommes victimes. »

Dans ses paroles on sentait poindre une amertume et P. Rodakis se dit que sans doute il revoyait tout ce qui s'était passé entre eux et se jugeait victime d'une injustice, lui aussi. Cette pensée renforça l'hypothèse précédente.

« Ta sœur ? demanda-t-il.

– Je ne sais pas, je ne reçois pas de nouvelles. En tout cas, ses terrains, je ne sais pas si tu te souviens...

– Si je me souviens ! Qu'en a-t-elle fait ?

– Elle n'a pas pu les garder.

– J'espère que tu ne m'en veux plus à cause de ça. Tu me jugeais alors responsable de toutes les calamités qui vous frappaient, toi et ta famille.

– Oh non. Je ne t'en veux plus du tout. Après tout, tu as payé pour tes fautes. Et tu paies encore. Ce n'est pas rien, ce qui t'arrive. Tu as perdu ta femme, tu ne vois plus ta fille, tu es en prison. Au fond, à ce que je vois, l'histoire du miel t'a rapporté plus de malheurs que de bonheur.

– Et toi, tu t'en réjouis ? »

Devant cette question inattendue, Pascàlis resta d'abord muet comme une statue de sel. Mais bientôt il répondit :

« J'essaie de ne pas me réjouir. Quand je me réjouis,

je me dis de ne pas me réjouir. Parfois je regrette, parfois je me réjouis. Je ne suis pas un saint. »

P. Rodakis descendit deux marches et d'une voix un peu plus forte lança vers Pascàlis une question que le rocher, tel un porte-voix, multiplia.

« Quel rapport as-tu avec ça ? » demanda-t-il, montrant la coquille de pierre autour d'eux.

Le visage de Pascàlis s'assombrit, son regard se ternit, comme si le recouvrait une fine membrane invisible.

« Tu me demandes si j'ai un rapport avec ton emprisonnement ici ?

– Précisément. »

Il y eut un silence.

« Oui, bien sûr. »

Ses yeux se remirent à jeter des étincelles.

« Puisque tu veux savoir, la cause de ton séjour ici, c'est bien moi. C'est moi qui ai parlé le premier de l'Angelico à l'higoumène, c'est moi qui lui en ai trouvé pour qu'il le goûte, et c'est moi, je crois, dans une large mesure, qui lui ai soufflé l'idée que nous devions l'acquérir. Nous avons voyagé ensemble et fait un essai sur des paysans (lui-même t'en a parlé), en leur disant que c'était du miel issu de terres sanctifiées. À partir de là, c'est l'higoumène qui s'est chargé de tout, moi je ne suis pas responsable.

– Je vois que tu as préparé très soigneusement ta vengeance. Je ne m'attendais pas, pour tout dire, à te trouver si malin. »

Pascàlis accueillit l'insulte sans que son ancien amour-propre se révolte, sans aucune intention de protester ou de répliquer comme il l'eût fait jadis ; il baissa simplement la tête, l'air pensif.

« Ce n'était pas une vengeance, dit-il. Quand tu es venu me dire, alors, que tu abandonnais le métier pour te consacrer à une expérience ou je ne sais quoi, et que j'ai compris que j'allais rester sans argent au moment où j'en avais le plus besoin, je t'ai profondément détesté, je l'avoue. Mais quand j'ai parlé de l'Angelico à notre higoumène, je ne l'ai pas fait dans le but de me venger. D'abord, ne l'oublie pas, il s'était passé plus de dix ans. Cela dit, je sentais que j'avais moi aussi contribué à fabriquer l'Angelico, que moi aussi j'avais fait un sacrifice, et je voulais que ce sacrifice me rapporte. Tous les malheurs que j'avais subis à cause de ta saleté d'expérience, je voulais pouvoir me dire qu'ils étaient utiles à d'autres au lieu de remplir tes seules poches. Quant à la vengeance dont tu parles, j'ai été comblé par la raclée que je t'ai flanquée alors. Mes bras te frappaient tout seuls, je ne savais pas comment. Je ne les contrôlais plus. Je m'en souviens encore.

– Ce jour-là, dit P. Rodakis, tu ne m'as pas laissé le temps, je n'ai pas pu te dire ce que j'avais prévu pour toi. Au moment où j'allais parler, tu t'es jeté sur moi et je me suis retrouvé par terre sur le dos. J'avais l'intention de t'aider, je n'allais pas te laisser comme ça, au moins jusqu'à ce que tu retrouves du travail. Je t'aurais donné de l'argent, pauvre idiot. Je t'aurais donné de l'argent le jour même. Tu te rends compte comme tout serait différent si tu n'avais pas été si pressé de jouer les gros bras ? Ta sœur, toi, moi, nous serions tous chez nous.

– Moi, je serais devenu moine de toute façon. Quant au reste... »

Il tenta un instant de réfléchir à ce qu'il venait d'entendre et d'imaginer tous ces probables changements. Mais aussitôt son visage s'altéra et prit une expression insolente qui rappelait son bon vieux moi ancien.

« Et qu'est-ce qui me prouve que tu ne mens pas ? »

P. Rodakis comprit qu'il n'y avait plus lieu de poursuivre la discussion. Il tourna les talons en saluant Pascàlis de cette phrase :

« Un pauvre idiot, voilà ce que tu es. »

Il entra dans sa cellule. Il s'efforça de ne plus penser à cette rencontre, qui pourtant l'avait éclairé sur bien des points.

Son dos, qui le gênait depuis le matin, continuait de lui faire mal. Il pensa que la cause en était sûrement l'humidité de l'endroit qu'il sentait s'infiltrer en lui, la nuit surtout, rongeant ses os. C'est à elle aussi qu'il attribuait divers autres changements qu'il avait remarqués ces derniers temps sur son corps, cette raideur des genoux, les élancements aux coudes et aux épaules qu'il éprouvait de plus en plus souvent.

« Normal, se dit-il, l'homme n'est pas fait pour vivre sous terre. »

Il ferma les yeux pour dormir mais ses pensées se mirent à tourner autour de cette question : se trouvait-il sous terre ? Pour quelqu'un qui marchait au sommet, oui. Mais quelqu'un d'autre, au pied de la colline, levant les yeux vers elle qui se dressait devant lui, si on l'avait informé qu'un homme était à l'intérieur, aurait-il dit que cet homme se trouvait sous terre, ou bien, sachant que l'homme se trouvait plus haut que lui, et donc plus haut que la terre sous ses pas, n'irait-il pas penser que l'homme n'était pas sous, mais *dans* la terre ? Plus P. Rodakis s'enfonçait dans le tunnel du sommeil, plus lui paraissait insoluble la question de savoir si « sous la terre » et « dans la terre » étaient la même chose ou non.

La place triangulaire, comme chaque jour à cette même heure, était vide. Plus tard un homme apparut, de petite taille, qui s'assit sur l'un des trois bancs, le regard invariablement tourné dans la même direction. Un assez long moment passa ; soudain, venant de cette direction, s'approcha une femme grande, bien plus grande que l'homme, qui s'assit à son côté. Ils échangèrent un bref salut, puis se turent, chacun regardant ailleurs, comme deux inconnus qui se seraient retrouvés par hasard à partager le calme de la place. Mais soudain, de façon totalement imprévue, la femme se lança dans un monologue sans fin ponctué de gestes nerveux et de grimaces qui déformaient son visage. Elle s'adressait à l'homme, qui écoutait sans jamais l'interrompre. Brusquement commencé, son discours s'arrêta non moins brusquement et la place fut de nouveau plongée dans le silence. Bientôt, l'homme se leva, fit le tour du banc, se rassit, tourna la tête vers la grande femme et, rompant le silence il se mit à hurler, frappant le banc à coups de poing, tandis que son visage devenait tout rouge. Il s'arrêta quand un bambin portant un petit drapeau coloré passa devant eux, et reprit quand il eut disparu. La femme lui tourna le dos et feignit de contempler le ciel, ce qui ne fit qu'accroître sa fureur. Il se leva, lui faisant face, mais elle se boucha les oreilles, agitant les pieds comme si elle écoutait un joyeux refrain imaginaire. Lui alors, fou de rage, se frappa les cuisses du poing et partit s'asseoir sur un autre banc. Elle se déboucha les oreilles, secoua ses vêtements et repartit par où elle était venue, suivie du petit homme à quelques mètres. Et Ròsa cessa de les voir.

C'était là l'une des scènes que Ròsa observait chaque jour depuis la fenêtre de sa chambre. Ne pas entendre les paroles échangées par leurs acteurs ne gâtait en rien son plaisir. Et même, dans une certaine mesure, son intérêt s'en trouvait stimulé, puisqu'elle devait compléter par son imagination les dialogues inaudibles et inventer pour chaque personnage ou péripétie ses propres histoires. D'ailleurs, à part regarder dehors par la fenêtre, elle n'avait pas grand-chose à faire pour passer le temps, enfermée à demeure dans sa chambre.

Après l'apoplexie de Stèphanos Tr., sa gouvernante estima que la solution la plus sûre pour appliquer ses instructions (visant à protéger Ròsa contre le danger des mâles), c'était de la tenir enfermée dans sa chambre. Ce qui lui épargnait le souci incessant d'avoir à barricader toute la maison et de veiller à ce que Ròsa ne trouve moyen de s'évader. Pour agrandir la chambre de la jeune fille, elle tira la table qui barrait la porte de la chambre voisine, ce qui lui donnait l'accès à deux pièces, même si la seconde était aveugle, sans fenêtre, un débarras plus qu'une chambre à coucher.

« C'est ce qu'a souhaité ton père malade, lui dit la gouvernante, pour être sûr qu'il ne t'arrivera rien de mal à présent qu'il ne peut plus veiller sur toi. »

Elle la rassura cependant : en cas de besoin, il suffisait de frapper à la porte et elle viendrait aussitôt lui ouvrir. Ròsa accepta cette contrainte de bonne grâce. Puisque c'était la volonté de son père, elle obéissait, tout en pensant que P. Rodakis, lui, n'aurait jamais inventé une chose aussi absurde.

Elle rendait visite à Stèphanos Tr. une fois par jour, quand la gouvernante jugeait le moment opportun. Elle s'asseyait au bord du lit et l'observait, muette – puisqu'il ne peut parler, pensait-elle, il vaut mieux que je ne parle pas non plus. Muette elle aussi, dans un coin, la gouvernante était présente à toutes ces rencontres. Pendant les quelques minutes passées ensemble, tantôt il la regardait simplement, plongé dans une tranquille hébétude, tantôt, dès qu'il l'apercevait, il éclatait en petites réactions violentes, relevant la tête, grognant, serrant les draps entre ses poings, ou traversé de spasmes, au point qu'une ou deux fois il se retrouva au pied du lit. Au début Ròsa s'affolait, avait envie de pleurer, mais peu à peu elle s'habitua à ces accès étranges. Et même elle s'aperçut que plus elle les accueillait avec sang-froid, moins longtemps ils duraient.

Le temps passait, l'état de santé du vieillard grabataire n'était ni meilleur ni pire ; le médecin disait que rien ne menaçait directement sa vie, mais que rien d'autre part ne laissait prévoir un mieux. Après sa courte visite au malade, la jeune fille regagnait sa chambre, dont la gouvernante fermait la porte à clé. Avant toute chose, elle se glissait dans la petite chambre obscure et priait de tout son cœur pour l'amélioration de la santé de son père. Puis elle allait à sa fenêtre, et ensuite elle dormait. Elle dormait sans arrêt, douze, quatorze heures par jour. Au réveil, elle se plantait de nouveau à sa fenêtre. Et plus le temps passait, plus elle s'habituait à cet emploi du temps, au point de ne plus souffrir d'être enfermée. Elle n'avait jamais, de toute façon, connu de grande liberté, elle avait grandi dans les limites étroites du domaine et même, toute petite, avait passé des mois dans une malle. Elle prit en affection ses deux chambres, qu'elle ressentait comme un prolongement d'elle-même, comme la tortue sa coquille, et en elle une certitude s'installa : aussi longtemps que ces murs-là resteraient en place, imprenables, elle n'avait rien à craindre.

Souvent, au crépuscule, elle était d'une tristesse, d'une mélancolie – inexplicable, croyait-elle, puisqu'elle avait tout ce dont un être humain a besoin : un toit, de quoi manger, la chaleur d'une famille, même si la sienne se composait d'un vieillard malade et d'une gouvernante (laquelle, sans manifester de tendresse excessive, la traitait poliment malgré tout). Quand elle allait se coucher, toujours accompagnée par cette vague tristesse, elle se souvenait de sa mère et du temps où elles dormaient ensemble dans la même chambre. Elle se souvernait qu'alors, chaque fois qu'une angoisse ou un souci s'abattait sur son âme d'enfant, éloignant le sommeil, elle entendait Vàya – endormie depuis longtemps – s'agiter et délirer, effrayée, comme si l'angoisse de l'enfant la gagnait et troublait son sommeil.

Ce souvenir accroissait sa tristesse. Il n'y avait plus personne maintenant pour délirer dans son sommeil les soirs où elle était prise d'angoisse.

« Rodakis, je t'ai apporté quelque chose que tu souhaites sûrement voir », dit Ànthimos, entré en trombe dans la salle de l'erreur, d'un ton qui révélait clairement son intention d'éveiller l'intérêt du prisonnier.

Le fait que ces derniers jours il avait refusé de sortir faire sa promenade habituelle dans la Bâtie, restant dans sa cellule, taciturne et douloureux, avait suscité l'inquiétude au monastère quant à son état de santé, quant à son moral surtout. Ànthimos avait remarqué son visage creusé, signe qu'il avait perdu du poids, et informé l'higoumène aussitôt. Celui-ci en conclut que la cause en était la nostalgie qu'il éprouvait sans doute pour ce qu'il laissait derrière lui, et cela pouvait dans un sens être considéré comme positif, puisque cette nostalgie le pousserait peut-être à rompre son silence. Pourtant, il donna l'ordre à Ànthimos de faire tout son possible pour changer l'humeur du prisonnier.

« Ah bon, c'est quoi ? » demanda P. Rodakis sans enthousiasme, en jetant tout de même un regard curieux.

L'autre ne tenait rien dans ses mains. Aux mouvements de son corps, tandis qu'il s'approchait et s'asseyait près de lui sur le foin, P. Rodakis comprit que ce dont il parlait se trouvait caché en haut de sa manche. Il fixa son regard dessus et attendit. Ànthimos en effet plongea la main dans la manche et en ressortit un livre qu'il posa sur le genou de P. Rodakis. Le voyant, celui-ci resta pétrifié. Dès qu'il eut surmonté sa première surprise, il le prit dans ses mains. C'était une vieille connaissance.

« C'est le même livre qu'un autre que j'ai acheté voilà des années. Il a fini mangé par un chien. J'avais commis l'erreur de le prêter.

– Ce n'est pas le même, dit Ànthimos, c'est lui-même. Le livre que tu avais acheté. Tu l'as donné à ta sœur. Elle nous l'a apporté.

– Elle l'a vendu, murmura P. Rodakis en tordant la lèvre supérieure, tandis que ses doigts caressaient le pommier gravé sur la couverture.

– Elle ne l'a pas vendu. Pas vraiment. Elle l'a offert à l'higoumène pour le disposer en faveur de son mari dans une affaire. J'étais présent. Elle a dit que c'était la seule chose qu'elle possédait qui puisse faire plaisir à quelqu'un comme lui. Elle a dit, je crois, que tu le lui avais rapporté en cadeau d'un de tes voyages. Et non prêté. L'higoumène l'a accepté et lui a rendu le service demandé. Il a dit que c'était un très beau livre et j'ai pensé que ça te ferait plaisir de le revoir. Alors, tu le lui as prêté, pas donné ? »

P. Rodakis ne répondit même pas.

« Si c'est le cas, normalement il t'appartient. Mais c'est à l'higoumène de décider, corrigea-t-il aussitôt.

– Je n'aurais jamais cru que j'allais le revoir », dit P. Rodakis en tournant quelques pages, et son visage prit une teinte plus rose.

L'initiative d'Ànthimos s'avéra efficace. Plus tard le même jour, non seulement P. Rodakis voulut bien sortir pour sa promenade, mais il demanda à voir comment avançait la construction de la rotonde. Les moines qui travaillaient à ce moment-là l'informèrent que le percement serait bientôt achevé, mais qu'il resterait ensuite beaucoup de travail ; ce qui leur posait problème, c'était surtout l'ouverture du grand puits à lumière au centre du plafond, car ils ne pouvaient calculer avec précision la distance qui les séparait de la surface. Il faudrait peut-être creuser des trous de reconnaissance depuis l'extérieur, au sommet de la colline.

P. Rodakis, pris par l'atmosphère étouffante, avait du mal à respirer. Il se demanda comment des hommes pouvaient travailler dans de telles conditions. Un instant, observant ces cinq moines qui, le marteau à la main, chacun penché sur sa lanterne, creusaient inlassablement le dernier morceau de colline, il fut pris d'un sentiment d'horreur. Ces silhouettes lui semblèrent sorties d'un cauchemar, immobilisées dans la trajectoire du temps, figées dans la malédiction de travaux forcés sans fin.

Ce fut le jour du solstice d'été qu'après une longue mais douce traversée sur une mer paisible, St. Rosenmann arriva sur l'île. Il avait dans sa poche le plan qu'un importun lui avait vendu dans ce même port, deux étés plus tôt, et qui menait au domaine de Rodakis. L'accompagnait un petit homme à barbiche rousse en pointe qui devait lui servir d'interprète. St. Rosenmann avait eu bien du mal à trouver ce qu'il souhaitait : une personne sachant très bien la langue, ayant l'envie et le temps de le suivre dans un lointain voyage et plutôt sympathique de surcroît.

Arrivés tôt dans l'après-midi, ils avaient quelques heures à leur disposition avant la nuit, mais St. Rosenmann ne savait pas s'il valait mieux entreprendre la visite à P. Rodakis le jour même ou attendre le lendemain matin. Il choisit la deuxième solution malgré sa grande impatience, jugeant préférable d'éviter toute contrainte horaire tant qu'il exposerait ses plans, pensées et propositions, sans compter qu'il aurait ainsi l'occasion ce soir-là de revoir sa tactique d'approche. Ils passèrent la nuit à l'étage d'un café qui faisait aussi office d'auberge.

Le lendemain matin, St. Rosenmann eut un mal fou à réveiller l'interprète, qui de plus ronchonna en apprenant que le programme prévoyait une marche de plusieurs heures, mais finit par céder quand on l'assura qu'il serait largement dédommagé pour chacun de ses désagréments. Ils partirent avec pas mal de retard, l'interprète ne voulant pas quitter sa chambre avant d'avoir terminé de se raser, ce qui entraîna une longue et pénible attente.

Quant au reste, le trajet dans la campagne de l'île, si variée, se déroula sans encombre, car St. Rosenmann se souvenait presque du chemin. Il découvrit même que l'homme engagé par lui pouvait devenir un interlocuteur agréable, s'il en avait envie, et le distraire – si l'on exceptait la nausée que provoquait parfois une violente odeur d'eau de toilette. Ils parvinrent au domaine peu avant midi.

« Je ne vois personne, dit l'interprète, qui, d'après ce qu'on lui avait raconté jusqu'alors, s'attendait à voir une foule de gens dans le jardin.

– En effet. Cela m'étonne moi aussi, dit St. Rosenmann. Ils sont peut-être partis faire des courses, ou ils ont décidé de s'installer ailleurs pour la période des ventes. »

Cependant la déception qui, brièvement, tel un coup de poignard, avait déchiré ses espérances se dissipa bientôt et sa voix retrouva sa tranquille fermeté :

« Eh bien non. Ces gens sont là. Je viens de voir à la fenêtre de l'étage, ne regardez pas, quelqu'un qui nous observe derrière le rideau. Frappons à la porte. »

Ils attendirent un certain temps et c'est seulement après avoir frappé de nouveau qu'ils entendirent des pas derrière la porte d'entrée, mais sans que nul ne vienne ouvrir. L'interprète prit l'initiative de frapper une troisième fois. Alors la porte s'ouvrit aussitôt, comme si la personne à l'intérieur avait décidé soudain de surmonter ses craintes et de faire face courageusement aux deux visiteurs imprévus.

Derrière le battant entrouvert apparut le visage étonné d'une femme. L'interprète dit qu'ils souhaitaient voir P. Rodakis. Il ajouta (toujours de sa propre initiative) que c'était une affaire d'une extrême importance et qu'ils ne partiraient pas sans l'avoir vu. La femme ouvrit un peu plus la porte et dit, l'air encore plus fortement surpris :

« Mon frère ne se trouve pas ici. Cela fait un an qu'il... Mais qui êtes-vous ?

– Ce monsieur vient de l'étranger et moi je suis son interprète. Nous voulons – enfin, ce monsieur veut le voir pour une affaire de la plus haute importance, une affaire professionnelle, dont nous sommes sûrs qu'elle intéressera vivement votre... vous avez dit que M. Rodakis est votre frère ?

– Mon frère, oui.

– Et vous dites qu'il est absent ?

– Mon frère, monsieur... Il y a un an, nous l'avons perdu.

– Quoi !

– Mais que dites-vous ? Qui est cette femme ? demanda St. Rosenmann, qui jusqu'alors avait écouté sans comprendre un seul mot.

– C'est sa sœur. Elle dit que son frère est mort.

– Mort ? Quand ?

– Il y a un an.

– C'est tragique, murmura St. Rosenmann.

– Recevez nos condoléances, dit l'interprète avec une grandiloquence peu adaptée à la situation.

– Nous ne savons pas s'il est mort, nous ne sommes pas sûrs.

– Mais vous venez de me dire que vous l'avez perdu !

– Oui, perdu, c'est-à-dire qu'il a disparu. Mais nous n'avons pas retrouvé son corps. On ne l'a retrouvé ni mort, ni vivant.

– De quoi est-il mort ? demanda St. Rosenmann à l'interprète.

– Ils ne savent pas s'il est mort. Ils ont des doutes.

– Comment ça ?

– Entrez », dit E. Rodaki en ouvrant la porte un peu plus encore.

L'interprète fit signe à St. Rosenmann d'entrer tout en disant :

« Ils ont perdu sa trace. Personne ne sait s'il est vivant ou mort.

– C'est peut-être un enlèvement ? Demande-le-lui. Quelqu'un a sans doute voulu tirer parti de ses connaissances. »

Ils se trouvaient déjà dans le salon.

« Peut-être a-t-il été enlevé ? Y avez-vous pensé ? Quelqu'un qui aurait voulu tirer parti de ses connaissances. Vous voyez ce que je veux dire !

– Vous pensez à l'Angelico. »

Quand St. Rosenmann entendit le mot magique, une lueur trembla dans ses yeux.

« Qu'est-ce que je peux dire, poursuivit E. Rodaki, je n'arrive pas à croire une chose pareille.

– Tu le lui as demandé ?

– Cela lui semble improbable.

– Dommage. Tous mes projets sont réduits à néant.

– Voulez-vous que je lui pose d'autres questions ?

– Oui. Demande-lui – même si je ne devrais pas nourrir de tels espoirs – si son frère n'aurait pas confié un secret concernant son art, à elle ou à quelqu'un d'autre. »

L'interprète transmit la question.

« Mon bon monsieur, si je connaissais le secret dont vous me parlez, je serais devenue riche. Mais si je le connaissais, pardonnez-moi, je ne vous le donnerais pas.

Et non seulement ça, mais je ne vous dirais même pas que je le connais. Vous comprenez ?

– Que dit-elle ? demanda St. Rosenmann.

– Un instant, dit brusquement l'interprète, apparemment gêné par l'interruption, et il se tourna de nouveau vers E. Rodaki. « Car si vous le connaissiez, ce secret, le monsieur que voici vous proposerait ce qu'il comptait proposer à votre frère. Quelque chose de fort intéressant... et d'avantageux..., ajouta-t-il, plein de sous-entendus.

– Mon frère, monsieur, ah, mon frère était un homme indescriptible, que Dieu lui pardonne s'il est mort. Son cerveau n'a jamais fonctionné comme celui d'un homme normal. Voilà pourquoi nous n'avons jamais pu nous entendre tous les deux, même s'il avait beaucoup d'affection pour moi. C'est normal de me demander s'il m'a confié le secret, parce que c'était la chose normale à faire. M'appeler pour me dire : Viens, ma sœur, je n'ai qu'une sœur, j'ai fait une découverte, je te confie le secret, pour que tu puisses avoir des ruches toi aussi et vivre dans l'aisance. Qu'est-ce que ça lui coûtait ? Il aurait eu moins de clients ? Puisqu'il en refusait ! C'est vrai, vous ne trouvez pas ? »

L'interprète fit oui de la tête.

« Et vous voyez, le destin a confirmé ce que je dis. Il est arrivé à quoi ? Ils ont fini dans le ventre d'un lion, lui et son secret.

– Dans le ventre d'un lion ? Que voulez-vous dire ?

– On dit que peut-être il s'est fait manger par les lions.

– Il y a des lions par ici ?
– Bien sûr. »

St. Rosenmann serra fortement le poignet de l'interprète.

« J'exige de savoir ce que vous dites, dit-il d'un ton sans réplique.

– Elle dit que d'après certaines rumeurs il a été mangé par les lions.

– Quels lions ?

– Les lions qui vivent sur l'île.

– Il y a des lions ici ?

– Bien sûr, répondit l'interprète avec naturel.

– Tu te moques de moi ?

– Pas du tout. Je traduis ce qu'elle a dit.

– Que dit le monsieur ? demanda E. Rodaki à l'interprète.

– Il est surpris à cause des lions.

– Elle est folle, cette femme ?

– Ça se peut.

– Sa fille ! s'écria soudain St. Rosenmann, étonné de ne pas y avoir pensé plus tôt. Demande-lui pour sa fille. Où se trouve-t-elle, sa fille ?

– Que se passe-t-il ? demanda E. Rodaki, percevant cette inquiétude soudaine.

– Ce monsieur demande où est la fille de votre frère, votre nièce.

– Elle a disparu elle aussi.

– Elle aussi a disparu, traduisit-il aussitôt.

– Alors c'est clair, ils ont quitté l'île ensemble, conclut St. Rosenmann.

– Ils n'ont pas disparu ensemble, dit E. Rodaki, comme si elle avait compris ses paroles, mon frère a disparu d'abord et elle ensuite. En fait, elle n'a pas disparu. Elle est simplement partie. C'est pourquoi j'ai trouvé la maison fermée à clé et ses affaires envolées. J'aurais bien demandé au pope, d'habitude il savait tout sur tout le monde, malheureusement il est mort lui aussi. Je ne sais pas où elle est. Sans doute chez un parent du côté de sa mère, je ne sais pas. »

L'interprète traduisit. Tout en l'écoutant, St. Rosenmann eut l'œil attiré par une petite boîte ronde, au couvercle gravé d'une tête de lion, posée sur une table basse.

« Je me souviens de cette boîte. Dis-lui que son frère me l'a montrée quand il m'a hébergé.

– Le monsieur est déjà venu ici ? demanda E. Rodaki, étonnée, quand l'interprète eut traduit.

– Monsieur connaissait votre frère, oui. Et votre nièce. Ils l'ont hébergé il y a deux ans.

– J'ai décidé de passer mes étés ici, autrement la maison va tomber en ruines. Il y a vraiment beaucoup de travaux à faire. Malheureusement l'endroit n'est pas commode pour mon mari à cause de son travail. Oui, cette boîte, là, je l'ai trouvée au fond d'un placard avec d'autres objets. De très beaux objets. J'ai tout sorti pour décorer. Cette maison est très fraîche en été. »

Sur l'injonction de St. Rosenmann, l'interprète demanda si elle avait d'autres renseignements à leur donner concernant son frère.

« Je vous l'ai dit, personne ne sait rien. C'est comme

si la terre l'avait englouti. Moi, ce que je pouvais faire, je l'ai fait. Trois semaines de jeûne, puis communion et vœu à la Bâtie. Résultat : zéro.

– Qu'est-ce qu'elle dit ?

– Personne ne sait rien. Elle a jeûné, communié et fait quelque chose que je n'ai pas compris », et, s'adressant à la femme, il demanda : « Quel genre de vœu ?

– Un vœu pour qu'on le retrouve. À la Bâtie, le monastère à la colline creuse.

– Elle a prié dans un monastère », expliqua l'interprète, préférant simplifier les choses.

St. Rosenmann, d'un signe à l'interprète, donna le signal du départ ; visiblement, la sœur de P. Rodakis n'avait rien de plus à leur dire. Ils la remercièrent et prirent congé. Elle fit plutôt grise mine, déçue qu'ils ne veuillent pas bavarder encore un peu avec elle.

Tandis que les cahots de la charrette l'amenaient au bord du mal de mer, l'interprète se dit que ce voyage, décidément, se déroulait autrement que prévu. Quand on était venu lui dire qu'un certain M. Rosenmann cherchait quelqu'un qui possède parfaitement la langue en question et veuille bien l'accompagner sur l'île en question deux ou trois jours, pas plus, pour négocier une affaire professionnelle, il avait accepté avec plaisir – même s'il n'était pas interprète professionnel –, pensant qu'un court voyage de ce genre, au cœur de l'été, tous frais payés, rétribué, lui offrirait une petite évasion agréable, loin de son travail ennuyeux, de sa vie ennuyeuse. Ce fut seulement quand

St. Rosenmann, pendant le voyage, lui exposa la nature de l'affaire, évoquant l'Angelico et la personnalité singulière de P. Rodakis, qu'il sentit pour la première fois que plus tard il pourrait bien regretter sa décision. Il aurait préféré mille fois qu'il s'agisse d'un terrain à vendre ou d'une affaire d'import-export, d'un de ces accords conclus chaque jour partout dans le monde civilisé. Les choses bizarres ne lui avaient jamais plu.

Mais son mécontentement ne s'arrêtait pas là. Ils arrivent sur l'île vers midi et, au lieu de se mettre au travail tout de suite, ils perdent leur temps sans raison, repoussant tout au lendemain. Le lendemain il est contraint de se lever aux aurores et c'est à peine s'il trouve le temps de se raser. Il doit marcher sur une distance énorme, ce qui lui déplaît profondément, et malgré tout, cachant son déplaisir, il s'impose de faire bonne figure. Ils arrivent à destination pour apprendre que le partenaire éventuel est introuvable depuis un an, preuve qu'avant le voyage il n'y a pas eu la moindre concertation. À la place de cet homme, ils tombent sur une femme pas très équilibrée qui, tout en étant sa sœur, n'est pas fichue de les renseigner en quoi que ce soit. Et alors qu'ils s'apprêtent à rentrer chez eux, l'opération ayant échoué, St. Rosenmann change soudain d'avis, une idée lui vient, foudroyante, inspirée par la sœur de Rodakis quand elle a dit avoir prié dans un monastère (voilà une phrase qu'il n'aurait pas traduite, s'il avait su les conséquences), il est pris du désir de visiter avant de partir, sans faute, un monastère de l'île, d'où il pourrait éventuellement rapporter un objet précieux – soudoyant s'il le faut un moine complaisant – pour lui-même ou pour l'offrir à son ami le baron. Ils se renseignent, apprennent qu'il y a trois monastères sur l'île, mais M. Rosenmann choisit le plus lointain, celui qui a, selon lui, l'histoire la plus intéressante (il s'agit, comme l'indique son nom, la Bâtie, du monastère dont a parlé la sœur de Rodakis). Si bien qu'après une nouvelle nuit à l'auberge, ils se retrouvent à présent dans une carriole brinquebalante, ballottés depuis l'aube sur les rudes chemins de terre de l'île. À cela près que cette fois il n'essaiera pas de jouer les compagnons agréables et de faire la conversation. Assis sur un sac de son poussiéreux, sans un mot, il enfonce un ongle nerveux dans l'écorce d'un citron égaré qu'il a ramassé dans la charrette.

St. Rosenmann ne pouvait pas, naturellement, connaître les pensées de l'interprète. Mais en l'observant du coin de l'œil il avait remarqué son manque d'entrain. Il pensa même que quelque chose le gênait. Ce n'était pas exclu. Il se pouvait que cet homme, habitué à vivre depuis des décennies calfeutré entre les quatre murs d'un bureau obscur, hiver comme été, soit incommodé par une telle débauche de lumière et pressé de rentrer chez lui une heure plus tôt, comme une taupe qui ne retrouve la paix que dans ses galeries souterraines. Son nez tout rougi par le soleil, sa barbiche rousse pointue, alliés à son air contraint, composaient une image vaguement comique ; d'où la tentation de plaisanter avec lui, de lui pincer la joue, lui glisser une brindille dans l'oreille – impulsions auxquelles pour finir St. Rosenmann ne céda pas. D'ailleurs, lui-même ne se trouvait pas au comble de la bonne humeur. Il avait attendu avec tant d'impatience, que l'annulation de la rencontre avec P. Rodakis le plongeait dans le désarroi. Il espérait du moins quitter l'île avec dans ses bagages une belle acquisition.

Dès qu'apparurent au loin la colline dénudée de la Bâtie et le toit du monastère, le charretier dit aux deux voyageurs qu'ils devaient descendre, le chemin à partir de là étant trop étroit pour laisser passer son attelage. Mais il les rassura : dans dix minutes au plus, ils seraient au monastère. St. Rosenmann lui paya la somme prévue. L'homme fourra l'argent au fond de sa poche, s'installa à l'ombre d'un grand arbre, sortit une tomate enveloppée dans une serviette et se mit à manger. Il confirma qu'il les attendrait là aussi longtemps qu'il faudrait, afin de les ramener comme convenu.

Les deux hommes n'étaient pas encore loin, quand ils entendirent un bruit. Tournant la tête, ils virent l'autre partir dans sa carriole. L'interprète se mit à crier, fit mine de courir derrière, mais il abandonna bientôt, comprenant que ses efforts seraient vains.

« Nous n'aurions pas dû lui donner de l'argent.

– Il se peut qu'il revienne plus tard.

– Impossible. Vous avez vu comme il a fait semblant de bivouaquer sous son arbre, pour nous faire croire qu'il attendrait là toute la journée ? Et dès que nous avons eu le dos tourné...

– Enfin, ne laissons pas cet événement gênant gâcher totalement notre humeur. Nous trouverons bien le moyen de rentrer. »

Et c'est le cœur léger – ce que l'interprète jugea déplacé, vu le lieu et l'heure – que St. Rosenmann partit d'un bon pas vers la Bâtie, suivant le chemin qui, loin de rétrécir, devenait sans cesse plus droit et carrossable. Ils parvinrent à la Bâtie en moins de dix minutes ; sur ce point, le charretier n'avait pas menti.

Un moine, qui avait remarqué leur présence depuis un certain temps, s'approcha d'eux avec un évident mélange de curiosité et de soupçon causé par leur accoutrement insolite, et leur demanda ce qu'ils voulaient. L'interprète traduisit la question pour St. Rosenmann. Alors celui-ci fit un pas vers le moine, lui mit la main sur l'épaule et, avec une passion aussi peu adaptée à son tempérament qu'à la situation, se mit à lui parler (dans un idiome qui, naturellement, pour le jeune moine, était totalement inintelligible). L'autre, stupéfait, tourna les yeux vers l'interprète qui se mit aussitôt à traduire le monologue torrentiel de St. Rosenmann :

« Je suis si heureux de me trouver enfin sur ces terres bénies ! J'essaie depuis des années de mener à bien ce voyage, mais toujours au dernier moment les forces du mal y faisaient obstacle. Et voilà que je suis parvenu à poser le pied moi aussi en ce lieu saint. Loué soit le Seigneur ! »

Sur ce, St. Rosenmann, s'agenouillant, embrassa fougueusement le premier caillou qu'il trouva devant lui. L'interprète, entraîné par la ferveur de son compagnon, se signa, sans oublier pour autant son devoir d'interprète.

« J'ai entendu dire tant de choses, poursuivit St. Rosenmann, sur l'ouvrage d'inspiration divine qui s'accomplit dans ce monastère depuis des siècles, sur cette colline que creusent les moines avec tant d'amour, sur ce miracle humain consacré à la gloire du Très-Haut. Je brûle du désir de voir, de mes propres yeux, votre œuvre mémorable et de repartir en emportant ne serait-ce qu'un petit bout de rocher issu de vos galeries. Laissez-moi contempler votre création. »

Le moine, que ces envolées grandiloquentes laissaient plutôt froid, répondit qu'il n'avait quant à lui aucun pouvoir en ce domaine, que l'higoumène était souffrant et que personne ne voudrait le déranger pour une chose pareille. Il fit remarquer avec insistance que de toute façon les visites d'étrangers sur la colline étaient interdites et qu'à l'exception des moines, personne – à une exception près – n'avait franchi le seuil de la Bâtie. St. Rosenmann parut prendre la nouvelle très à cœur, mais il déclara qu'il conservait encore un espoir ; que si par le passé une exception s'était produite, il n'était pas exclu qu'il réussisse enfin, lui aussi. Le moine n'avait rien à dire là-dessus ; il haussa simplement les épaules.

L'interprète, alors, de sa propre initiative, pria le moine de transmettre la requête de son compagnon à la personne compétente, soulignant l'importance vitale qu'elle avait pour lui. Il alla même plus loin, et, prenant des airs de conspirateur, il dit que ce monsieur, qui arrivait de l'étranger, était doté d'une solide fortune et d'un caractère généreux à l'égard de celui ou ceux qui le soutenaient. St. Rosenmann, qui avait pourtant deviné le contenu du conciliabule, feignit l'ignorance et demanda ce qui s'était dit. L'interprète se contenta de lui lancer un sourire apaisant, jetant sur le jeune moine un regard machiavélique. L'autre, le visage figé, leur montra un banc de pierre à l'ombre d'un pin, leur dit d'attendre là et se dirigea vers les bâtiments du monastère.

Un peu plus tard, Ànthimos apparut et vint les saluer cordialement. Il dit que le jeune moine l'avait informé de leur passage ainsi que de leur désir de visiter la Bâtie, mais cela, déclara-t-il, était parfaitement impossible, et malgré la réaction et les prières insistantes de l'interprète, il resta inflexible. Cependant ils pourraient, puisqu'ils avaient fait tout ce chemin, visiter l'église et les bâtiments, qui à vrai dire ne présentaient pas grand intérêt. L'interprète, pressé de mettre un terme à cette fatigante opération , précisa, sur le même ton que précédemment, lourd de sous-entendus (et de façon plus voyante encore peut-être cette fois-ci), que ce monsieur fortuné qu'il accompagnait serait reconnaissant à quiconque l'aiderait à acquérir un beau souvenir du monastère, icône, objet du culte ou manuscrit, puisqu'il était exclu de visiter la colline. Mais l'expression pleine de surprise et de colère qui se peignit sur le visage d'Ànthimos coupa court à toute transaction de ce genre et l'interprète changea aussitôt de sujet.

Les deux hommes, toujours accompagnés du moine, visitèrent l'église où St. Rosenmann, tandis qu'Ànthimos expliquait à l'interprète certains détails de la fresque de la coupole, décrocha d'une icône un ex-voto d'argent qui représentait un enfant au maillot et le fourra dans sa poche.

« Vraiment, dit l'interprète quand ils sortirent de

l'église, vous n'avez pas entendu parler de la disparition de votre voisin, M. Rodakis ? »

Une question si imprévue plongea Ànthimos dans l'affolement.

« Pourquoi cette question ? dit-il.

– Nous le connaissons – enfin, monsieur le connaît – de longue date. Quand nous l'avons recherché, sa sœur, qui nous a appris sa disparition, nous a dit une chose incroyable : il a peut-être été mangé par des lions, qui se promèneraient librement dans l'île.

– Nous avons appris sa disparition nous aussi, mais personne ne sait rien de plus. »

Le ton de sa voix trahissait son trouble, mais l'interprète ne s'en rendit pas compte. Celui-ci, vu l'absence de commentaire à propos des lions, revint à la charge.

« Vous autres, au monastère, vous y croyez, à ces lions ?

– Moi, non. D'autres oui. »

Puis il leur proposa de se rasseoir sur le banc à l'ombre du pin, où soufflait un petit vent frais, pendant qu'il irait chercher de quoi manger.

L'éclatante lumière d'été ne pouvait s'introduire dans la cellule obscure et calme, refuge de l'higoumène, lequel ne supportait plus ni la forte lumière, ni le bruit. C'est pourquoi les trois moines qui se pressaient au-dessus de son lit baissaient la voix malgré leur excitation et leurs divergences de vues quant à la conduite à tenir. Mais ils faisaient de grands gestes pleins d'emphase, brusquement saccadés, leurs mains allant et venant au-dessus du vieillard couché, tels des vautours faisant les yeux doux au cadavre et guettant le moment de s'en repaître.

Ce qui les préoccupait n'était rien d'autre, naturellement, que le passage des deux étrangers qui recherchaient P. Rodakis. Tout le monde était d'accord : il y avait de fortes chances pour que ces deux-là ne sachent rien et ne se doutent de rien. D'un autre côté, on ne pouvait pas exclure l'éventualité qu'ils aient entamé une enquête sur la disparition de leur vieille connaissance (comme ils l'appelaient) et qu'elle les ait menés jusque-là. Il ne fallait pas négliger le fait que P. Rodakis était le détenteur d'une idée unique et incroyablement lucrative, et que beaucoup de gens avaient de bonnes raisons pour remuer ciel et terre et le retrouver. Ce qui suffisait à rendre aussitôt les deux étrangers suspects.

Les moines étant d'accord là-dessus, leur désaccord concernait la conduite à tenir face au danger. Ànthimos soutenait qu'il fallait, dès qu'ils auraient fini la collation qu'on leur avait servie, leur demander de partir en disant que la Bâtie n'était pas une attraction touristique.

Le second à parler – qui n'était autre que Pascàlis – dit qu'on ne pouvait pas plus mal choisir, car les soupçons qu'ils nourrissaient sans doute en seraient accrus. Il proposait, au contraire, qu'on les laisse libres de rester autant qu'ils voudraient, en leur donnant même l'impression qu'on ne se souciait pas de leur présence, tout en les surveillant sans cesse afin de mieux connaître leurs intentions. Le troisième (le moine au front protubérant) défendit la position la plus extrême et, jugeant les autres mesures trop faibles, soutenait qu'il fallait les arrêter, les emprisonner eux aussi et ne les libérer qu'après s'être assurés que leur venue n'avait rien à voir avec l'affaire Rodakis.

L'higoumène, après les avoir écoutés attentivement tous trois, prit la parole. Tout d'abord, il donna l'ordre à Ànthimos et Pascàlis – les seuls à détenir les clés de la salle de l'erreur – de ne pas autoriser P. Rodakis, tant que l'affaire ne serait pas réglée, à sortir pour sa promenade rituelle. Et à Ànthimos, qui seul avait la clé du portail central de la Bâtie, d'être plus attentif que jamais, au point d'arrêter, si besoin était, les travaux de la rotonde. Puis, répondant aux propositions exprimées, il adopta sans hésiter le point de vue de Pascàlis. Une surveillance discrète, selon lui, était pour l'instant la solution la plus sage. Il ajouta une idée à lui, qui allait dans le même sens et dont il confia l'application à Pascàlis, jugé le plus habile. Sa mission serait d'approcher les deux étrangers en se faisant passer pour un benêt, un attardé mental recueilli au monastère par charité. Un de ces faibles qui ne savent pas se défendre, à qui l'on tire tout de suite les vers du nez, bref, une occasion que les deux intrus ne manqueraient pas de vouloir saisir – s'ils cherchaient vraiment des informations.

Pascàlis n'avait pas besoin qu'on lui fasse la leçon. Comprenant aussitôt ce que demandait l'higoumène, dès la fin de ce petit conseil de guerre il courut dans la cour du monastère et s'approcha du banc de pierre tandis que les deux hommes terminaient de manger. Il se mit derrière un arbre, feignant de se cacher pour les surveiller ; ses gestes cependant étaient largement assez voyants pour révéler sa présence.

L'interprète poussa St. Rosenmann du coude et d'un haussement de sourcils lui montra la direction de l'arbre. St. Rosenmann vit une tête qui se cachait puis se montrait, tantôt sérieuse, tantôt fendue par un sourire idiot.

« Bonjour ! » s'écria l'interprète en crachant un noyau d'olive.

Tout timide, le personnage entier sortit de derrière l'arbre. Le sourire idiot cette fois bien accroché, le corps animé d'un léger mouvement pendulaire, l'être bizarre pointa l'index et dit :

« Moi olives. »

L'interprète, croyant qu'il lui demandait à manger, lui tendit l'assiette aux olives, mais l'autre fit non de la tête.

« Moi cueille olives.

– Ah, tu as cueilli les olives, très bien, j'ai compris. C'est un demeuré, chuchota-t-il en se tournant vers St. Rosenmann.

– Cueille olives aux oliviers », poursuivit le benêt, et il éclata de rire.

C'est ainsi que les deux hommes firent connaissance avec Pascàlis. Ils restèrent assis ensemble un bon moment, jusqu'à ce que le soleil atteigne leur banc. À dire vrai, il n'y eut pas de conversation véritable : les deux étrangers, la plupart du temps, se parlaient à voix basse dans une langue inconnue de Pascàlis et seul l'interprète lui adressait parfois la parole, soit d'un ton moqueur, soit comme à un enfant – preuve que le piège fonctionnait. Pendant ce temps, toutefois, ils ne tentèrent pas de le faire parler, et le nom de P. Rodakis ne fut pas une seule fois prononcé.

Mais plus tard, quand le soleil cogna et que Pascàlis les mena chercher la fraîcheur sur le balcon du monastère, la conversation prit une tournure imprévue lorsque l'interprète lui demanda :

« Et toi, mon bon garçon, tu n'as pas peur des lions ? »

L'autre fit non de la tête.

« Les serpents j'ai peur, dit-il, les guêpes les scorpions j'ai peur. Les lions j'ai pas peur.

– Mais on ne t'a donc jamais parlé de cet homme de votre île, tu sais, Rodakis, que les lions ont dévoré jusqu'au plus petit os, jusqu'à la dernière goutte de sang, au point qu'on n'a jamais retrouvé sa trace ? »

Et, s'efforçant de rendre le tableau plus effroyable encore, il ajouta :

« Ils n'ont laissé que ses cheveux, que le vent a dispersés.

– Les lions n'existent pas, moi je dis c'est des histoires, déclara le benêt d'un ton résolu.

– Finalement, tu m'as l'air plus malin que bien d'autres. Se faire manger par des lions, quelle idée ! Faut-il être savant pour voir que le bonhomme s'est sauvé ?

– Ce Rodakis, toi, pourquoi tu le cherches ? demanda innocemment Pascàlis.

– Ce n'est pas moi, c'est lui qui le cherche », dit l'interprète, montrant St. Rosenmann qui, indifférent à la conversation, contemplait la mer. Et il poursuivit en détachant bien les mots :

« Cet homme que tu vois est très riche. Très très riche. Et il veut voir Rodakis pour une affaire. Dis-moi, tu as déjà vu un homme aussi riche ?

– Et qu'est-ce qu'il cherche ici, ce riche ? dit Pascàlis, osant poser la question décisive.

– Ecoute-moi bien : si tu réussis à nous apporter un joli petit objet, de ceux que vous avez sûrement à l'abri quelque part, pour que nous ayons un souvenir en quittant votre monastère, ce monsieur te donnera un morceau d'or gros comme une châtaigne. »

Pascàlis, feignant l'étonnement, écarquilla les yeux.

« Il me le donnera pour moi ?

– Je l'ai vu, il l'a dans sa poche. Si ce que tu lui apporteras lui plaît, alors oui, il te le donnera rien que pour toi.

– Ce soir.

– Ce soir nous serons partis.

– Ce soir. Vous restez. Et moi je viens le soir. »

Sur ce, il s'éclipsa. Il avait conclu que les deux étrangers, malgré leur intérêt pour P. Rodakis, n'étaient pas venus à la Bâtie dans le but d'y rechercher ses traces, et qu'ils s'intéressaient maintenant à autre chose.

L'interprète rapporta l'échange à St. Rosenmann qui le félicita, enthousiaste, pour sa façon de manœuvrer le benêt. De tout l'après-midi, personne ne vint leur parler. En début de soirée seulement, un moinillon vint leur demander s'ils voulaient être hébergés pour la nuit. Les deux voyageurs acceptèrent avec joie et le jeune garçon les conduisit à l'hôtellerie.

L'interprète sombra sans tarder dans le sommeil. St. Rosenmann, au contraire, dès qu'il eut fermé la porte de la chambre, fut pris d'une inquiétude et d'une tension extrêmes. Non qu'il fût impatient de savoir si le demeuré parviendrait en fin de compte à mettre la main sur un objet précieux ; une autre idée le taraudait, qui au début ne lui était pas passée par la tête : que peut-être il s'était fait repérer, avait ameuté tout le monastère, et tout gâché. Plus il regardait l'interprète, qui indifférent à tout dormait comme une bûche, la bouche grande ouverte, plus le sang lui montait à la tête. Un instant lui revint à l'esprit la scène de leur arrivée dans la carriole, quand tous deux se trouvaient dans la position inverse (il était calme, tandis que l'autre se rongeait les sangs), et il se dit que c'était là peut-être un prêté pour un rendu.

Plusieurs heures passèrent sans aucun changement, ni dans son humeur, ni dans le calme parfait qui régnait à la Bâtie.

Vers minuit, on entendit des coups réguliers, comme un signal convenu. L'interprète ne bougea pas, malgré la bourrade que lui donna St. Rosenmann en allant ouvrir. Celui-ci fut soulagé en voyant Pascàlis, d'autant qu'il était seul.

Pascàlis se hâta d'entrer, avec l'air traqué de qui ne veut pas être vu, et sans un regard pour St. Rosenmann il se dirigea vers l'homme endormi. Après l'avoir secoué plusieurs fois sans succès, il essaya une forte gifle qui de fait réveilla l'interprète aussitôt. Ce dernier, stupéfait, vit au-dessus de lui le visage furieux de Pascàlis, qui lui disait de se réveiller. Considérant son handicap mental, il pardonna ce comportement barbare et en vint droit au fait :

« Alors, tu nous as trouvé quelque chose ?

– Dis à ton ami que j'ai quelque chose qui lui plaira beaucoup », répondit-il sèchement.

L'interprète, effaré, se tourna vers St. Rosenmann à l'autre bout de la cellule, lui aussi frappé de stupeur. Même en n'ayant rien compris à la phrase de Pascàlis, il avait senti dès le premier instant que quelque chose avait changé, comme s'il avait devant lui un autre homme. La voix était ferme et impérieuse, le regard clair. Le balancement qui faisait valser son corps d'un pied sur l'autre avait disparu, il maîtrisait ses gestes.

L'interprète traduisit mécaniquement la phrase.

« Quelque chose qui me plaira beaucoup ? répéta St. Rosenmann. Quoi donc ? »

L'interprète transmit la question. Pascàlis, traversant la cellule, s'arrêta devant St. Rosenmann, face à face.

« Rodakis », dit-il en détachant les syllabes.

L'idée, puis la décision de livrer P. Rodakis au riche étranger apparut dans l'esprit de Pascàlis quelques heures à peine avant de frapper à sa porte. Ce qui l'avait préoccupé jusqu'alors, c'était seulement de savoir comment lui donner une bonne leçon pour cette impudence incroyable : vouloir mettre la main sur les trésors sacrés du monastère, arrosés du sang des générations passées.

Après mûre réflexion, cependant, il avait pensé que cet aspect était négligeable à côté des possibilités offertes par la situation. Possibilités liées au détenu de la Bâtie.

En faisant son bilan, il voyait nettement que la détention de P. Rodakis n'avait pas pris la tournure attendue. Cette forte tête était restée bouche cousue, il semblait même prêt à mourir plutôt que de cracher le morceau. C'était l'évidence même, ces derniers temps surtout. Il avait sombré dans l'abattement, n'avait plus envie de rien, semblait coupé de tout, n'attendait plus de solution que du dehors, n'importe quelle solution, hormis la reddition et l'abandon du secret. Même si cela devait le conduire à la prostration, et de la prostration à la mort.

Cette évolution n'enchantait guère Pascàlis. Il avait beau avoir, dans une large mesure, dressé les plans de cet emprisonnement, son but n'avait jamais été purement et simplement la vengeance (il était sincère en le disant lors de leur rencontre) ; ce qu'il voulait, c'était que la fameuse découverte – à quoi il estimait avoir contribué – quitte les mains d'une seule personne pour servir le bien commun. Mais comment y parvenir si P. Rodakis tombait dans la folie ou la mort ? L'arrivée imprévue sur l'île du riche étranger, qui cherchait le célèbre apiculteur pour s'associer avec lui, et qui par hasard était passé par le monastère, ouvrait une nouvelle voie pour se tirer de l'impasse.

Si P. Rodakis acceptait – même en gardant son secret pour lui – de collaborer avec ce riche et si lui, Pascàlis, servait d'intermédiaire entre les deux hommes, offrant à l'un celui qu'il recherchait et à l'autre la liberté, alors il serait tout à fait en droit de réclamer une somme rondelette en échange de son entremise. Somme qu'il pourrait mettre au service de la communauté, satisfaisant du même coup, indirectement, son premier désir. Il pourrait soutenir des veuves et des orphelins, réparer des églises, construire des ponts, ou même (et cette idée-là l'enthousiasmait plus que tout) quitter la Bâtie pour fonder un nouveau monastère.

Il commencerait par l'étranger pour s'assurer qu'il pouvait vraiment tirer de cette affaire un profit substantiel. S'il avait appris une chose pendant toutes ces années au monastère, c'était à mener avec succès des transactions financières. Erreur : il avait appris autre chose. Qu'on ne devait pas rester indifférent, aveugle et sourd devant les signes les plus criants. Et elle criait, l'apparition de St. Rosenmann, elle lui criait de saisir l'occasion au vol.

Si la rencontre avec l'étranger avait l'issue favorable qu'il escomptait, le second pas serait de soutirer son accord à P. Rodakis, ce qui, vu la situation, semblait être pour lui l'unique planche de salut. S'il y parvenait, il lui faudrait ensuite organiser l'évasion du prisonnier de la Bâtie, ce qui n'irait pas sans mal. Il n'avait à sa disposition que la clé de la salle de l'erreur, les clés du portail extérieur étant aux mains d'Ànthimos et de l'higoumène, et d'eux seuls.

Pascàlis le voyait, la route vers l'accomplissement de son dessein était non seulement longue, mais hasardeuse. Il lui faudrait en plus affronter les multiples dangers d'un possible échec. Pourtant il décida de se jeter dans la bataille et, comme tout stratège avisé, de prendre les choses dans l'ordre.

La semaine suivante, on prévoyait d'ouvrir le plafond de la rotonde. C'était là une date clé dans la très longue histoire du monastère. Ce travail ne marquait pas seulement la fin de toute une époque, dont le premier coup de marteau de l'ermite dans la paroi de sa petite grotte avait marqué le début. Pendant des siècles, un monastère s'était implanté, développé, l'un des plus puissants, les plus chargés d'histoire, dont le nom s'était attaché au fil du temps à l'œuvre de longue haleine qu'était cette construction dans les entrailles de la terre. Un tel exploit, largement connu, était pourtant resté invisible à tout œil étranger, ne laissant voir qu'une grille au pied d'une colline par ailleurs banale, avec sa végétation basse peuplée de papillons, de hérissons et de lézards.

Mais, au lieu que l'accomplissement de l'œuvre crée un climat de fête, emplissant d'aise le cœur des ouvriers, on remarquait tout le contraire. À mesure que la fin approchait, l'atmosphère à la Bâtie devenait de plus en plus funèbre. Les longues figures des moines circulaient sombrement et l'on eût dit que ceux qui travaillaient là-haut retardaient délibérément l'inévitable. Le creusement de la colline, si étroitement lié à la vie du monastère, laissait avec son achèvement un sentiment de mutilation. Beaucoup avaient déjà exprimé leur désir d'entamer une nouvelle œuvre géante, comme l'ouverture d'un réseau de souterrains ou l'érection d'une église faite uniquement de gravier.

Il restait encore environ six jours pour compléter les travaux de l'ouverture, qui venait de trouer le sol de la colline, avec un très léger écart, tout près du sommet. Pendant ce temps l'ouverture serait à découvert, en attendant qu'un des forgerons de l'île vienne poser une grille et une plaque ronde en fer qui s'ouvrirait et se fermerait comme un couvercle. La grille pour protéger l'intérieur, le couvercle pour empêcher les inondations.

Ce trou au cœur de la Bâtie, qui pendant un bref, un infime laps de temps, constituerait son talon d'Achille, Pascàlis ne pouvait pas ne pas y voir (en raison surtout de la coïncidence des dates) un signe de plus qui montrait le chemin. Car si P. Rodakis devait s'évader, ce ne pouvait être que par là, et le destin semblait avoir décidé là de faciliter l'évasion.

Quand St. Rosenmann eut accepté les exigences financières de Pascàlis, et que P. Rodakis, toujours plongé dans le brouillard léger qui l'enveloppait, l'isolant de tout, donna une réponse qui semblait positive malgré son imprécision, le projet entra dans sa dernière phase, qui prévoyait la mise au point de l'évasion. Étant de ceux qui travaillaient quotidiennement à l'étage supérieur, homme de confiance de l'higoumène, Pascàlis était bien placé pour déterminer le moment idéal.

St. Rosenmann, qui avait quitté l'île entre-temps pour ne pas éveiller les soupçons, revint au jour fixé par Pascàlis et arriva vers minuit au sommet de la colline, en vêtements sombres. L'interprète, qui cette fois encore était du voyage, l'attendait près de la mer dans une crique servant de mouillage aux moines. Un peu plus tard, Pascàlis arrivait au sommet avec une grosse corde. Ils se saluèrent sans un mot, d'un simple signe de tête. St. Rosenmann s'attendait à ce que Pascàlis donne le signal de la manœuvre, mais il le vit se figer, muet, comme frappé par la foudre. Il s'inquiéta, voulut se rapprocher, mais Pascàlis leva le bras pour l'arrêter. Il resta ainsi pétrifié, puis se signa, et St. Rosenmann comprit que pendant tout ce temps il avait simplement fait sa prière.

Puis le moine se pencha au-dessus de l'ouverture sommairement recouverte de madriers, les écarta et plongea la tête en émettant un bruit entre sifflement et croassement. Aucune réponse. Il renouvela son cri, sans succès.

« Bon sang, que se passe-t-il ? » marmonna-t-il, inquiet. Puis, après un court moment de réflexion : « Il faut que je descende. »

Il attacha soigneusement le bout de la corde à un rocher qui affleurait, d'une façon qui montrait une certaine expérience des nœuds, et avec une vivacité impressionnante se laissa glisser dans le trou. Dès qu'il eut touché le sol, il alluma un morceau de chandelle qui pendait toujours au bout d'une ficelle dans son habit. P. Rodakis devait se trouver là, comme convenu quelques heures plus tôt, quand il lui avait apporté son repas du soir. En partant il n'avait pas fermé la cellule, mais simplement sorti ses clés et fait semblant. Le prisonnier n'était pas là. Pascàlis gagna en hâte la salle de l'erreur, qu'il trouva vide, la lourde porte entrouverte. Ne sachant que penser il prit au hasard le couloir menant à la bibliothèque et là, vers le milieu du passage, il vit P. Rodakis assis par terre, le dos contre le mur, endormi. Il le secoua, l'autre sursauta.

« C'est l'heure ? »

Pascàlis se demanda comment faisait cet homme, dans un moment si décisif, pour dormir tranquillement. Encore un exemple de son comportement étrange ces derniers jours.

Ils montèrent à la rotonde. Pascàlis empoigna la corde et, tordant son corps comme une chenille, monta jusqu'à l'ouverture. Il fit signe à St. Rosenmann que tout allait bien. Puis vint le tour de P. Rodakis. Il saisit la corde avec les mains et les dents et les deux hommes dehors se mirent à le hisser vers le sommet.

Il était libre. Pour la première fois après si longtemps, il pouvait contempler le ciel en levant la tête et deviner la mer à ses pieds, laquelle, bien que cachée par la nuit, manifestait sa présence par ses bruits. St. Rosenmann lui serra chaleureusement la main ; il poussa un petit cri comme s'il avait mal. Pascàlis, qui ne voulait pas perdre une seconde, leur fit signe de ne rien dire et de le suivre.

Ils descendirent le versant, prirent un sentier rendu difficile par l'obscurité et parvinrent à la crique où les attendait l'interprète. Pascàlis les mena jusqu'à une barque à demi cachée dans les rochers où ils montèrent, avec lui pour capitaine, afin de rejoindre le port principal.

Là, ils devaient embarquer sur un navire de commerce qui partirait dans quelques heures vers la capitale. Mais, dès qu'il fut informé de ce projet, P. Rodakis se leva dans la barque et proclama, de la façon la plus catégorique, son refus d'aller où que ce soit et de conclure quelque accord que ce soit s'ils ne passaient pas d'abord prendre avec eux sa fille. Alors, pour la première fois, Pascàlis lui révéla que Ròsa depuis très longtemps ne se trouvait plus sur l'île, s'étant installée, comme il l'avait appris par les enfants du pope, chez des parents. P. Rodakis ne céda pas. Tant qu'il n'aurait pas vu sa fille, où qu'elle fût, il refuserait de collaborer. St. Rosenmann trouva cette exigence parfaitement justifiée (comme tout ce que P. Rodakis aurait pu exiger à ce moment-là) et demanda à Pascàlis s'il avait d'autres informations sur l'endroit où se trouvait la jeune fille.

Le programme ne changea pas. Ils embarquèrent à l'aube en direction de la capitale. Puis, après quelques heures de repos, ils s'employèrent à retrouver la fille de P. Rodakis.

Post-scriptum

Un employé conduisit l'interprète à l'étage du bâtiment, dans le bureau du juge d'instruction, encore vide. Il s'assit dans un fauteuil de cuir usé. Face à lui, un bureau de chêne couvert de papiers et le fauteuil du juge, revêtu du même cuir, usé comme l'autre. Tout dans cette pièce, les meubles, les objets et même la place où ils étaient restés après usage, tout donnait à celui qui mettait le pied là pour la première fois une idée juste de ce que serait le visage de l'occupant. Et de fait, lorsque, au bout d'un court instant, le juge d'instruction entra et s'assit à sa place, la calvitie, les lunettes, la peau grasse et les gros doigts, dans une totale harmonie, complétèrent le tableau de la façon la plus idoine. Jusqu'au fauteuil qui semblait s'adapter parfaitement à son dos, comme un veston soigneusement essayé avant les ultimes coutures, tandis que ses mains trouvaient aussitôt leur place précise entre les papiers.

Le juge était décidé à ne pas traîner avec ce témoin, mais à l'expédier au plus vite. Son chat étant malade, une seule chose lui importait : se retrouver près de lui une heure plus tôt. Souhaitant donc éviter les bavardages superflus, il entama l'interrogatoire par des questions aussi précises que possible, pour obtenir des réponses brèves et nettes. Mais le témoin ne semblait guère enclin à se prêter au jeu et ne donna pas une seule réponse qui ne commence par des phrases telles que « Avant d'en arriver à ce point, je dois vous expliquer que... », ou « Vous ne me comprendrez pas si je ne mentionne pas d'abord... », ou « Si vous le voulez bien, prenons les choses par le début ».

D'où, chez le juge, un certain malaise. Le problème qu'il affrontait d'habitude était la réticence des gens à parler ; mais là, c'était l'inverse. Il avait devant lui un bavard décidé à ne pas lui passer le moindre détail. En plus de la description circonstanciée des événements, il n'hésitait pas à décrire en long et en large, avec une précision maniaque, le caractère de toutes les personnes impliquées dans l'affaire. Pourtant, à mesure que se déroulait le fil du récit, le juge voyait peu à peu son impatience diminuer. Était-ce dû au talent du conteur ou à l'originalité de l'affaire, il l'ignorait, mais, apprenant ainsi ce qui avait précédé l'événement et ce qui l'accompagnait, il se sentait captivé sans savoir comment, et sans cesse davantage, au point d'en être absolument fasciné.

« Je dois avouer, dit l'interprète à un détour de son récit, qu'il ne m'a pas été donné, ou plutôt non, que je ne suis pas parvenu en ce qui me concerne à goûter le fameux miel, si bien que je ne suis pas en mesure de dire si tout ce remue-ménage en valait la peine. Mais ce que je sais, c'est que cet homme, Rodakis, était pour tous les autres quelque chose comme la poule aux œufs d'or. Tout le monde voulait mettre la main dessus. Quand nous avons, grâce à l'incroyable coïncidence que je viens d'évoquer, retrouvé sa trace au monastère, mon commanditaire – M. Rosenmann – a fortement insisté sur un point : je ne devais raconter l'histoire à personne, pour que tout le monde continue de le croire disparu. (Cette injonction était dénuée de sens, car je n'avais pas de contacts avec les gens de l'île.) Lors du second voyage sur l'île, surtout, avant d'aller aider cet homme à s'évader suivant les instructions du moine, Rosenmann a été très ferme quant au secret, c'est pourquoi il m'a forcé à me déguiser en femme afin que nous passions pour un couple et que les gens qui auraient repéré nos visages la première fois ne puissent pas nous reconnaître. Lui s'est contenté d'une fausse barbe. Pendant le voyage, plusieurs fois, je me suis demandé pourquoi j'acceptais de me soumettre à une telle humiliation. C'est du moins une chance que l'évasion ait été couronnée de succès, nous évitant ainsi d'autres péripéties.

« Nous sommes montés dans une barque pourrie, qui aurait coulé, je pense, au bout d'un mille s'il y avait eu le moindre vent, pour rejoindre le port et prendre le bateau. Le moine a ôté son habit, que Rodakis a revêtu afin d'être pris pour un moine, et le vrai moine a mis d'autres vêtements qui se trouvaient dans la barque avant de se couper la barbe avec des ciseaux. Tout cela, notez bien, s'est passé dans la barque. En arrivant au port, nous nous sommes répartis deux par deux, le moine avec Rodakis, et moi avec mon « conjoint » – car j'avais gardé, bien entendu, mon déguisement. Inutile de vous dire, mais je vous le dirai quand même, que ce Rodakis, chaque fois que son œil tombait sur moi, partait dans des rires qu'il s'efforçait en vain de cacher. S'il avait vu dans quel état il était, lui... Moi, dès que le bateau s'est éloigné, j'ai remis mes vêtements habituels, naturellement, mais lui, encore une fois, dès qu'il m'a vu, vêtu en homme désormais, il est reparti à rire, d'un rire si incontrôlé que nous avons tous craint pour lui, tant il avait le souffle coupé.

– Comment êtes-vous parvenus à la villa du baron ? demanda le juge afin de ramener le témoin aux faits.

– Mais cela s'est passé bien plus tard ! expliqua l'interprète. Car avant de collaborer, Rodakis avait mis une condition : d'abord, voir sa fille qui habitait une autre ville. Mon commanditaire, qui ne voulait en aucun cas perdre contact avec Rodakis, ni une ni deux, a décidé de le suivre. Et le moine a suivi. Il avait, voyez-vous, des intérêts dans cette affaire. Et personne ne faisait confiance à personne, bien sûr. Chacun surveillait les autres d'un œil soupçonneux. Grâce à des informations venant du moine, nous avons pu repérer la fille. Elle vivait dans des conditions très étranges. Hébergée par un vieux parent grabataire, un déchet humain à un souffle de la tombe, avec une vieille femme (une servante sans doute, si j'en crois les propos du moine). Le plus curieux dans l'affaire, c'est que ces deux épouvantails – je n'ai pu savoir pour quelle raison – la tenaient enfermée dans une chambre, ce qui d'ailleurs, apparemment, ne la gênait pas trop. Je n'ai pas de détails sur ce qui s'est passé entre Rodakis et les vieillards, car M. Rosenmann et moi ne sommes pas montés chez eux. Il n'est pas du tout exclu qu'ils aient eu recours à la violence pour emmener la jeune fille, à en juger par les marques rouges sur les visages de Rodakis et du moine. Elle, de son côté, semblait totalement perdue, au début du moins. Peu à peu elle s'est remise, elle a même eu l'air très contente de rencontrer M. Rosenmann.

– Lorsque la condition posée par l'apiculteur a été satisfaite, interrompit le juge, a-t-il conclu un accord avec M. Rosenmann, ou du moins ont-ils entamé des discussions préliminaires ?

– Non, pas ce jour-là. Rodakis retrouvait sa fille après si longtemps, et elle de son côté, qui avait fait une croix dessus, imaginez sa surprise et sa joie de revoir ainsi le père qu'elle n'attendait plus. Non, il n'y a pas eu de discussion. Nous nous sommes simplement rendus dans un lieu proche pour passer la nuit. M. Rosenmann a payé l'hôtel pour tout le monde, naturellement, et ce soir-là nous n'avons pas discuté avec Rodakis (comment le décoller de sa fille ?), mais nous nous sommes rencontrés le lendemain matin – entre hommes – dans la salle à manger.

« Mon employeur a mis le sujet sur le tapis. Il a demandé à Rodakis quand ils commenceraient, et dans quelles conditions. Avant que l'autre ait pu ouvrir la bouche, le moine a bondi, exigeant que l'on convienne avant toute chose de son pourcentage sur les futurs bénéfices. Ce jeune homme a un sacré toupet, je ne crains pas de le dire. M. Rosenmann – moi qui avais appris à le connaître, je m'en suis douté aussitôt – a dû sentir le sang lui monter à la tête. Pourtant, il a conservé son calme et répondu au moine que l'accord conclu au monastère tenait toujours, qu'il ne devait pas s'inquiéter : il recevrait ce qui était convenu. Le moine alors a réclamé un acompte, mais M. Rosenmann l'a foudroyé du regard, disant qu'il n'avait jamais rien promis de tel et que ceux qui n'étaient pas contents pouvaient partir, personne n'en serait fâché. Sur ce, l'autre s'est tu et n'a plus pipé mot pendant longtemps.

« Une fois l'incident clos, revenant à Rodakis, nous avons tous vu qu'il était pâle comme la mort. J'ai tout de suite senti qu'il se passait quelque chose de grave, et j'avais vu juste, hélas. “Malgré tout mon désir de collaborer, professeur, c'est malheureusement impossible”, a-t-il dit, ce qui nous a glacé le sang à tous. “Du moins pour l'instant. J'ai oublié la recette.” Vous comprenez. Il avait oublié la formule secrète ! Et cela, il ne l'avait pas dit avant. Nous avions fait tout ce travail pour rien.

– J'ai beau ne pas comprendre quel est le lien entre tout cela et notre affaire, intervint le juge, ne vous êtes-vous pas demandé si l'affirmation de ce monsieur n'était pas un simple prétexte pour ne pas dévoiler son secret ?

– Naturellement. C'est la première chose qui nous est venue à l'esprit. Que Rodakis avait fait machine arrière. Mais si vous aviez vu le désespoir dans ses yeux tandis qu'il nous parlait, vous auriez été convaincu vous aussi, comme nous peu à peu, qu'il parlait sincèrement.

– Mais peut-on croire qu'un homme qui après tant d'efforts est parvenu à créer quelque chose d'une telle importance, n'ait pas noté sa méthode en détail, dans un endroit connu de lui seul ?

– L'arrogance de l'esprit est un grand défaut, permettez-moi de le remarquer. Et Rodakis en avait à revendre. Sa recette magique, il croyait ne jamais l'oublier, de même qu'on n'oublie jamais son propre nom. C'est ce qu'il disait. D'après ce qu'il nous a confié, il avait traduit en mots, ou plutôt en phrases le genre et le nombre des fleurs qu'il fallait utiliser, si bien que ce qu'il devait se rappeler, en fin de compte, était une sorte de petit poème qui, une fois décrypté, livrait les ingrédients de la recette. Il s'était donc persuadé que jamais il n'oublierait ce poème. Et voilà qu'il s'est trompé.

– Revenons au fait, dit le juge.

– Je vous dis tout cela pour éclairer le point suivant : comment nous est venue l'idée d'emmener avec nous Rodakis et sa fille.

– Pas seulement de les emmener, mais de vous installer tous ensemble dans la villa du baron.

– Oui, précisément. »

L'interprète poursuivit :

« Comme je vous l'ai déjà dit, alors qu'au début nous doutions de la véracité de ses dires, à savoir de l'oubli de la formule, pour finir nous l'avons cru. Nous nous sommes dit que s'il voulait manquer à sa parole il n'avait pas besoin de bonnes raisons. Il n'avait signé de contrat avec personne, il pouvait prendre sa fille et s'en aller, personne ne l'aurait retenu par la force. Et l'espoir nous est venu, à M. Rosenmann surtout, que Rodakis finirait par se souvenir. Il le croyait vraiment. C'était pour lui une affaire de temps. Il fondait cet espoir sur ce que nous avait dit cet homme : quelques jours avant de découvrir qu'il avait oublié le petit poème, il se l'était récité sans problème. Quel événement avait pu se produire ces jours-là pour qu'il oublie ? Absolument aucun, soutenait M. Rosenmann. C'était un phénomène purement psychologique. À un certain moment, le cerveau de Rodakis s'était arrêté, comme cela nous arrive souvent à tous, quand soudain nous ne retrouvons pas le nom d'un vieil ami ou d'une ville que nous avons maintes fois visitée. Nous jugeons alors que ce n'est pas grave, nous savons que le nom nous reviendra. Mais Rodakis, lui, s'est affolé, à tel point que dès lors il ne pouvait plus se souvenir de rien. Il s'éveillait et s'endormait avec cette angoisse et il avait beau se torturer l'esprit, tout ce qu'il parvenait à faire, c'était en tirer des mots isolés, sans queue ni tête.

« Le moine, tout le temps qu'il écoutait Rodakis nous parler, hochait la tête comme un idiot, et quand M. Rosenmann, agacé, lui a demandé ce que ce hochement voulait dire, il a répondu : “Maintenant je comprends pourquoi ces derniers temps Rodakis avait l'air malade.” Cela, dans un sens, confirmait la thèse de l'oubli. Et nous voilà repartis à zéro. Mais mon commanditaire n'était pas homme à s'avouer facilement vaincu. Pas question pour lui d'abandonner avant d'avoir tout essayé. “Ton problème est psychologique, a-t-il dit à l'autre, calme-toi et tu te souviendras de tout sans même t'en rendre compte.”

« Pour contribuer à sa guérison, M. Rosenmann a proposé de l'héberger ainsi que sa fille chez le baron, son ami intime depuis des années. M. Rosenmann pensait qu'un tel environnement, par son luxe et sa beauté, aiderait le cerveau troublé du malheureux à se remettre. Et cette idée n'était pas sans fondement, bien sûr. Si l'on considère ce qu'avait enduré cet homme enfermé dans sa grotte, la villa du baron ne pouvait se comparer qu'au paradis. Elle pourrait donc servir de remède à sa mémoire. Rodakis, comme vous le savez, a accepté. Je pense que dans cette décision sa fille a joué un grand rôle, car, à peine informée d'une telle éventualité, elle s'est mise à sauter de joie, suppliant son père de faire ce grand voyage. Mon employeur avait pris soin au préalable d'exciter l'intérêt de la jeune fille en lui parlant des chambres colorées de la villa et de l'étang aux oies sauvages, ce qui l'avait émerveillée. Et voilà comment, avant de bien comprendre ce qui nous arrivait, nous nous sommes tous retrouvés chez le baron.

« Je ferais bien de vous informer ici, afin que mon rôle dans cette affaire soit parfaitement précisé, que M. Rosenmann m'avait attaché à son service par contrat, en tant qu'interprète, pendant un an, pour un salaire deux fois et demie supérieur à celui que je recevais jusque-là. Cela pour vous dire à quel point il était décidé, M. Rosenmann ! Quant à moi, pourquoi n'aurais-je pas accepté son offre ? J'aurais moins de travail et serais nettement mieux rémunéré. Sans compter qu'ensuite je pourrais retrouver mon emploi précédent. Aujourd'hui encore je suis payé par M. Rosenmann, même si je n'ai rien à faire. Ah, non ! M. Rosenmann tient scrupuleusement ses promesses.

– Au fait !

– Le baron nous a reçus avec une grande joie. Je ne sais s'il était accueillant de nature ou obsédé, lui aussi, par ces projets apicoles... Mais puisqu'il vous faut, je pense, avoir une idée du caractère de chacun de nous, je vais vous raconter ce qui s'est passé le soir de notre arrivée chez le baron, quand par malheur, à ma grande surprise, j'ai découvert que ce Rodakis, dont, jusqu'alors, je n'avais pas une mauvaise opinion, pour qui j'éprouvais même de la sympathie, n'était qu'une ordure, un homme pervers. Comment qualifier autrement quelqu'un qui entretient des relations, des relations amoureuses, avec sa propre fille ! Bien entendu, je ne sais pas dans quelle mesure cela le rend plus ou moins suspect, mais je veux dire qu'en l'occurrence nous avons affaire à un homme, sur le plan moral, tout à fait condamnable. Je pourrais même aller jusqu'à déposer plainte. J'ai été témoin oculaire. Je les ai vus de mes propres yeux se retrouver. Dans la chambre jaune. La chambre jaune était celle de la jeune fille. J'étais dans la verte et son père dans la bleue. La plus belle chambre était celle de mon commanditaire, la mauve. Je suis aussitôt allé voir M. Rosenmann. Je lui ai tout dit. J'étais profondément troublé. Mais lui m'a écouté avec le plus grand sang-froid. Il m'a dit que cette question ne nous regardait pas. Je ne vous cache pas, monsieur le juge, que cela m'a inspiré de mauvaises pensées concernant M. Rosenmann, à savoir qu'une seule chose lui importait : avancer son affaire, et qu'il resterait muet même en face du plus affreux des crimes. Pendant les dix jours que nous avons passés à la villa, j'ai noté deux autres circonstances. Je m'accuse de ne pas avoir écouté les appels de ma conscience et donné une bonne leçon à cette ordure. J'ai craint, voyez-vous, d'être la cause d'un échec de l'affaire, auquel cas on m'aurait mis sur le dos l'amnésie de Rodakis et tous nos autres ennuis.

– Laissons de côté pour l'instant, dit le juge, cet événement nullement négligeable, j'en conviens. Je vous prie de concentrer vos efforts sur ces dix jours passés à la villa, et de chercher à vous rappeler tout événement inhabituel ou suspect qui aurait retenu votre attention.

– Rien de suspect. Rien en tout cas que je puisse mettre en rapport avec l'événement qui a suivi. Non, je n'ai rien remarqué de tel, ce serait mentir que de dire le contraire. Mais quant au reste... Avec le couple Rodakis, tout était inhabituel. Un soir – je me trouvais dans ma chambre, prêt à me mettre au lit –, on frappe légèrement à ma porte. C'était la petite. Elle tenait à la main la clé de sa chambre et elle m'a demandé de l'accompagner jusque là-bas pour l'enfermer. Au début, je n'ai pas compris. J'ai cru qu'elle avait un problème de serrure et qu'elle voulait que j'essaie à mon tour de tourner la clé. Mais ce qu'elle voulait, c'était que je l'enferme, car autrement elle ne serait pas, disait-elle, assez tranquille pour dormir. Les autres soirs, son père l'avait enfermée, et ce soir-là elle ne voulait pas le réveiller. Quand je lui ai demandé : "Pourquoi, mon enfant, veux-tu dormir enfermée ?", elle m'a répondu qu'elle avait pris cette habitude chez les gens qui l'hébergeaient ces derniers temps et que cela lui convenait. Elle se sentait plus en sécurité pour dormir. “Cela, je peux le comprendre, ai-je dit, mais pourquoi ne pas t’enfermer toi-même et garder la clé ? – Parce que si l’autre a la clé, je sais qu’il est responsable de moi, et c’est ce dont j’ai besoin pour me sentir protégée.” Que pouvais-je dire ? Je l’ai enfermée, et tôt le matin j’ai remis la clé à son père. Elle avait appris la prison. Et la prison, une fois perdue, lui manquait. À dire vrai, une fois que j’ai pris connaissance du fait (je veux parler de l’inceste), je me suis tenu à distance de ces deux-là et n’ai pas cherché à leur parler. J’offrais volontiers mes services quand on me le demandait, mais nous en avions rarement l’occasion à présent, car M. Rosenmann ne voulait pas exercer de pressions sur Rodakis, mais faire qu’il se sente à l’aise. Si bien que notre présence était la plus discrète possible. Et quand nous nous retrouvions tous ensemble, nos discussions tournaient autour d’autres sujets. Nous n’évoquions jamais l’île et leur vie antérieure. D’une manière générale, nous ne parlions pas du passé, à moins que ce passé soit celui d’inventeurs, de prophètes ou de navigateurs, les sujets préférés de Rodakis.

« Quant au sujet brûlant : la formule, pas un mot. Nous étions comme un groupe d’amis en vacances, dans l’insouciance, et aucun problème, aucun, ne venait troubler notre quiétude. Moi, naturellement, je n’avais aucune raison de m’en plaindre, au contraire. J’étais en vacances à la campagne et payé de surcroît. Mais le plus à l’aise de tous, apparemment, c’était Rodakis. Il mangeait et buvait comme quatre, se promenait dans toute la villa comme chez lui, donnait des ordres aux domestiques, parfaitement agaçant. Ses joues gonflaient et toute trace de malheur avait disparu de son visage. Il traînait dans les jardins avec sa fille, ou se servait de la longue-vue, ou se plongeait dans un livre sur les plantes que lui avaient offert, je crois, les moines. À propos de ce livre, je dois vous dire qu'un jour je le lui ai demandé pour y jeter un coup d'œil et lui aussitôt l'a fourré dans sa poche comme s'il avait peur que je le lui mange. Mais Dieu l'a puni. Pas plus tard que le troisième jour, il était dans la salle à manger, le nez dans son livre, un domestique passe à côté de lui avec une carafe de vin rouge destinée au baron et à M. Rosenmann. Rodakis veut se lever, vlan ! La carafe, enfin bref, le livre était fichu. Il est devenu fou. Il l'a déchiré en mille morceaux et l'a jeté en disant : “Qu'on en finisse avec ça aussi !” Mais il a gardé la couverture en cuir. Une belle couverture... avec un pommier.

– Je vous en conjure, dit le juge d'une voix rauque, plus de digressions. Elles ne concernent pas cette affaire. Poursuivez, je vous prie.

– Oui, je parlais du comportement étrange de Rodakis. Je ne sais comment il se sentait dans son for intérieur, mais il semblait ne se soucier en rien de son amnésie. Comme s'il avait compris soudain qu'il pouvait être très heureux sans que la recette secrète remonte au jour. C'était l'évidence même, à mes yeux du moins. Je ne vous cache pas que l'idée m'a effleuré qu'il s'était souvenu de tout, mais qu'il ne le montrait pas pour ne pas mettre fin à cette vie de château. Je ne peux l'affirmer avec certitude et nous ne saurons sans doute jamais la vérité. Je n'ai pas osé faire part de ce soupçon à M. Rosenmann. Un jour seulement j'ai laissé entendre qu'une telle insouciance chez Rodakis ne me plaisait guère et qu'il aurait dû faire, à mon avis, davantage d'efforts pour se souvenir. Lui m'a répondu que c'était justement cette insouciance qu'il voulait lui assurer, que c'était le seul chemin possible vers le souvenir – si Rodakis devait se souvenir un jour. Il avait amené le pauvre baron à ce point de vue. Je le revois devant moi, vivant, nous répéter, de façon fort expressive, les propos de son ami Rosenmann. (En fait, c'était surtout pour mieux comprendre lui-même.) Il disait donc en agitant les mains comme ceci : "Autrement dit, le renseignement dont nous avons besoin se trouve dans la tête de cet homme, mais il est pour ainsi dire enfermé entre quatre murs. Il n'est pas perdu, pas effacé, mais il faut trouver le moyen pour que s'ouvrent ces quatre murs." Nous attendions donc tous le moment où les quatre murs allaient s'ouvrir...

– Quel délai vous étiez-vous donné ? Combien de temps étiez-vous disposés à attendre ?

– Rien n'était fixé. Moi, en tout cas, j'avais mon contrat d'un an. Quant au reste, je n'avais pas voix au chapitre.

– Avez-vous remarqué pendant ce temps un conflit ou une rivalité entre le baron et quelqu'un d'autre ? Je ne pense pas seulement aux invités, mais aux domestiques ou à toute autre personne.

– Non, non. Le peu que je connaissais du baron m'a suffi pour comprendre que cet homme-là ne se faisait pas d'ennemis. Écoutez, je vais vous dire clairement ce que je pense. Je ne crois pas que le baron a été victime d'un assassinat. Je pense qu'il s'agissait d'un accident.

– D'où tirez-vous cette opinion ?

– Comme vous le savez, c'est moi qui ai découvert le corps, le vendredi à l'aube. Au début, quand je l'ai vu flotter dans l'eau de l'étang, j'ai cru que c'était un vêtement, un manteau, que le vent avait emporté puis jeté là. Ce n'est qu'en m'approchant que j'ai compris de quoi il retournait...

– Pourquoi vous étiez-vous levé si tôt ? demanda le juge, décidé à ne plus dévier de l'essentiel.

– J'avais trop mangé la veille ; mais il y a eu surtout les cris d'oiseaux venant de l'étang. Ils étaient si forts et incessants que j'ai décidé que je ne pourrais plus me rendormir, et je me suis levé.

– Vous voulez dire que...

– Je ne sais pas si ces volatiles étaient énervés à cause du cadavre qui flottait, mais le fait est qu'ils criaient très fort. Je me demande s'ils pouvaient se rendre compte... Peut-être, si ç'avait été le corps d'un canard...

– Vous ne m'avez pas répondu : pourquoi la mort du baron, sa noyade, est-elle due pour vous à un accident ?

– Je ne suis pas en mesure de l'affirmer avec une certitude absolue – comment le pourrais-je ? –, mais je pense que le responsable des événements, c'est... l'une des oies.

– Comment ?

– Le pauvre baron (et cela, n'importe qui dans la villa peut vous le confirmer) avait conçu ces derniers temps une profonde antipathie pour l'oie dont je vous parle. Il la considérait comme la fauteuse de troubles de la bande. Oui, vraiment. Il disait qu'elle était responsable de toutes les bagarres qui éclataient sur l'étang. Je l'ai vu de mes propres yeux ramasser des cailloux et les lui lancer, le visage plein de haine.

– Où voulez-vous en venir ? Vous pensez que l'oie l'a noyé par vengeance ?

– Non, non. Je crois que le baron a glissé, qu'il est tombé à l'eau en essayant de l'assassiner. Il a peut-être été réveillé lui aussi par les cris des oiseaux, et il est allé à l'étang, bien décidé à en faire sortir le trublion. Mon intuition me dit que ce qui a poussé le baron vers l'étang ce matin-là, c'est cette oie. Je l'affirme résolument. »

Le juge nota le mot « oie » et le fit suivre de deux croix. Après quelques autres questions, l'interrogatoire du témoin prit fin. L'interprète se leva et marcha vers la porte. Il se sentait fier de lui, pensant avoir fait son devoir en conscience. Il n'avait pas accablé P. Rodakis sous les soupçons, malgré son antipathie pour lui. Il avait donné, au contraire, lucidement et sincèrement, sa propre version des faits. Il était satisfait de son aisance et de sa présence d'esprit. Il pensa qu'il serait bien agréable d'être convoqué pour une déposition complémentaire.

Arrivant à la porte, il entendit la voix du juge :

« Avant de partir, une dernière question, si cela ne vous ennuie pas.

– Je vous en prie.

– Où en est-on à présent avec l'apiculteur ? Le projet est-il abandonné ?

– Je vais vous dire. Ces tragiques événements, comme vous le comprenez, ne pouvaient pas ne pas nous influencer, mon commanditaire surtout, qui était l'ami intime du baron. Mais comme je vous l'ai dit, M. Rosenmann n'est pas homme à rendre facilement les armes, surtout quand il s'est mis quelque chose en tête. Pour l'instant, nous sommes tous installés à l'hôtel et nous nous apprêtons à rejoindre (dès que nous y serons autorisés) une station balnéaire. Vous voyez donc que le projet tient toujours.

– Et je suppose qu'entre-temps la mémoire de l'apiculteur n'a fait aucun progrès.

– Jusqu'à présent, non. Aucun.

– Vous-même, personnellement, croyez-vous qu'un changement soit possible, que cet homme puisse se souvenir et, s'il se souvient, qu'il puisse vouloir collaborer avec votre employeur ?

– Oui, bien sûr. Je ne partage pas l'extrême optimisme de M. Rosenmann, mais je ne trouve pas la chose impossible.

– Je vais vous demander un service, dit le juge en notant quelques mots sur un bout de papier. En cas d'éléments nouveaux, écrivez-moi à cette adresse. J'avoue que cette affaire excite ma curiosité. »

L'interprète se rapprocha du bureau.

« Volontiers. Je n'y manquerai pas. »

Il mit le papier dans sa poche et sortit de la pièce.

Le lendemain matin en se levant, le juge vit que son chat, qui dormait sur un coussin près de lui, allait plus mal encore. Il indiqua à son domestique le médicament à lui donner, puis se rendit à son bureau le cœur lourd, quoique secrètement émoustillé, sachant que l'attendaient ce jour-là deux rencontres fort intéressantes : d'abord avec le moine qui avait suivi les autres comme une ombre dans la villa du baron, puis, aussitôt après, avec le personnage central de cette étrange équipe, le fameux apiculteur.

Pascàlis l'attendait devant son bureau. À l'intérieur se trouvait déjà l'interprète, le seul qu'on ait pu dénicher dans l'urgence, très vieux, dur d'oreille, mais l'esprit parfaitement clair encore.

« Où étiez-vous vendredi dernier à l'aube ? demanda le juge.

– Dans ma chambre. À côté du bâtiment central, dans l'aile des domestiques.

– Vous étiez réveillé ?

– Oui. Je suis réveillé à cette heure-là tous les jours. J'étais réveillé et je priais.

– Le calme régnait-il ?

– Pas du tout. Les oiseaux de l'étang criaient. Mais c'était comme d'habitude, ça ne m'a pas frappé.

– Quand avez-vous appris la mort du baron ?

– J'ai entendu les cris de l'interprète. Je n'ai pas compris ce qu'il disait, mais il appelait M. Rosenmann. Je suis sorti et je l'ai vu dans tous ses états. Il m'a dit qu'il avait vu le baron noyé dans l'étang. Puis tout le monde s'est rassemblé à l'étang pour voir le corps.

– On voyait l'étang depuis votre chambre ?

– Oui. Un petit bout seulement.

– Vous est-il arrivé de regarder là-bas avant d'entendre les cris de l'interprète ? »

Pascàlis réfléchit un instant.

« Non, je ne crois pas. Et même si j'ai regardé, je n'ai rien vu de bizarre.

– Aviez-vous remarqué, les jours précédents, quelque chose qui donne à penser que le baron s'était fait des ennemis ? Un incident, une discussion ? »

Pascàlis réfléchit à nouveau.

« Je ne sais pas, dit-il enfin.

– Vous ne savez pas quoi ? demanda le juge, devinant que l'homme vêtu de noir avait une idée derrière la tête.

– Je ne sais pas... sans doute que... à vrai dire, une personne s'était mise à lui en vouloir, et même à le détester. Mais je ne veux pas dire que c'est elle qui l'a tué.

– Quelle personne ?

– Je ne veux pas semer des soupçons injustifiés.

– Vous avez le devoir de confier tout ce que vous savez. Si cette personne est innocente, elle n'a rien à craindre. De qui s'agit-il ?

– De l'ami du baron. M. Rosenmann.

Le juge parut surpris.

« Comment donc ?

– J'ai remarqué combien M. Rosenmann était contrarié chaque fois qu'il voyait le baron parler seul à seul avec Rodakis. Peut-être qu'il craignait... »

Pascàlis s'interrompit.

« Poursuivez, dit le juge.

– Vous savez pour quelle raison nous étions tous là-bas.

– Je connais le projet d'apiculture. Je suis également au courant de l'amnésie de l'apiculteur.

– Eh bien, c'est ça peut-être que M. Rosenmann craignait, que Rodakis se soit souvenu et qu'il s'entende avec le baron, vous comprenez, derrière son dos. Je suis sûr que si M. Rosenmann en était venu à se croire trahi de cette façon, il en aurait voulu à mort au baron. Ce que je sais, c'est qu'il avait des soupçons. Le reste... »

Le juge nota dans ses papiers le nom « Rosenmann », qu'il fit suivre de deux croix. Puis il dit :

« En supposant, bien entendu, que l'apiculteur se soit vraiment souvenu de la formule magique...

– Moi, j'y crois. Rodakis s'en est souvenu, mais il fait ce qui l'arrange, comme toujours. C'est pourquoi Rosenmann s'est peut-être dit que s'il pouvait se débarrasser du baron, qui offrait peut-être davantage...

– Oui, je vois ce que vous pensez. Qu'est-ce qui vous fait croire avec tant de certitude que cet homme se souvient ?

– J'ai appris à lire dans ses yeux. Je le connais, ce monsieur, depuis des années.

– Et dites-moi, ce miel, en fait, est-il vraiment si extraordinaire ? »

Pascàlis sourit.

« Oui. »

Le juge se demanda s'il parviendrait à goûter un jour une goutte du précieux élixir. Il savait que l'homme en face de lui ne pourrait pas répondre à cette question, aussi le renvoya-t-il. Son instinct lui disait, de toute façon, que ce personnage ne méritait qu'une confiance limitée.

Un employé lui annonça la présence, depuis un moment déjà, de P. Rodakis. Le juge ordonna qu'on le fasse entrer cinq minutes plus tard. Il avait besoin de ce délai pour mettre en ordre ses idées. Bizarre... L'affaire de l'apiculteur le préoccupait bien plus que l'élucidation de la mystérieuse noyade.

Quand au bout de cinq minutes il eut en face de lui P. Rodakis, il crut soudain voir un tableau, ou un dessin sorti du papier pour prendre chair et se dresser devant lui.

« Asseyez-vous, monsieur, et répondez-moi : où étiez-vous vendredi dernier à l'aube ?

– Dans ma chambre.

– Vous étiez réveillé ?

– Je dormais, mais les cris du personnel m'ont réveillé. On venait de retrouver le baron. Je suis descendu à l'étang, tout le monde y était rassemblé. J'ai vu moi aussi le baron noyé.

– Avant ces cris qui vous ont réveillé, rien n'avait troublé votre sommeil ?

– Non, rien.

– Et la veille ? Vous n'aviez rien trouvé d'anormal ?

– Non, non. Tout était normal.

– Pensez-vous qu'il s'agit d'un accident ?

– Ce n'est pas impossible. Le baron se levait tôt, il nourrissait souvent ses oies lui-même. Il a pu glisser.

– Et d'ailleurs, qui aurait eu des raisons de le pousser dans l'eau ? demanda le juge innocemment. Le baron n'avait pas d'ennemis. »

P. Rodakis le regardait toujours, sans expression.

« N'est-ce pas ? insista le juge.

– Comment le saurais-je ?

– D'après ce que vous avez remarqué pendant qu'il vous hébergeait.

– Ce fut très court.

– Tout le monde dit que c'était un homme charmant.

– C'est mon avis.

– Avez-vous décelé une quelconque tension entre lui et son ami M. Rosenmann ?

– Non.

– Ils étaient bons amis ?

– Très.

– Donc, il n'y avait personne qui veuille faire du mal au baron. Seriez-vous prêt à l'affirmer ?

– L'affirmer, monsieur le juge, non, je ne pourrais pas. Il y avait une personne, ces derniers temps, qui en voulait au baron.

– Quelle personne ?

– Un domestique. Il travaillait à la villa depuis des années.

– Parlez-moi de lui.

– Quelques jours plus tôt il s'est produit un incident. Cet imbécile a renversé sur moi toute une bouteille de vin rouge. J'étais en train de lire sans me douter de rien quand il m'a inondé. Le problème n'est pas que j'ai été trempé, j'en ai vu d'autres, et le vin est une bénédiction. Mais cet idiot a détérioré mon livre. Un souvenir précieux entre tous, et sans doute unique. Une perte incalculable. J'avoue que j'ai réellement perdu mon sang-froid, je suis très sensible en ce qui concerne mes affaires, vous savez. J'ai réagi trop violemment et le baron, qui a entendu mes cris, a été extrêmement contrarié. Il a fait venir le domestique pour lui dire qu'il était renvoyé. Qu'il devait quitter la villa dans les huit jours. L'autre s'est mis à pleurer, mais le baron n'a rien voulu entendre. Dans d'autres circonstances, je serais intervenu, j'aurais demandé sa grâce, mais ce coup-là pour moi était si dur que je n'ai pas réussi à me montrer généreux. Cela s'est passé le samedi. Le domestique devait être parti une semaine plus tard. Le vendredi à l'aube le baron a été retrouvé noyé.

– Ainsi donc, selon vous, ce domestique en serait venu à tuer l'homme qu'il avait côtoyé tant d'années ?

– Je ne sais pas. C'est à vous de donner la réponse. »

Le juge demanda le nom du domestique, le nota et le fit suivre de trois croix. Puis il planta son regard dans celui de P. Rodakis :

« Et vous, où en êtes-vous de votre problème ?

– Lequel ?

« Je suis informé quant à votre panne de mémoire, grâce aux éléments de l'enquête. Je veux parler de ce petit poème qui est la clé de la recette.

– Que voulez-vous que je vous dise ?

– Vous êtes encore dans l'obscurité ?

– Quel rapport avec la mort du baron ?

– Dans une affaire, tout est lié. Vous oubliez que c'est précisément cette amnésie qui vous a conduit à la villa du baron. Répondez donc à la question.

– Si je me suis souvenu du...

– Oui, du petit poème.

– Non », dit sèchement P. Rodakis.

Le juge hésita un instant, puis il reprit :

« Vous êtes sincère dans votre réponse ?

– Oui, fit l'autre sur le même ton.

– Et qu'en pensez-vous, arriverez-vous un jour à vous en souvenir ?

– Le professeur, M. Rosenmann, le pense.

– Comment êtes-vous parvenu à cette découverte ? demanda le juge d'une voix pressante. Parlez, vous le devez.

– Après des recherches, répondit tranquillement P. Rodakis.

– Mais comment vous est venue l'idée de tenter une telle expérience ? Quelles réflexions vous y ont amené ?

– J'ai réfléchi.

– Avez-vous eu du mal à trouver la composition idéale ?

– Bien sûr. Ce n'était pas simple.

– Dites-moi.

– C'était difficile.

– Mais encore ?

– Ce n'était pas du tout facile. »

Le juge s'arrêta. Il voyait bien qu'il aurait beau insister, il se heurterait toujours à un mur. Il fut même effleuré par l'idée que peut-être P. Rodakis commençait à se moquer de lui. Aussi s'efforça-t-il de donner à sa voix le ton le plus sérieux possible.

« Votre accord avec M. Rosenmann… Parlez-m'en. Que prévoit votre accord ?

– Si je me souviens de la formule, M. Rosenmann s'occupera du transport et des ventes. Je serai ravi d'être libéré d'une telle corvée. Je me contenterai de surveiller le rucher et garderai le secret pour moi.

– Si la formule vous revient en mémoire, la première chose à faire, à mon avis, c'est de la noter quelque part. Et que gagnera M. Rosenmann ?

– Un pourcentage sur les bénéfices. Nous n'avons pas encore déterminé lequel.

– Si j'ai bien compris, il y aura aussi un petit pourcentage pour le moine.

– Un tout petit.

– Et où installerez-vous vos ruches ?

– Dans mon pays, bien sûr. Probablement sur mon île.

– Je souhaite que tout se passe bien pour vous.

– Merci.

– Et qui sait, il n'est pas impossible que je vous rende visite. »

P. Rodakis haussa les épaules avec indifférence.

« Pour l'instant je n'ai plus besoin de vous, mais il se peut que je vous convoque à nouveau », conclut froidement le juge.

Il fit signe à P. Rodakis qu'il pouvait partir. Peu après,

il congédia aussi le vieil interprète. Il lui dit que ce jour-là sa présence n'était plus nécessaire, mais il lui rappela qu'il devait revenir le lendemain matin. Et, craignant qu'il n'ait pas entendu, il donna l'heure de la convocation deux fois.

En se réveillant le lendemain matin, le juge vit que le chat sur son coussin était mort. Il le prit avec le coussin et le posa sur le lit. Avant de regagner son bureau il interdit formellement à quiconque d'entrer dans sa chambre à coucher.

Ròsa se présenta avec dix minutes de retard. Avant l'interrogatoire, l'interprète la pria de parler le plus fort possible.

« Où étiez-vous le vendredi à l'aube quand le baron a été retrouvé noyé ? Dans votre chambre ?

– Oui, je dormais.

– Les cris vous ont-ils réveillée ?

– Non, je n'ai rien entendu. C'est mon père qui m'a réveillée, mais bien plus tard. Il ne m'a pas tout de suite parlé du baron pour ne pas me chagriner. Je l'ai appris à midi. Il ne m'a même pas laissée aller le voir dans la chambre où on l'avait mis, parce que son ventre était tout gonflé et je risquais d'avoir un choc.

– Votre père a eu raison.

– J'ai eu du chagrin même sans le voir. C'était un très brave homme.

– Les autres ont-ils eu du chagrin comme vous ?

– Oui, tous.

– M. Rosenmann aussi ? Et les domestiques ?

– Tous, tous. Il y en avait même qui pleuraient.

– Et le domestique renvoyé pour avoir inondé votre père et abîmé son livre ?

– Je ne sais pas, tous.

– Le baron se levait-il tôt d'habitude ?

– À vrai dire, je ne sais pas.

– Et les domestiques ? La cuisinière, les jardiniers, étaient-ils là tôt le matin ? Les autres jours, entendiez-vous des bruits, des conversations ?

– Écoutez, moi je dors profondément, et ma chambre – la jaune – était au fond du couloir. Je n'entendais jamais rien. Quand mon père venait m'ouvrir (je dors toujours enfermée à clé), il était tard. À ce moment-là, oui, tout le monde était sur pied. Mais depuis quelle heure, je ne sais pas.

– À présent, vous n'habitez plus à la villa, bien entendu.

– Non, nous sommes allés à l'hôtel le soir même. Et nous y sommes toujours. Ce n'est pas aussi bien qu'à la villa, mais nous n'allons pas rester là toujours. J'ai réussi au moins à faire mes adieux aux oies ; je pense qu'elles m'aimaient bien. Elles étaient gentilles, même si elles criaient tout le temps. Ils ne crient pas, les humains ?

– C'est juste », dit le juge, et au même instant lui vint à l'esprit l'image du chat mort sur son coussin. Il poursuivit :

« J'imagine que vous aussi, comme tous les autres, vous devez prier pour que votre père se souvienne de la formule au plus vite.

– Non, monsieur, vous vous trompez ! s'écria Ròsa. Je prie pour qu'il oublie, pour qu'il ne se souvienne jamais ! »

Le juge la regarda, intrigué.

« Moi, monsieur, mon seul bonheur, c'est que j'ai retrouvé mon père vivant. J'avais perdu mon père, pendant longtemps, et la raison, c'était cette recette. Je suis sûre que s'il s'en souvient nous aurons de nouveau des malheurs. Rien de bon n'est arrivé depuis qu'il l'a découverte. D'abord j'ai perdu ma mère. Un jour, elle a quitté la maison et elle a été frappée par la foudre. Puis on a fait disparaître mon père. Pourquoi ? Pour lui faire livrer son secret. Et tous ces gens qui venaient tous les jours, nous suppliaient, ne nous laissaient jamais tranquilles... Tous les jours, tous les jours ! Je ne veux pas qu'il se souvienne. Je prie pour ça.

– Mais il vous est arrivé aussi des choses agréables. Tenez, vous avez habité cette belle villa, joué avec les oies...

– Les oies... Oui. Mais le baron est mort. Je vous dis, cette recette n'apporte pas le bonheur. Qu'elle aille au diable.

– N'est-ce pas dommage qu'une telle découverte soit perdue ?

– Rien ne se perd. Tout est écrit. Dans les registres.

– Je ne comprends pas. »

Ròsa reprit son souffle et dit d'un ton grave :

« Quand j'étais petite, mon père me parlait des registres aux secrets. Tout ce qu'il y a de secret sur terre, on le trouve dedans. Il suffit que le secret ne puisse pas être percé ici-bas. Alors il est inscrit dans les registres. Donc, si mon père ne se souvient pas du petit poème de la recette, il ne sera pas perdu : il ira dans les registres aux secrets.

– Par exemple ! dit le juge en jetant un regard au vieil interprète, qui traduisait en souriant.

– Cela peut vous paraître insensé, mais moi, je crois encore qu'ils existent, quelque part au ciel, ces registres.

– Ce qui est sûr, c'est que personne ne peut prouver qu'ils n'existent pas.

– À mon père, je dis ceci : songe comme ce sera bon, comme ton âme se réjouira, quand tu seras mort et que tu pourras chercher dans les registres, comme ce sera bon quand tu trouveras sur une page le petit poème de la recette et qu'alors tu diras : “Mais oui, c'était pourtant simple !” »

Le juge laissa échapper un petit rire gêné.

« Moi aussi, il y a des choses que je voudrais apprendre, poursuivit Ròsa. Je chercherais à savoir, par exemple, pourquoi ma mère a quitté la maison le jour où elle a été frappée par la foudre, elle qui ne sortait jamais ; où elle allait, ce qu'elle voulait faire. Je suis très curieuse de le savoir. »

Le juge baissa les yeux et se dit qu'il serait très curieux de savoir, lui aussi, ce que pensait son chat chaque fois qu'ils se regardaient dans les yeux.

« Quand j'étais toute petite, je voulais mourir très tôt pour aller lire les registres. Maintenant que j'ai grandi, je ne suis pas pressée, je sais que ça viendra tôt ou tard. Mais je me réjouis dès à présent.

– C'est vrai, dit le juge à l'interprète, une telle pensée rend l'idée de la mort un peu plus supportable. » Et, revenant vers la jeune fille : « En fin de compte, croyez-vous que la mort du baron n'était qu'un malheureux accident ?

– Très malheureux, oui.

– Ne pensez-vous pas que quelqu'un ait pu vouloir lui faire du mal ?

– Je ne sais pas, il y a du mal partout, mais le baron, non, je ne crois pas. Tout le monde l'aimait. »

L'interrogatoire semblait toucher à sa fin.

« Merci pour cette bonne conversation. Et ne vous inquiétez pas, vous serez très bientôt tous libres de voyager où vous voudrez. Je souhaite que tout se passe conformément à vos vœux. Allez maintenant, votre père vous attend dehors, je l'ai vu. Et nous avons, pour notre part, plusieurs témoins à entendre pour faire toute la lumière sur cette affaire. »

Ròsa se leva pour s'en aller, mais soudain elle se mit à rire ; comme si elle avait compris, elle aussi, que ce qu'elle allait dire semblerait drôle.

« Et pourquoi faire la lumière ? Laissez l'affaire dans l'ombre ! Quand l'heure viendra pour nous de mourir, nous chercherons dans les registres aux secrets et alors nous découvrirons tous comment le baron est mort... »

Les deux hommes se regardèrent et se mirent à rire – si fort qu'on les entendit jusque dans la rue.

Postface

On peut se contenter de lire *Le Miel des anges* comme une sorte de polar sans intrigue policière, de conte un peu cruel, un peu fou (comme sont tous les bons contes), qui nous mène de surprise en surprise avec la fausse nonchalance et les brusques coups de griffe d'un chat. Une histoire extravagante racontée, avec un art très anglo-saxon, sans le moindre haussement de sourcil – de quoi provoquer un malaise délicieux, accru par tout ce qu'on sent fermenter là-dessous d'humour, d'ironie, d'émotion rentrée.

On peut aussi ne pas s'en tenir là. Ce livre facile en surface est plein de salles souterraines. Le lecteur patient y trouvera lui aussi, lui surtout, son miel. Il pourra scruter à loisir les rouages de cette machine infernale bien huilée ; s'égarer dans les replis de cette fiction-labyrinthe pleine d'échos, d'obsessions, d'ambiguïtés, de perplexités, dont l'inquiétante étrangeté s'exhale peu à peu, sournoisement (un critique grec a fort justement parlé de « roman à combustion lente ») sans qu'on sache toujours d'où elle vient.

Le thème de la prison est subtilement, obstinément

varié ; la folie rôde elle aussi à tous les coins de pages ; quant aux deux épisodes principaux : la quête du miel parfait, puis les travaux des moines, comment ne pas y voir une allégorie du travail d'écriture – enfermement et folie, lui aussi – dans toutes ses dimensions contradictoires : vanité, absurdité, splendeur quasi mystique ; extases et tourments ?

Mais si l'on peut toujours gloser sur les thèmes et symboles d'un roman, celui-ci reste, à un point rare, magiquement dépourvu de message, de thèses ou d'idées ; comme si l'auteur lui-même, tel un Petit Poucet de l'écriture, avançait en terre inconnue sans savoir où il veut en venir. Ces *Quatre murs* (tel est le titre original) sont merveilleusement opaques, ils ne feront que s'entrouvrir – comme tous les livres qui creusent vraiment profond.

On y rencontre d'étonnants personnages, pratiquement privés de psychologie, réduits à une ou deux idées fixes, et qui pourtant se retrouvent dotés d'une vie intense, à la fois denses et fuyants.

Guère moins étonnantes, les scènes de sexe, rares et brèves, qui posent avec une force rare la question de l'innocence et de la perversité. Sans la résoudre. Mais c'est l'histoire tout entière qui laisse planer une interrogation muette, sans réponse et sans fin.

En lisant *Le Miel des anges,* j'ai éprouvé un peu le même vertige qu'en découvrant des auteurs sud-américains comme Bioy Casares, ou certaines fictions tordues de notre Perec national (même si Hadziyannìdis ne pratique pas l'écriture à contraintes). Je crois que les surréalistes auraient aimé ce tissu de rêves, ce bijou si bizarrement incandescent ; je rêve au film qu'aurait pu en tirer un Bunuel (période mexicaine).

Tout cela sous la plume d'un débutant de trente-cinq ans, guère influencé par ses contemporains grecs (si ce n'est par Zyrànna Zatèli), mais passionné par James, Hawthorne et Kafka, et qui partant pour écrire une simple nouvelle a vu grandir peu à peu devant lui – plus surpris encore, sans doute, que ses lecteurs – cette incroyable histoire, surgie de quels tréfonds ?

On retient son souffle en attendant les suivantes.

Michel Volkovitch

« LES GRANDES TRADUCTIONS »
(dernières parutions)

ALESSANDRO BARICCO
Châteaux de la colère
(Prix Médicis Étranger, 1995)
Soie
Océan mer
City
traduits de l'italien par Françoise Brun

ERICO VERISSIMO
Le Temps et le Vent
Le Portrait de Rodrigo Cambará
traduits du portugais (Brésil) par André Rougon

JOÃO GUIMARÃES ROSA
Sagarana
Mon oncle le jaguar
traduits du portugais (Brésil) par Jacques Thiériot

WALTER MOSLEY
La Musique du diable
traduit de l'anglais (États-Unis) par Bernard Cohen

JAMAICA KINCAID
Autobiographie de ma mère
Lucy
traduits de l'anglais (États-Unis) par Dominique Peters

CHRISTOPH RANSMAYR
Le Syndrome de Kitahara
traduit de l'allemand par Bernard Kreiss

DAVID MALOUF
Dernière Conversation dans la nuit
L'Étoffe des rêves
traduits de l'anglais (Australie) par Robert Pépin

MOACYR SCLIAR
Sa Majesté des Indiens
La femme qui écrivit la Bible
traduits du portugais (Brésil) par Séverine Rosset

ANDREW MILLER
L'Homme sans douleur
Casanova amoureux
Oxygène
traduits de l'anglais par Hugues Leroy

ROD JONES
Images de la nuit
traduit de l'anglais par Hugues Leroy

ANTONIO SOLER
Les Héros de la frontière
Les Danseuses mortes
traduits de l'espagnol par Françoise Rosset

BESNIK MUSTAFAJ
Le Vide
traduit de l'albanais par Élisabeth Chabuel

DERMOT BOLGER
La Musique du père
Voyage à Valparaiso
traduits de l'anglais (Irlande) par Marie-Lise Marlière

ABDELKADER BENALI
Noces à la mer
traduit du néerlandais par Caroline Auchard

MORDECAI RICHLER
Le Monde de Barney
traduit de l'anglais (Canada) par Bernard Cohen

FRANCESCA SANVITALE
Séparations
traduit de l'italien par Françoise Brun

STEVEN MILLHAUSER
Martin Dressler. Le roman d'un rêveur américain
(Prix Pulitzer, 1997)
Nuit enchantée
traduits de l'anglais (États-Unis) par Françoise Cartano

La Vie trop brève d'Edwin Mulhouse,
écrivain américain, 1943-1954,
racontée par Jeffrey Cartwright
Prix Médicis Étranger, 1975
Prix Halpérine-Kaminsky, 1976
traduit de l'anglais (États-Unis) par Didier Coste

MIA COUTO
La Véranda au frangipanier
traduit du portugais (Mozambique)
par Maryvonne Lapouge-Pettorelli

GOFFREDO PARISE
L'Odeur du sang
traduit de l'italien par Philippe Di Meo

MOSES ISEGAWA
Chroniques abyssiniennes
La Fosse aux serpents
traduits du néerlandais par Anita Concas

YASUNARI KAWABATA / YUKIO MISHIMA
Correspondance
traduit du japonais par Dominique Palmé

JUDITH HERMANN
Maison d'été, plus tard
traduit de l'allemand par Dominique Autrand

JOHN VON DUFFEL
De l'eau
traduit de l'allemand par Nicole Casanova

PEDRO JUAN GUTIERREZ
Trilogie sale de La Havane
Animal tropical
traduits de l'espagnol (Cuba) par Bernard Cohen

TOM FRANKLIN
Braconniers
traduit de l'anglais (États-Unis) par François Lasquin

SÁNDOR MÁRAI
Les Braises
traduit du hongrois par Marcelle et Georges Régnier
L'Héritage d'Esther
Divorce à Buda
Un chien de caractère
traduits du hongrois par Georges Kassai et Zéno Bianu

V.S. NAIPAUL
Guérilleros
Dans un État libre
traduits de l'anglais par Annie Saumont
À la courbe du fleuve
traduit de l'anglais par Gérard Clarence

JENNY ERPENBECK
L'Enfant sans âge
traduit de l'allemand par Bernard Kreiss

ANDREW SOLOMON
Le Vaisseau de pierre
traduit de l'anglais (États-Unis) par Françoise du Sorbier

GEORG HERMANN
Henriette Jacoby
traduit de l'allemand par Serge Niémetz

AHLAM MOSTEGHANEMI
Mémoires de la chair
traduit de l'arabe par Mohamed Mokeddem

NICK TOSCHES
La Main de Dante
traduit de l'anglais (États-Unis) par François Lasquin

YASUNARI KAWABATA
La beauté, tôt vouée à se défaire
traduit de japonais par Liana Rossi

JOHN MCGAHERN
Pour qu'ils soient face au soleil levant
traduit de l'anglais (Irlande) par Françoise Cartano

Composition I.G.S. - Charente Photogravure
et impression Bussière Camedan Imprimeries
en décembre 2003.
N° d'édition : 22100. – N° d'impression : 035625/4.
Dépôt légal : janvier 2004.
Imprimé en France.